人猿泰山全译精编插画系列（全25种）

人猿泰山
之
传奇诞生

［美国］埃德加·赖斯·巴勒斯/著

李明明/译

Tarzan of the Apes
by Edgar Rice Burroughs

图书在版编目（CIP）数据

人猿泰山之传奇诞生／（美）埃德加·赖斯·巴勒斯著；李明明译．－－上海：上海文艺出版社，2018
（人猿泰山全译精编插画系列）
ISBN 978-7-5321-6723-4

Ⅰ．①人… Ⅱ．①埃… ②李… Ⅲ．①长篇小说－美国－现代 Ⅳ．① I712.45

中国版本图书馆CIP数据核字(2018)第106460号

书　　名：	人猿泰山之传奇诞生
著　　者：	[美国] 埃德加·赖斯·巴勒斯
译　　者：	李明明
责任编辑：	蔡美凤　朱崟滢
装帧设计：	周　睿
责任督印：	张　凯
出　　版：	上海文艺出版社
出　　品：	上海故事会文化传媒有限公司
	（200020　上海市绍兴路74号　www.storychina.cn）
发　　行：	上海文艺出版社发行中心
	（上海市绍兴路50号）
印　　刷：	上海中华印刷有限公司
开　　本：	889毫米×1194毫米　1/32　印张9.125
版　　次：	2018年7月第1版　2018年7月第1次印刷
ISBN：	978-7-5321-6723-4/I·5366
定　　价：	25.00元

版权所有·不准翻印

故事会　大众文化出版基地　www.storychina.cn
上海故事会文化传媒有限公司 出品（00786）www.storychina.cn

上海故事会文化传媒有限公司所有图书可办理邮购，免收邮费（挂号除外）
汇款地址：上海市绍兴路74号（200020）　收款人：上海故事会文化传媒有限公司出版发行部
联系电话：021-64338113
如发现本书有质量问题，请与印刷厂质量科联系 T：021-60829062

人猿泰山全译精编插画系列（全25种）

编 委 会

总 策 划：夏一鸣

主　　编：黄禄善

副 主 编：高　健

编辑成员

（按姓氏笔画为序排列）

田　芳　朱崟滢　李震宇　张雅君

胡　捷　高　健　夏一鸣　黄禄善　詹明瑜　蔡美凤

百年文学经典 文化传播之最
人猿泰山驰骋的奇幻世界

黄禄善

美国文学史上不乏这样的作家：他们生前得不到学术界承认，死后多年也不为批评家看好，然而他们却写出了最受欢迎的作品，享有最大范围的读者。本书作者埃德加·赖斯·巴勒斯即是这样一位作家。自1912年至1950年，他一共出版了一百多本书，这些书涉及多个通俗小说门类，而且十分畅销，其中不少被译成多种文字，在世界各地广为流传。当代科幻小说大师亚瑟·克拉克曾如此表达对他的敬仰："埃德加·赖斯·巴勒斯具有重要地位。是巴勒斯，激起了我的创作兴趣。"另一位著名通俗小说家雷·布莱德伯利也说："埃德加·赖斯·巴勒斯也许可以称为世界历史上最有影响力的作家。"然而，正是这个被众人交口称誉的作家，对前来采访的记者说："我不认为我的作品是'文学'。"而且，面对众多书迷的"如何走上文学道路"的提问，他也只是轻描淡写地回答："那是因为我需要钱。我35岁时，生活中的一切尝试都宣告失败，只好开始搞创作。"

确实，埃德加·赖斯·巴勒斯在从事文学创作前，有过一段十分坎坷的生活经历。他于1875年9月1日出生在美国芝加哥，父亲是南北战争期间入伍的老兵，后退役经商。儿时的巴勒斯对未来充满了幻想，曾对人夸口说父亲是中国皇帝的军事顾问，自己住在北京紫禁城，并在那里一直待到10岁才回国。但是，后来的事实表明，这一良好愿望只不过是一团泡影。从密歇根军事学院毕业后，他在美国骑兵部队服役，不久即为谋生四处奔波。他先后尝试了许多工作，包括警察和推销商，但均不成功。1900年，他和青梅竹马的女友结婚，之后两人育有两儿一女。接下来的日子，埃德加·赖斯·巴勒斯是在贫困中度过的。为了养家糊口,他开始替通俗小说杂志撰稿。他的第一部小说《在火星的卫星下》于1912年分六集在《故事大观》连载。这部小说即刻获得了成功,为他赢得了初步的声誉。同年,他又在《故事大观》推出了第二部小说,亦即首部"泰山"小说。这部小说获得了更大成功。从此,他名声大振,稿约不断,平均每年出版数部书。第二次世界大战期间,他以66岁的高龄奔赴南太平洋,当了战地记者。1950年3月19日,埃德加·赖斯·巴勒斯因心力衰竭在美国逝世。

埃德加·赖斯·巴勒斯是美国文学史上第一个重要的通俗小说家。他一生所创作的通俗小说主要有四大系列。第一个是"火星系列",包括《火星公主》《火星众神》和《火星军魁》。该"三部曲"主要讲述一位能超越死亡界限、神秘莫测的地球人约翰·卡特在火星上的种种冒险经历。第二个系列为"佩鲁塞塔历险记",共有七部。开首是《在地心里》,以后各部依次是《佩鲁塞塔》《佩鲁塞塔的塔纳》《泰山在地心里》《返回石器时代》《恐惧之地》《野蛮的佩鲁塞塔》,主要讲述主人公佩鲁塞塔在钻探地下矿藏时,不小心将地壳钻穿,并惊讶地发现地球核心像一个空心葫芦,那里住着许多原始人,还有许多古生动物和植物。1932年,《宝库》杂志开始连载埃德加·赖斯·巴勒斯的第三个系列,也即"金星系列"的首部小说《金星上的海盗》。该小说由"火星系列"衍生而出,但情节编排完全不同。主人公卡森·内皮尔生在印度,由一位年迈的神秘主义者抚养成人,并被教给各种魔法,由此开始了金星上的冒险经历。该系列的其余三部小说是《金星上的迷失》《金星上的卡森》和《金星上的逃脱》。第五部已经动笔,但因"二战"爆发而搁浅。

尽管埃德加·赖斯·巴勒斯的"火星系列""佩鲁塞塔历险记"和"金星系列"奠定了他的美国早期重要通俗小说作家的地位,但他成就最大、影响也最大的是第四个系列,也即"人猿泰山系列"。该系列始于1912年的《传奇诞生》，终于1947年的《落难军团》，外加去世后出版的《不速之客》，以及根据遗稿整理的《黄金迷城》，总共有25种之多。中心人物泰山是一个英国贵族后裔，幼年失去双亲，由母猿卡拉抚养长大。少年泰山不仅学会了在西非原始森林的生存本领，还具有人类特有的聪慧。凭着这一人类特性，他懂得利用工具猎取食物，并从生父遗留下来的看图识字课本上认识了不少英文词汇。随着时光流逝，他邂逅美国探险家的女儿简·波特，于是生活发生急剧变化，平添了无数波折。接下来的《英雄归来》《孤岛求生》等续集中，泰山已与简·波特结合，生了一个儿子，并依靠猿人和大象的帮助，成了林中之王，又通过一个非洲巫师的秘方，获取了长生不老之术。再后来，在《绝地反击》《智斗恐龙》《大战狮人》《神秘豹人》等续集中，这位英雄开始了种种令人惊叹的冒险，足迹遍及整个西非原始森林、湮没的大陆。

从小说类型看，"人猿泰山系列"当属奇幻小说。西方最早的奇幻小说为英雄奇幻小说，这类小说发端于古希腊荷马史诗《伊利亚特》和《奥德赛》，成形于19世纪末英国小说家威廉·莫里斯的《世界那边的森林》，其主要模式是表现单个或群体男性主人公在奇幻世界的冒险经历。他们多为传奇式人物，有的出身卑微，必须经过一番奋斗才能赢得下属的尊敬；有的是落难王子，必须经过一番曲折才能恢复原有的地位。在冒险中，他们往往会遭遇各种超自然邪恶势力，但经过激烈较量，正义战胜邪恶，一切以美好告终。人猿泰山显然属于"落难王子"型主人公。他本属英国贵族后裔，却无端降生在无名孤岛，并险些丧命。在人迹罕至的西非原始森林，他与野兽为伍，经历了难以想象的生存危机。终于，他一天天长大，先后战胜大猩猩和狮子，又打死猿王哥查，并最终成为身强力壮、智慧超群的丛林之王。值得注意的是，埃德加·赖斯·巴勒斯在描写人猿泰山的这些经历时，并没有简单地套用英雄奇幻小说的模式，而是融入了自己的创造。一方面，他删去了"魔法""仙女""精灵"等超自然因素；另一方面，又增加了较多的现实主义成分。人们在阅读故事时，并不觉得是在虚无缥缈的奇幻天地漫步，而是仿佛置身栩栩如生的现实主义世界。正因为如此，"人猿泰山系列"比一般的纯英雄奇幻小说显得更生动、更令人震撼。

毋庸置疑，人猿泰山驰骋的奇幻世界是"人猿泰山系列"的又一大亮点。在构筑这一虚拟背景时，埃德加·赖斯·巴勒斯显然借鉴了亨利·哈格德的创作手法。亨利·哈格德是19世纪英国著名小说家，自80年代中期起，他根据自己在非洲的探险经历，创作了一系列以"遗忘的年代、湮没的城市"为特征的奇幻作品。譬如《所罗门王的宝藏》，述说一个名叫阿兰的猎手在两千多年前的奇幻王国觅宝，几经曲折，终遂心愿。又如《她》，主人公是非洲一个奇幻原始部落的女统治者，她精通巫术，具有铁的统治手腕，但对爱情的执着酿成了她一生最大的悲剧。"人猿泰山系列"的故事场景设置在人迹罕至的原始森林，在那里，虎啸猿鸣，弱肉强食，险象环生。正是在这一极端恶劣的环境中，泰山进行了种种惊心动魄的冒险。在后来的续篇中，埃德加·赖斯·巴勒斯还让泰山的足迹走出西非原始森林，到了传说中的亚特兰蒂斯、废弃的亚马逊古城，甚至神秘的太平洋玛雅群岛。所有这些埃德加·赖斯·巴勒斯笔下的荒岛僻壤，与《所罗门王的宝藏》《她》中"遗忘的年代，湮没的城市"如出一辙。

如果说，亨利·哈格德的"遗忘的年代，湮没的城市"给"人猿泰山系列"提供了诡奇的故事场景，那么给这个场景输血补液的则是西方脍炙人口的动物小说。据埃德加·赖斯·巴勒斯的传记，儿时的他曾因体弱多病辍学，并由此阅读了大量西方文学著作，尤其是鲁德亚德·吉卜林的《丛林故事》、欧内斯特·西顿的《野生动物集》、杰克·伦敦的《野性的呼唤》。这些小说集动物故事、探险故事、寓言故事、爱情故事、神秘故事于一体,给埃德加·赖斯·巴勒斯以深刻印象。事实上,他在出道之前,为了给自己的侄儿、侄女逗乐,还写了一些类似的童话故事,其中一篇还在《黑马连环漫画》上刊登。西方动物小说所表现的是达尔文和斯宾塞的"物竞天择""适者生存",体现了自然主义创作观。以杰克·伦敦的《野性的呼唤》为例,主要角色布克原是法官的看家狗,过着养尊处优的生活。但有一天,它被盗卖,并辗转来到冰天雪地的阿拉斯加,当起了运输工具。在那里,布克感到自然法则无处不在:狗像狼一般争斗,死亡者立刻被同类吃掉。但它很快学会了生存,原始的野性和狡诈开始显现,并咬死了凶残的领头狗,最终为主人复仇,加入了荒野的狼群。"人猿泰山系列"尽管将"弱肉强食"的雪橇狗变换成了虎、狮、猿以及由猿抚养长大的泰山,但这些人猿、半人半兽之间的殊死争斗同样表现出"生存斗争"的残忍。特别是泰山攀山越岭、腾掠树梢,战胜对手后仰天发出的一声长啸,同杰克·伦敦笔下布克回到河边纪念它的恩主被射杀时的长嚎简直有异曲同工之妙。

鉴于"人猿泰山系列"成书之前曾在《故事大观》《宝库》等杂志连载,不可避免地带有杂志文学的某些缺陷,如情节雷同、形象单调,等等。历来的文论家正是根据这些否定"人猿泰山"的文学价值,否定埃德加·赖斯·巴勒斯的文学地位。但"二战"以后,尤其是20世纪70年代之后,随着西方通俗文化热的兴起,学术界对于"泰山"小说的看法有了转变,许多研究者都给予积极评价,肯定埃德加·赖斯·巴勒斯的美国奇幻小说鼻祖地位。而且,"读者接受"是评价一部作品的最佳试金石。"人猿泰山系列"刚一问世,即征服了美国无数读者,不久又迅速跨出国界,流向英国、加拿大和整个西方。尤其在芬兰,读者简直到了如痴如醉的地步。一本本英文原著被译成芬兰语,一版再版,很快取代其他本土小说,成为最佳畅销书。更有甚者,许多西方作家,包括芬兰、阿根廷、以色列以及部分阿拉伯国家的作家,在埃德加·赖斯·巴勒斯去世后，模拟他的套路，创作起了这样那样的"后泰山小说"。世纪之交，埃德加·赖斯·巴勒斯的"人猿泰山系列"再度在西方发酵，以劳雷尔·汉密尔顿、尼尔·盖曼、乔·凯·罗琳为代表的一大批作家，基于他的"泰山"小说模式，并结合其他通俗小说要素，推出了许多新时代的奇幻小说——城市奇幻小说，并创造了这类小说连续数年高踞《纽约时报》畅销书排行榜的奇观。而且，自1918年起，"泰山"小说即被搬上银幕。以后随着续集的不断问世，每年都有新的"泰山"影片上映和电视剧播放，所改编的影视版本之多，持续时间之长，观众场面之火爆，创西方影视传播界之"最"。2016年，华纳兄弟影业又推出了由大卫·叶茨导演、亚历山大·斯卡斯加德等众多知名演员加盟的真人3D版好莱坞大片《泰山归来：险战丛林》。21世纪头十年，伴随迪士尼同名舞台剧和故事软件的开发，"泰山"游戏又迅速占领电脑虚拟世界，成为风靡全球的少年儿童宠爱对象。此外，西方各国还有形形色色的"泰山"广播剧、"泰山"动漫、"泰山"玩偶，等等。总之，今天的"泰山"早已超出了一个普通小说人物概念，成了西方社会的一种文化符号、一种文化象征。

优秀的文化遗产是不分国界的。为了帮助中国广大读者欣赏埃德加·赖斯·巴勒斯、读懂埃德加·赖斯·巴勒斯，了解当今风靡整个西方的奇幻小说的先驱，上海故事会文化传媒有限公司组织翻译了这套"人猿泰山系列"，这也将是国内第一套完整的"人猿泰山系列"。译者多为沪上高校翻译专业教师，翻译时力求原汁原味、文字流畅，与此同时，予以精编、插画。相信他们的努力会得到认可。

目 录

前言	人猿泰山驰骋的奇幻世界	1
1	出海风云	001
2	荒野安家	012
3	星起星灭	023
4	丛林猿落	030
5	白猿泰山	038
6	丛林之战	047
7	智慧之光	054
8	树顶猎手	067
9	初现人类	073
10	鬼魅幽灵	084
11	新王横空	090
12	理性光辉	101
13	终见同类	109
14	险象迭生	123
15	林中上帝	133

16	天奇地怪	139
17	入土为安	149
18	一触即发	159
19	林野呼唤	171
20	血脉相传	181
21	落难村庄	194
22	法军搜寻	201
23	寻找泰山	212
24	财宝丢失	221
25	文明之窗	229
26	高度文明	241
27	巨子重现	253
28	剧终	267

人物介绍

克莱顿：泰山的生父，英国勋爵，受政府派遣前往非洲殖民地。在妻子死后，被猿王袭击而亡。

爱丽丝：泰山的生母，克莱顿的妻子。

泰山：克莱顿和爱丽丝之子，在他们去世后被母猿收养，在丛林里和猿类一起生活。

卡拉：收养泰山的母猿，身形硕大，健壮有力，远比其他同类聪明。

简：美国探险家波特教授的女儿，随父来到泰山居住的丛林，邂逅泰山并与之相恋。

克查科：猿王，体形庞大，性格暴戾，经常屠杀猿落成员。

库隆伽：黑人酋长的儿子，杀害了收养泰山的母猿，最后被泰山成功复仇。

Chapter 1

出海风云

　　这个故事我是从别人那儿听来的。本来,那位朋友不会把这个故事说给我或其他人听,只是那会儿喝了些陈年葡萄酒,微醺中开了个头。他这个故事稀奇古怪,之后的几天,我不禁怀疑其中一些内容的真实性。就这样,我从他那里听到了整个故事。

　　那人看我在他讲了这么多之后仍然半信半疑,自尊心作祟下,又接着上次喝酒没讲完的故事,挖出了埋藏已久的书面材料:散发着霉味儿的原始手稿,还有一些干黄枯脆的英国殖民地办事处的官方记录。这些材料为他精彩的叙述中许多关键的部分提供了有力的佐证。

　　我不敢说这个故事是真实的,毕竟我没有亲眼目睹故事里所描绘的一切。但是在给你们讲的故事里,我为主要人物杜撰了名字。显然,在内心深处,我真挚地相信这个故事是真的!

　　一位逝世已久的人留下了一本日记,页面泛黄还散发着霉味儿，里面的手稿以及当时殖民地办事处的官方记录竟和那个人的叙述完全吻合！而现在呈现给各位的故事则是我煞费苦心从所有手头资料里整合而来的。

读完故事后，哪怕觉得现实中不大可能发生，你也会和我一样，为这举世无双、妙不可言的故事连连叫好。

据殖民地官方记录和逝世者的日记记载，一位年轻的英国贵族，在这里就叫他约翰·克莱顿或格雷斯托克公爵吧，受命前往英联邦西海岸的非洲殖民地，对那里的情况进行特别而细致的调查。据悉，另一股欧洲势力正在当地土著居民中为其本土部队征募士兵，并指挥这支新生部队强征暴敛刚果河和阿鲁维米河沿岸原始部落的橡胶和象牙。

英国殖民地的土著纷纷抱怨说，那些大兵冠冕堂皇地向当地的小伙子们作出承诺，怂恿他们加入军队，但是事实上，大多数小伙子再也没能回家……

更有甚者，在非洲的英国人说，那些可怜的黑人其实已经与奴隶无异了！在他们入伍期满后，白人军官利用他们的无知，使用强硬手段，欺骗他们期限未满，还要他们工作几年。

英国殖民部派遣约翰·克莱顿前往英联邦西海岸非洲殖民地，并为他安排了新的职位。那股欧洲势力与英国是友好邦交。约翰·克莱顿接到秘密指令，全面调查该股势力不公正对待英联邦黑人居民事件。然而，我们的故事与这却没什么关系。因为，约翰·克莱顿的调查并没有如期展开，更确切地说，还没来得及调查，他甚至没能到达殖民地。

克莱顿是典型的英国男人。他们意志坚定、体魄强壮、道德高尚，视荣耀高于一切。在征伐无数、凯旋千万的历史跌宕中，渴望着与最为荣耀、最具史诗性的时刻有所关联。

他有着一双灰色的眼睛，身材高大，举止优雅。多年的军旅生涯锻造得他体格强健，身形匀称且孔武有力。

他为女王效劳，心怀远大的政治抱负，一直在寻求从部队调往殖民地的机会。因此，尽管他很年轻，依然被委以重任处理这棘手的事件。

接到委派任务，克莱顿心潮澎湃。此次提拔是联邦对他尽职尽责、功绩卓然的肯定，同时，也为他日后更大的作为奠定了基石。然而，他和心爱的姑娘爱丽丝·卢瑟福才刚刚结婚三个月，一想到要将他美丽的妻子带到炙烤的非洲，让她卷入到危险的漩涡，承受荒无人烟的孤寂，他就惶惶不安。

为了妻子，他本想推却此次任命，然而妻子却不想成为他的牵绊，坚持要他受命赴任，带着她一起。

对此，双方母亲、兄弟姐妹、姑婶姨母、表哥表姐都争论不休，然而他们具体说了什么，却早已无可查询。

我们知道的只是，1888年5月的一天，在一个阳光明媚的清晨，克莱顿夫妇从多佛港口出发，踏上了非洲之行的航程。

一个月后，他们到达了弗里敦，在那儿租乘了一艘"福沃达"号小型帆船，驶向他们的目的地……

然而自那之后，克莱顿夫妇便失踪了，没有人知道他们遭遇了什么。

在他们驶离弗里敦两个月之后，六艘军舰曾环南大西洋四处搜寻他们及小船的踪迹，没用多久，就在圣赫拉拿海岸发现了船的残骸。人们确信，船上所有乘客都随着"福沃达"号一起遇难，所以几乎还没怎么开始的搜寻便就此终止了。虽说如此，但在接下来的许多年里，大家依然盼着他们能够在那场海难中得以生还。

"福沃达"号是一艘载重约为一百吨的三桅船。这种帆船在遥远的南大西洋沿岸贸易中寻常可见。里面的船员都是些海上渣滓,是各个种族、各个国家没被绞死的杀人犯。

"福沃达"号也是如此。它的大副、二副、三副都是黝黑的恶棍。他们对待船员们十分凶狠,船员们对他们也怀恨在心。船长嘛,倒是个行家,十分老练,但是对待自己的船员却透着兽性的残暴。在管理船员方面,不知道是只晓得还是只用一种方法,他单凭两个家伙说话:一根绳拴和一把左轮手枪,也许他招用的那群牛鬼蛇神只认这两样。

所以,在克莱顿夫妇驶离弗里敦的第二天,他们就目睹了"福沃达"号甲板上的一切,一幕幕简直惨绝人寰,远远超出了他们对海洋的认知。他们不知道那些海洋故事封面之外的世界竟是这样的!

就在那天早晨,命运的齿轮上了发条,开始转动。一个还未出生的婴儿,却已注定拥有的旷古绝伦的传奇一生就此展开。

两个水手冲刷着甲板,大副当值。船长走来,与克莱顿夫妇交谈。

那两个水手正好背对着他们,干活的时候毫无知觉地向后倒退。两人越退越近,其中一个已经退到了船长身后,本来下一秒就能错身过去。不过,要是有那么多本来,也就不会有这个传奇的故事了。

就在这电光石火之间,船长结束谈话,转身欲走,正好绊在了那个水手身上,在甲板上结结实实摔了个大马趴。旁边的水桶也被撞翻了,里面的脏水溅了他一身。

那一瞬的场面真是太可笑了。一瞬过后,船长恼羞成怒,面色绯红,不住地破口大骂,爬起来,狠命地将那个水手打倒在地。

那水手老弱瘦小,不堪一击,整个场面残暴非常。另一个水手可不是任人欺负的软柿子,他虎背熊腰,五大三粗,黑髯如戟,一副凶恶相,他气喘如牛,粗壮的脖子在宽大结实的肩膀中间直颤悠。

眼见同伴被打倒,他蹲下身子,伏下头,发出低沉的咆哮,纵身一跃,一拳就向船长招呼过去,将船长打得跪在了地上。

船长气得面色由红转白,这是在和他叫板,想要叛乱啊。在他凶残的生涯中,这并不陌生,但凡发生,都被他铁腕镇压了。不等站起来,他就从兜里抽出了他的左轮手枪,直接开枪射向了矗立在眼前的这座血肉"大山"。他的动作很快,但约翰·克莱顿的反应也同样迅速。他一看见左轮手枪在阳光下一闪,就挥手挡下了船长持枪的手臂。结果,那颗本来射向心脏的子弹打在了水手的小腿上。之后,克莱顿和船长发生了激烈的争论。克莱顿直截了当地表示,他极其反感船长对待船员的残忍行径,而且,但凡他和夫人还在这条船上,就不会允许这样的事情再发生。

船长正要发飙,略微一想,什么也没说,阴沉着脸,皱着眉,转身向船尾大步离去。

他不想得罪英国官员。因为女王强有力的手臂挥舞着一把让他敬慕又让他畏惧的戒尺——威名远扬的英格兰海军。

两个船员从地上爬起,年迈的搀扶着他受伤的同伴站起来。布莱克·迈克尔,就是那个大块头,他小心翼翼地试了试那条受伤的腿,觉得还能撑得住身体的重量,转头生硬地向克莱顿道了声谢。

虽然大块头的口气很差,感激却是由衷的。话音未落,他就转身一瘸一拐地走回前甲板下面的水手舱,很显然,他不想和克莱顿有更进一步的交流。

在接下来的几天里,大块头都没有露面。至于船长,只有不得不与克莱顿夫妇交流时，才会粗声粗气地咕囔着应两声。

不愉快发生后，克莱顿夫妇仍像往常那样在船长室用餐。船长则小心谨慎，严守等级，不与他们同时用餐。

副手那伙人更是粗鄙不堪、盲目无知，比起那些受他们欺压的恶棍船员强不了多少。他们可不愿意与克莱顿夫妇来往，对于优雅的英国贵族和尊贵的夫人，他们唯恐避之不及。所以，克莱顿夫妇几乎总是两个人，没人与他们往来。

而这也正中他们的下怀，落个清静。可是，这样一来，他们就与小船上的生活彻底隔离了。他们不知道船上每天发生了什么。很快，一切都发展到了不可挽回的地步，终于酿成了一场腥风血雨的惨案。

整条船都笼罩着某种诡谲的气氛，似乎在预示着即将到来的灾难。在克莱顿夫妇眼里，表面上，小船一切如常，但是，尽管他们俩谁也没说，但都隐隐察觉，一股暗流正将他们悄无声息地卷入某种未知的深渊。

布莱克·迈克尔被打伤的第二天，克莱顿走到甲板时，看到一名软弱无力的船员正被四名同伴抬下船舱。一旁的大副则手握一根粗实的绳拴，怒视着这几个死气沉沉的水手。

克莱顿什么也没问，他觉得没有必要。第二天，一艘英国战舰出现在了遥远的地平线，向这边驶来。当即，克莱顿暗下决心，打算请求战舰搭载他们夫妇一程。他预感不妙，这艘船暗无天日、晦气无比，留下来只怕会引祸上身。

战舰越来越近，到了中午，两只船近得甚至听得到战舰上人们说话的声音。就在克莱顿准备向船长表明意图时，他突然觉得这样的请求太过荒谬。他有什么理由让女王陛下这艘战舰的指挥官将他送回到他才离开的地方呢！

难道要他告诉他们，他是因为船长和大副惩罚两个不服帖的水手太过残暴吗？那样，他们只会背后嘲笑他，并将他离开那艘船的原因归结于他怯懦！

结果，克莱顿夫妇并没有请求转船到军舰上。下午稍晚些的时候，克莱顿眼睁睁地看着军舰的旗帜、桅杆随着军舰的远去，一点点消失在了遥远的天际。但是很快，克莱顿就得到了消息，他最害怕的事情还是发生了。他后悔万分，为了他那蠢透了的颜面，他竟然舍弃了几个小时前可护得妻子周全的大好机会。那机会唾手可得，而现在，再也没有了！

下午三点左右，克莱顿夫妇伫立在船边，眺望着那艘大军舰渐渐模糊的轮廓。那个之前被船长打倒的老水手沿着黄铜栏杆，一边擦拭着，一边靠近克莱顿夫妇。走到两人身旁，老头儿低声说："血债血偿的时候到了，就在这艘船上。听着，他们马上就会付出代价。"

"老哥，你这话是什么意思？"克莱顿问道。

"怎么，难道你没看见正发生的事儿吗？船长就是一个禽兽，你不知道他和他那一伙人拿枪把好几个船员的脑袋打开花这回事吗？"

"昨天打爆了俩，今天仨。迈克尔的身体已经恢复好了，他可是个狠角色，绝对忍不下这口气，绝不。先生，我的话你一定要记住。"

"你是说，船员们在谋划着准备哗变？"克莱顿沉声问道。

"是的,哗变！"老头儿惊呼,"就是哗变！他们会杀了那伙人！记着。"

"什么时候动手？"

"就快动手了，不过我也说不上是什么时候。该死，我怎么说了这么多。那天,你真是好样的,我觉得必须要给你提个醒。但是,你不能泄露半点风声。枪声一响,你就去下面的船舱里躲着,待在那儿别动。"

"就这些。一定要管好嘴,你要是想吃枪子儿,就尽管说出去,记住我的话。"老头儿又继续擦起了栏杆,离开了克莱顿夫妇站着的地方。

"爱丽丝,这艘船还真是形势大好啊!"克莱顿惊叹。

"约翰,你应该马上去提醒船长,这样,事情还可能有转机。"克莱顿的妻子当即说道。

"我也知道我应该这样做,但是,如果纯粹出于私心的话,我还真想缄口不言。我之前帮过大块头,那群人肯定不会难为我们。但是,一旦发现我背叛他们,他们是绝对不会放过我们的,爱丽丝。"

"但是你的责任就是维护法律,保障既得利益。如果你不提醒船长,那你无异于是他们的同伙,相当于亲手协助他们策划、发动这场哗变。"

"亲爱的,你还不明白,"克莱顿回应道,"在我的心里,护你周全才是我的首要责任。船长是自作自受,他灭绝人性、愚不可及。救他?那可真是白费力气。我怎么能为了他让你涉险呢?亲爱的,你根本无法想象,等到那帮嗜血穷徒控制了这艘船后,他们会干出什么事!"

"责任就是责任,约翰。不管你说什么,责任都不会改变。你现在分明在逃避责任,如果我对此视而不见,对于一位英国公爵你而言,那我可真是个不称职的妻子。我很清楚之后会面临什么样的险境,但是我愿意和你一起面对。"

"那就按你说的做,爱丽丝,"约翰对他的妻子温柔地笑着,"不过,或许我们是庸人自扰了。虽然我不喜欢船上这些乌七八糟的事儿，但是也没有那么糟糕。那个老古董说的可能是他自己腐朽恶毒的想法，而不是实情。"

一百多年前，海上哗变是寻常之事。但是，在1888年这样的太平盛世，这样的事情很少会发生。

"船长往他的办公室走了。叫我去给他提个醒真是我人生中倒胃口的事情之一。我一点都不想和畜生浪费口舌。"

说着，他便漫不经心地朝升降口的方向走去，船长刚乘升降梯下去。不一会儿，他就敲响了船长的舱门。

"进来。"船长粗暴地沉声咆哮道。

克莱顿走了进去并转身关好舱门。

"怎么了？"

"我想要和您汇报一下今天听到的消息，可能是虚惊一场，您就权当有备无患吧。简单来说就是，船员们要造反了。"

"胡说！"船长扯着脖子吼道，"你要是再敢插手老子船上的事儿，坏了我的规矩，你他妈的就别怪老子对你不客气。我管你是不是英国公爵，老子才是这艘船的船长，从现在开始，你少管老子的闲事儿。"

船长怒不可遏，脸一下子涨成了猪肝色。为了着重强调，最后几个字他简直是扯着嗓子吼出来的，他一拳重重地砸在桌子上，另一只手在克莱顿眼前使劲一摆。

克莱顿面色平静，只是定定地站着，平视着眼前激愤难平的人。

"比林斯船长，"半晌，克莱顿终于说道："恕我直言，你就是个蠢蛋！"

说完，他就转身离去，毫不在意，一如他平时的做派。但是对于比林斯船长这种阶层的人来说，这无疑比破口大骂他一顿还要让他恼火。

如果克莱顿试图调和一下，说些软话，船长可能就后悔说出那些气话了。可是现在，克莱顿已经把船长给气炸了，这最后一个让他们通力合作捍卫双方权益的契机彻底没戏了。

"爱丽丝，"克莱顿回到妻子的身边，"我真不该和那种人浪费口舌，他简直执迷不悟，活像一条疯狗直往我身上蹿。"

"就让他和这艘该死的老船见鬼去吧，我才不管呢。等这些事儿过去，我们平安无事，我就把精力全花在经营咱们自己的幸福上。眼下第一步就是回到咱们的船舱，查看一下左轮手枪。可惜，咱们的长枪、弹药都被我包起来和行李一起，放在船舱下面了。"

他们返回船舱时，整个房间被翻得乱七八糟。箱子里的衣服还有被打开的手提包被扔得到处都是，就连他们的床都被翻得乱作一团。

"显然，有人比咱们更急，已经率先查看了我们的行李，"克莱顿总结道，"爱丽丝，咱们清点一下看看少了什么。"

经过彻底的检查，他们发现，除了两把左轮手枪和少量的弹夹，什么也没丢。

"我最希望他们剩给我们的东西还是被他们拿走了，"克莱顿无奈地说道，"他们现在想要枪，也只要枪，这可不是个好兆头。"

"我们该怎么办，约翰？"爱丽丝问道，"你也许是对的，咱们现在最好保持中立。"

"如果船长那伙人能够平息叛乱，我们就没什么好怕的。但如果不是，我们就只能寄希望于没有阻挠他们也没有反抗他们这点上了。"

"不错，爱丽丝，咱们就静观其变吧。"

整理船舱时，克莱顿夫妇俩发现门缝里露出一角，夹着一张纸片。克莱顿停下来伸手去拿时，他惊讶地看到纸片又被人往里推了推。他一时明白,门外有人。

他悄无声息地迅速闪到门边,正要扭动把手开门时,他的妻子握住他的手腕。

"约翰,别动,"爱丽丝轻声道,"他们不想被人发现,所以我们还是不知道为好。别忘了,咱们现在要静观其变。"

克莱顿笑了笑,手顺一侧垂了下来。他们站在门边,一直看着那张白色纸张,直到在门这边看到它终于停下来,静静地躺在地板上。

克莱顿弯腰将它拾起。有人把它粗略地叠了起来,看着有点脏,展开大致是个正方形,被撕得毛刺刺的。上面的字潦草难辨,显然,对于写信人来说,写这封信并不容易。

仔细辨认,信上是在警告克莱顿夫妇,让他们不得报告丢枪这回事儿,也不能将老水手告诉他们的事情泄露出去。不然就会杀了他们。

"但愿我们会有好结果,"克莱顿苦笑道,"现在,我们只能坐下来耐心等待,听天由命了。"

Chapter 2
荒野安家

他们并没有等多久。第二天早上,克莱顿像往常一样,用餐前来到甲板上散步。突然,枪声响起,随后,接连又响起了第二声、第三声。

眼前的一切印证了克莱顿最深的恐惧。以布莱克·迈克尔为首的乌合之众站在以船长为首的一小伙儿头目面前。

头目们的第一次截击将船员们打得四处逃窜,之后,船员们占据桅杆、操舵室和船舱等有利地势,对着代表着他们所痛恨的"权威党"的五个头目集中火力予以还击。

两名船员倒在了船长的枪口之下,横在交火双方中间。随后,大副中弹,脸朝下仆倒在地。随着布莱克一声令下,哗变船员们向剩余的四个头目冲去。由于只搜刮到了六把枪,所以他们手里攥着的基本都是船锚、斧子、短柄小斧和铁撬棍。

而此时,船长的子弹刚好打光,正在给手枪装弹,二副的枪又卡了壳。当船员们乌泱泱地冲过来的时候，只有两个头目在抵抗。而他们，面对着愤怒涌来的人潮，也不禁退缩了。

交战双方气急败坏，互相毒辣地诅咒漫骂。当是时，枪声、叫声、呻吟声，一时齐发。"福沃达"号的甲板俨然成了一个疯人院！

头目们往后倒退没几步，船员们就冲到了他们面前。一个粗壮的黑人一斧挥落，把船长的脸从前额到下巴劈出了个豁口。转瞬间，其他头目也倒落在地，死的死，伤的伤，满身都是被人殴打和子弹留下的伤痕。

整个哗变，船员们干净利落，狠辣无情。自始至终，克莱顿都漫不经心地斜倚在升降梯旁，抽着烟，若有所思，就好像在观看一场无关紧要的"斗蛐蛐"。

所有头目都倒下后，他意识到自己必须立刻回到妻子身边，不能让船员在下面发现他的妻子孤身一人。

克莱顿看起来一脸平静漠然，但他的心里早已翻江倒海。命运毫不留情地将他们夫妇推入了这群无知、残忍的禽兽手里，他深深担心妻子的安全。

就在他转身准备下楼梯时，他惊讶地发现他的妻子正站在台阶上，离他那么近。

"你站在这儿多久了，爱丽丝？"

"从最开始，"她答道，"真可怕，约翰，太可怕了！我们落在他们手里还有什么指望？"

"指望早餐呀！"克莱顿诙谐地接过妻子的话，笑得和煦，安抚着惊魂不定的妻子。

"至少，"克莱顿补充道，"我会和他们要早餐。跟我来，爱丽丝，摆出我们的态度，让他们知道我们需要礼遇，不能随便对待。"

这个时候，船员们包围了死伤的头目们，不管死的活的，都

荒野安家 | 013

一律被抛入海里，毫无恻隐之心。同样地，对于他们自己人——那些死了的和快死的，他们也麻木置之。

须臾，一个船员看到了正走过来的克莱顿，大喊："这儿还有两个喂鱼的！"说着举起斧头就向克莱顿冲去。

但布莱克·迈克尔反应更快，那船员还没跑几步就被迈克尔一枪击中背部打倒在地。

迈克尔怒吼一声，大家纷纷将目光投向他。迈克尔指着克莱顿夫妇，大声宣布："他们是我的朋友，你们都离他们远点！听清楚了吗？"

"现在，我就是这艘船的船长，我的话就是指令！"迈克尔又说，他转向克莱顿，"你们就待在自己的地儿，没人敢动你们。"然后目光威慑地扫向船员。

克莱顿夫妇的注意力全部都放在倾听迈克尔的话上，没有留意船员们微妙的表情，全然不知他们一个个心怀鬼胎。

隐隐约约，人群间或传出争吵和摩擦声。寂静中，还传来两声可怖的枪响。但在这群亡命之徒中，迈克尔无疑就是无冕之王，所有人对他都得"俯首称臣"。

五天后，一片陆地影影绰绰地出现在了远方，是小岛还是大陆尚不清楚。但是，迈克尔表示，只要这片陆地适合居住，就会将克莱顿夫妇和他们的行李送上岸。

"你们就在这儿好好待几个月吧，"迈克尔解释说，"这期间，我们会寻一处有人烟的海岸，四处分散一下。我想，到时候，你们的政府应该已经收到通知，获悉你们的下落，很快就会派遣军舰接你们回去的。"

"如果把你们送到一片开化的陆地，我们就免不了要被问东问西的，我们这伙人吧，又没一个能说得清的，势必会引人怀疑。"

荒野安家 | 015

克莱顿非常反对迈克尔将他们丢在这片未知海岸，丢在野兽甚至还有野人出没的险地，这简直惨无人道！

但是在迈克尔面前，克莱顿的话除了能激怒他，毫无作用。所以，克莱顿只能一言不发，尽可能让眼下糟糕的境况往最好的方向发展。

大约下午三点，他们驶近了一片丛林环绕、风光秀丽的海岸，正对着那片看起来像内陆港口的进出口。

迈克尔派了一艘满载船员的小船丈量入海口水深，从而判断"福沃达"号是否可以安全通过。

大约一个小时后，前去的人回来报告说，通道的水很深，一直通往远处的小流域。

临近黄昏，"福沃达"号在海港抛锚，静静停泊在如镜的水面。海岸的四野长满了亚热带青翠的草木，远处丘陵起伏，在海面上隆起一片山岭，覆盖着茂密的原始森林。

这里杳无人烟，但是，船员在瞭望探查时，偶然几眼，就捕捉到了大量飞禽走兽的踪迹，再加上还有一条流入港湾的闪闪发光的小溪，给这里提供充足而新鲜的水源，要在这里生存并不困难。

黑夜降临，克莱顿夫妇仍然伫立在船的栏杆旁，默默凝视着他们未来的栖息之地。在那茂密漆黑的森林深处，不时传来野兽骇人的叫声，有狮子雄浑的吼啸，间或还有豹子尖锐的嘶鸣。

一想到被孤零零地丢在这荒寂的海岸后，他们每天都要面对这样危机四伏的可怕黑夜，爱丽丝就不寒而栗，愈发紧地缩在丈夫的怀里。

夜深的时候，迈克尔穿梭在船员中，忙活许久，指挥他们做好第二天一早登陆的准备。克莱顿夫妇适时劝说迈克尔，希望他改变想法，带他们去一个邻近开化陆地，相对安全的海岸，这样一来还能获得好心人的搭救。但是不管他们如何软言相求，威逼利诱，迈克尔都不为所动。

"死人才是最安全的。在这艘船上除了我，人人都想要了你们的命，我也知道，要想保住我们一伙人的脑袋，杀了你们才是最稳妥的。但我迈克尔不是忘恩负义之辈，你救我一命，我留你们两条命，但是其他的，想都不要想。

"这群浑人按捺不了多久，如果我不快点让你们下船，他们的想法可能发生变化，到时就不会再有你们的好果子吃了。我会把你们的东西都送上岸，还会给你们做饭的炊具、搭帐篷用的旧帆布还有食物，足够维持你们找到野果，打到野味。

"你们有枪防身，在救援赶到前，活下来不是一件难事儿。等我寻得安全的藏身之处后，我保证让英国政府知道你们的下落。不过，就算杀了我，我也说不出你们具体的位置，因为，连我自己都不知道现在在哪。不过没事儿，他们总会找到你的。"

迈克尔走后，回船舱的路上，两人沉默不语，心头都笼罩着不祥的预感。

克莱顿丝毫不信迈克尔真的会把他们的下落告知英国政府。他也不敢确定，明天上岸时，那些帮忙抬东西的水手中，会不会有人心怀不轨。

只要避开了迈克尔的视线，这船上任何一个人都可能把他们打倒。而迈克尔呢，良心上也不会受到任何谴责。

即使他们一时逃脱得掉眼前的危机，也难保不会有比这更险恶的境地在等着他们。若是只有克莱顿一个人，也许还有活下来的胜算。再怎么说，他也是个身强力壮的男人。

但是爱丽丝呢？还有在这危难之际，他们那即将降生在这片原始蛮荒之地的小生命该怎么办？

荒野安家 | 017

他们的处境严峻非常，又孤立无援，想到这儿，克莱顿不禁打了个寒颤。然而，上帝还是太仁慈，没有让他预见，在那黑暗、阴冷的森林深渊，更狰狞的现实正挥舞着爪牙，张着血盆大口等待着他们的到来。

第二天一早，他们为数众多的各种箱子被吊钩运到了小船上，准备一起运往海岸。

克莱顿夫妇原本想着要在非洲的新家住个五年八年的，所以他们带的行李数量庞大，品类繁杂，除了一些生活必需品外，也不乏许多奢侈品。

迈克尔打定主意，凡是他们夫妇的东西半点不留。这究竟是出于对克莱顿夫妇的同情，还是为他自己的将来做打算，就不得而知了。

倘若在一艘形迹可疑的船上，发现了一位失踪的英国官员的东西，毫无疑问，世界上任何一个人口聚居的港口都会对此进行仔细盘查，到时候可真就百口莫辩了。

为了做到万无一失，迈克尔坚持要船员们把抢走的左轮手枪还给克莱顿。

迈克尔还在小船里为他们准备了腌肉、饼干、少量的土豆和豆子、火柴、烹饪器皿、小工具箱，以及之前答应给他们的旧帆布。

似乎他自己也怕克莱顿担心的事情会发生，所以亲自护送克莱顿夫妇上岸，直到几条小船的储水箱储满新鲜的淡水，向停泊在港湾的"福沃达"号推移过去时，才最后一个离开。

船缓缓地在海湾光滑的水面上驶去。克莱顿夫妇伫立在岸边，静默地注视着。灾难近在眼前，两人心里涌动着绝望。

在他们身后，不太高的山脊边，几双眼睛正盯着他们，那眼睛相互贴近，在粗乱横飞的眉毛下，闪着邪恶的光。

当"福沃达"号驶出狭窄的港湾口,消失在一块巨大的礁石后,爱丽丝再也忍不住了,伸手搂住克莱顿的脖子,无法抑制地呜咽起来。

她曾勇敢地面对船员哗变,也曾英勇坚韧地思索如何应对惨淡的未来。但现在,当这种完全与世隔绝的恐怖真的降在他们头上时,她一直紧绷的神经还是崩溃了,所有本能的反应也随之爆发。

克莱顿静静望着哭泣的妻子,没有打扰。这样也好,让她释放释放长久以来压抑的情绪。他的小妻子,其实比一个孩子大不了多少。过了好大一会儿,姑娘才止住了眼泪。

"约翰,"等了半天,他的妻子带着哭腔问道,"这个地方到处都是猛兽,咱们该怎么办呀?怎么办呀?"

"咱们现在别无选择,爱丽丝,"他语气平静,就好像坐在家里舒适的起居室,"自己动手,丰衣足食,我们一定会凭着双手活下去。别胡思乱想了,那样会疯掉的。"

"我们现在只能边干边等,哪怕迈克尔没有实现他对我们的承诺,只要有人发现'福沃达'号失踪了,我确信,他们一定会很快派人来找我们的。"

"但是,约翰,如果只是你和我,"爱丽丝抽噎着,"咱们俩可以承受,可是,我们还有……"

"我知道,亲爱的,"克莱顿轻柔地望着妻子说,"我也一直在担心,但是我们只能坦然面对,面对未来的一切。你要相信我们,无论接下来会遇到什么,我们都能勇敢应对!

"千百年前,也许就是在这样一片原始森林,我们的祖先面临着和我们现在一样的绝境,今天我们将沿着祖先的足迹,走过他们留下的胜利之路!"

"他们过去能做到的,难道今天的我们就做不到吗?不,我们可以做得更好。我们是没有受过教育,对祖宗留下的渊博知识一无所知?还是我们不懂科学,不知道怎么困境求生,抵抗野兽来保护自己?祖先们当时可是一穷二白啊,爱丽丝,一切都是靠用石头和骨头制造的工具和武器完成的,这些,我们同样可以做到!"

"约翰,我真希望自己是个男人,可以像你一样理智地看待问题。可我只是个女人,比起男人用脑子来思考,女人是用心去感受这个世界的。我觉得周围的一切都太可怕了,这种可怕难以想象,更无以言表。

"现在只希望事情会像你说的那样,约翰。我会尽力像远古女人一样勇敢,做一个配得上远古男人的妻子。"

克莱顿当务之急就是布置一个夜晚睡觉的容身之处,以抵挡前来觅食的野兽。

他打开装着步枪和弹药的箱子,这样,在搭建的过程中,如果有野兽来袭,两人可及时做出反应。随后,他俩就一起寻找第一晚休息的地方。

距海滩一百码处有一小块空地,基本上没有多少树丛。他们最后决定,就在这儿定居下来。然而眼下,这里是虎豹豺狼的领地,他们都觉得最好在树上搭个平台,离这些东西远点儿。

查看一番,克莱顿选了四棵树,在上面搭建了个大约八平方英尺的平台,又从别的树上砍了些长树枝,在距离地面十英尺处,绕着大树围成了一个框架,然后用绳子把树枝牢牢地捆在树上。这绳子还是迈克尔从船上拿给他们的。

在搭框架的间隙,克莱顿紧密地搭了些小树枝,在上面铺了一层象耳树宽厚的叶子,这种叶子在这儿随处可见。随后,他们把大帆布叠了好几层,厚厚地铺在叶子上。

在离地面七英尺处,克莱顿又搭了个相对较轻的平台做屋顶,然后，把剩下的帆布围挂起来，当作墙壁。

干完这一切，他们终于有了一个相对舒适的小巢。克莱顿将他们的毯子和一些较轻的行李放了上去。

黄昏将近，趁着夜晚来临前，克莱顿为他的小妻子扎了把粗糙的梯子，这样，爱丽丝就能顺着梯子爬上他们的新家。

整个白天，他们的四周都盘旋着一群色彩绚丽的鸟儿，兴奋地扑腾着翅膀；还有一群活蹦乱跳、吱吱直叫的猴子，热衷而痴迷地瞅着这两个新朋友和他们那奇妙的小巢是怎么一步步筑好的。

克莱顿夫妇一直警惕地不时观望，并没有看到大型野兽。只有两次，偶然发现几只小猴子从不远处的山脊吱吱尖叫着跑来，不时地转头望向身后，满眼恐慌，就好像那里藏着什么可怕的东西，而它们刚从那里逃出来。

暮色时分，梯子做好了。从附近的小溪打了一大盆水后，两人就爬进了他们的"空中庇护所"。

天太热，克莱顿撩起四周的帆布，搭到屋顶上。随后，他俩就像土耳其人一样坐在了他们的毯子上。爱丽丝瞪大双眼，望着愈加幽暗的深林，突然，伸手紧紧抓住了克莱顿的手臂。

"约翰，"她轻声低唤，"看，那是什么？是个人吗？"

克莱顿顺着她的目光看去，在森林昏暗的树影掩映下，山脊上隐隐约约伫立着一个人形的庞然大物。

它站了一会儿，好像在听些什么，尔后，缓缓地转身，隐没在丛林深处。

"约翰，它是什么？"

"不知道,爱丽丝，"克莱顿语气沉重，"天太黑，这么远看不清，也有可能是月亮升起投出的暗影。"

"这可不是月影，约翰，它如果不是个人，那就是类人的某种奇怪物种，哦，天呀，我真怕。"

克莱顿将她揽在怀里，低声鼓励着妻子，呢喃着缱绻的情话。

过了一会儿，克莱顿把四周的帆帘放下来，将它们牢牢绑在树上，这样一来，除了对着海滩留着一点缝隙，他们将自己遮得严严实实。

"空中小巢"一片漆黑，夫妇两人躺在毛毯上准备入睡，希望借此短暂地忘记他们的境遇。

克莱顿面朝眼前的小口躺着，手边放有一把步枪和两把左轮手枪。

他们刚一合眼，就听到身后丛林里一只豹子发出的骇人的吼叫。豹子越来越近，他们清楚地听到这只大豹子已经径直来到了他们"空中小巢"的下面。大约一个小时，或再久些，他们一直能听见豹子不停地嗅着、抓挠着支撑起小巢的大树。最后，豹子才离开他们，慢慢地朝海滩的对面走去。克莱顿在皎洁的月光下清楚地看见，那是他有生以来，见过的最大、最矫健、最漂亮的一只豹子。

漫漫长夜，两人只是断断续续地睡了一会儿。幽密的林子里彻夜回荡着各种豺狼虎豹的嘶鸣，惊得两人本就紧绷的神经几近崩溃。那尖锐的吼叫声，还有树下不时走动的野兽，不知将他们惊醒了几百回！

Chapter 3

星起星灭

清晨,万物复苏,克莱顿夫妇大大地松了口气,却依然看不到希望的曙光。

简单地喝了杯咖啡,吃了些熏肉和饼干,克莱顿就开始着手盖房子了。他心里明白,如果墙体不够牢固,耐不住丛林里的野兽,那么他们就别指望晚上能安心舒服地睡个好觉了。

盖房子可真不容易,不过是一间小屋,却花了克莱顿将近一个月的时间。克莱顿用直径约为六英尺的圆木搭建木屋的框架,然后从地面几英尺深处挖出黏土,抹在圆木之间的空隙里。

木屋一头,他用海边捡来的石头,和着黏土砌了一个壁炉。小屋建成后,克莱顿在房屋四周抹了四英尺厚的泥土加以巩固。

他找来些直径约为一英尺的树枝,编了个牢固的栅栏,横竖交叉地安装在窗口处。这样一来,他们的小屋就有了个通风口,还不用担心野兽闯进来。

A形屋顶上，铺了细密的小树枝，又覆了一层棕榈叶和丛林杂草编就的草苫，克莱顿最后涂了层黏土用来填匀其中的缝隙。

　　他把装有行李的箱子拆开，按照纹理横向摞起，将这些木板一件件地钉到一起，做了一个三英尺厚的木门，坚不可摧。夫妇俩看着辛苦做出的大门激动地笑了。

　　现在，摆在克莱顿眼前的难题是，怎么样才能把这扇大门装到门框上？两天后，他竟然用木头做出了两个结实的门轴，有了它们，门就可以自由开关了。

　　屋顶一搭好，两人就立刻搬了进去。粉刷墙壁和收尾的活儿都是搬进去后完成的。晚上睡觉的时候，他们就把箱子摞起来，抵在门后。就这样，两人终于有了舒适安全的容身居所。

　　桌、椅、床、架做起来容易多了。所以，在第二个月的月底，两人便彻底安顿了下来。除了对野兽来袭挥之不去的恐惧和日渐强烈的寂寞侵袭，一切都还不错。

　　夜里，野兽就在他们的小屋周围咆哮、嘶吼。时间一长，夫妇俩也就习惯了。很快，两人就自动屏蔽掉了声音，彻夜好眠。

　　期间，有三次，他们看到人形生物的身影迅速闪过，和那晚看到的很像，但是每次都离得较远，无法分辨那到底是个人还是只野兽。

　　那些色彩缤纷的鸟儿和小猴子们一会儿工夫就和这两个新朋友混熟了。在克莱顿夫妇出现前，它们从来没有见过人类。最初的恐惧退却后，在好奇心的驱使下，它们全凭着丛林荒原里野生动物的本能，一点一点靠近两人。克莱顿夫妇对他们的小邻居很友善，还不到一个月，有几只小鸟就敢从他们手里一口一口地来啄食儿了。

　　克莱顿打算为他们的小屋再扩建些房间。一天下午，克莱顿正忙着,一群怪模怪样的小家伙们尖叫吵嚷着从山脊的树林里飞奔而来,它们一边奔跑一边惊慌失措地回头看。最后,它们在克莱顿身边停住,急切地对着他叽叽噜噜,好像在提醒他危险就要来了。

克莱顿终于看清了让小猴子们落荒而逃的家伙,正是之前那个一闪而过的人形兽。

它正半直着身子,从密林中走来,还不时地将它身后紧握的拳头重重地砸向地面,竟是只巨猿!它一边走来,一边粗重地从喉咙里发出隆隆的声音,偶尔还像狗一样低吠几声。

克莱顿来这儿寻找一棵适合建房子的理想木材,离小屋还有些距离。几个月来,风平浪静。白天里,他还没见到有凶猛的野兽出没。疏于防范,他把步枪和左轮手枪都留在了小屋里。此刻,眼看着巨猿"拔山倒树"地朝自己奔来,逃命的后路又被生生切断——那恰是巨猿所在的方向,克莱顿只觉一阵颤栗沿脊梁流遍全身。

他清楚,仅凭一把斧子就想干掉眼前这凶猛的野兽几乎是痴人说梦,爱丽丝她……哦,天呀,克莱顿一时陷入忧虑,爱丽丝可怎么办?

跑回小屋还有一线希望,思及此,他当即就转身向小屋冲去,一边跑一边大声喊着让妻子赶快进屋,关紧大门,免得巨猿断了他的后路。

爱丽丝在小屋附近坐着,听到克莱顿的呼喊,一抬头就看到一只笨重的巨猿正以不可思议的速度向她的丈夫扑去。

爱丽丝低鸣一声,赶忙跑回屋。进门的时候,她回头看了一眼,这一眼,把她的魂儿都吓掉了。那只巨猿已经截住了她的丈夫。此时,克莱顿站在海湾,挥着斧子,正准备砍向暴怒的巨猿,与之作最后的殊死搏斗。

"关门,把门闩好,爱丽丝,"克莱顿冲着妻子喊道,"我能用斧子了结它,别担心。"

两人其实心里都清楚,此刻,克莱顿命悬一线。

这只巨猿简直就是只大金刚,有三百多磅重。在粗乱横飞的眉毛下,秽浊的一双眼紧紧相贴,闪着凶光。它停在克莱顿面前,高声咆哮,露出一口锋利的长牙!

从巨猿的肩膀上面望过去,这儿离大门不过二十步远。突然,克莱顿猛地一颤,恐惧瞬息涌上心头,只见爱丽丝正端着步枪出现在了他眼前。

她一直害怕枪火一类的东西,也从来不碰它们。而现在,她端着枪,像一头保护幼崽的母狮子,毫不畏惧地向巨猿冲去。

"回到屋子里去,爱丽丝,"克莱顿失声大叫,"老天呀,快回去!"

但她全然不加理会,继续前行。此时,巨猿也调转方向,换了目标。克莱顿再想说什么,也都无济于事了。

克莱顿用尽全身力气挥斧向巨猿砍去,但一下子就被可怕的大手抓住了。巨猿扯过斧子,远远地将它扔在了一边。

一声吼啸,巨猿欺身扑向手无寸铁的克莱顿。千钧一发之际,就在那巨齿獠牙即将咬碎克莱顿的脖子时,只听"呼"的一声,一颗子弹从后背打入了巨猿的两肩之间。

巨猿大怒,一把将克莱顿扔在地上,转身扑向了爱丽丝。眼前的姑娘惊慌失措,想要再给猛兽吃颗子弹,却只是徒劳地扣动着扳机。她不懂得怎么摆弄枪支,更不懂得怎么给子弹上膛,只能任巨猿将她扑倒在地。

危在旦夕间,克莱顿从地上爬了起来,连忙冲上前拉住巨猿,想把它从妻子身上拉开,甚至都忘了,在庞然大物面前这么做是多么的徒劳无力。

然而,他竟然成功了!他还没怎么使劲儿,或者说毫不费力,巨猿就毫无生气地从草坪上滚到了他跟前,死了。那枚子弹正中要害!

克莱顿匆匆检查了一下妻子,见爱丽丝毫发未伤,估计巨猿是在扑向爱丽丝的瞬间咽气的。

他轻轻扶起昏迷不醒的妻子,把她抱回小屋。整整两个小时,爱丽丝才苏醒过来。

她说了一些让克莱顿摸不清头脑的话。醒来后,爱丽丝惊奇地看着小屋里的陈设,尔后,舒了口气,高兴地对克莱顿说:

"噢,约翰,回到家真是太好了!亲爱的,我做了一个噩梦,梦里,我们不在伦敦,而是到了一个有许多野兽袭击我们的鬼地方。"

"都过去了,爱丽丝,"克莱顿轻抚着她的额头,"再睡会儿吧,别想那些可怕的事了。"

这天夜里,豹子在门前整夜嘶鸣,山后狮子雄浑的吼叫回荡四野。在这紧邻原始森林的小屋,他们的小儿子出生了。

自此,爱丽丝再也没能从巨猿袭击的惊吓中恢复过来。孩子出生后,一年过去了,她从未走出过小屋半步,也丝毫不知自己已远离伦敦,身处林莽。

有时,她会问丈夫,为什么晚上会不时听到莫名的叫声?还会问,他们的仆人和朋友们都哪里去了?家里的东西怎么都没见过还这么鄙陋?尽管克莱顿并没有想着去隐瞒妻子,爱丽丝依然理解不了他们遭遇了什么。

在其他方面,爱丽丝心底却是一片清明。她知道,她有一个小宝贝,还有丈夫对她矢志不渝的爱。那一年她每天都过得很快乐,那是她年轻的生命里最幸福的时光。

克莱顿明白,爱丽丝如果神志清楚,就会终日忧心忡忡。所以,看着她变成这样,克莱顿伤心之余,也不由为她感到高兴。这样一来,就免得她担惊受怕了。

克莱顿每天都热情高涨地装点着他们的小屋。除了偶尔走神,他对外界的救援早就不抱有希望了。

他们的小屋里,地上铺了狮子和豹子的皮毛地毯,靠墙陈列着书架和橱柜,绿竹和干草编织的席帘在小窗前垂荡。克莱顿自己用黏土冶制了几个别具一格的花瓶,里面插着灿烂的热带花儿。更难得的是,克莱顿用手头粗糙的工具,将木头片成木条,镶嵌在墙壁和天花板上,还用这些木条给小屋铺了一层平滑的地板。

克莱顿在伦敦的时候从没干过重活儿。他常常惊叹,自己的双手竟然能做得来这些。不过,为了自己的妻子还有带给他们莫大欢愉的小宝贝儿,他甘之如饴。哪怕儿子的诞生赋予了他百倍的责任,哪怕他们的境地更显恶劣。

第二年,克莱顿又被巨猿袭击过几次。现在,它们似乎经常出没在这间小屋附近。但是,克莱顿总是随身携带着步枪和手枪,也就不大害怕这些野兽了。

克莱顿经常出去打猎,采摘野果,定期给一家人补给口粮。他加固了窗户,在门上又安了一把很特别的木锁,以防外出期间有猛兽闯进家里。

一开始,克莱顿在小屋的窗口就能打到不少野味儿。时间长了,动物们也知道害怕这能在枪口打出可怕响声的步枪了。

来这儿之前,克莱顿为他们的新居准备了很多书,大都是儿童读物,像一些图画册啦、学前书啦,还有一些读本。他们想着,回到英格兰的时候，他们的儿子都该长到能识字读书的年纪了。闲暇时，他就会拿出一本，念给妻子听。

其他时候，克莱顿会记日记，他一直习惯用法语记录，里面全是他们每天奇妙生活的点滴。他把这本日记锁在一个小铁盒里。

小儿子出生一年后，在一个寂静无风的夜里，爱丽丝安详地走了。过了好久，克莱顿才意识到，妻子真的离开了这人间。

克莱顿呆坐在妻子身旁，恐惧后知后觉地袭涌而来。他还有个没断奶的小儿子等着他去照顾！没人说得清，彼时克莱顿自己是否知道，他究竟承受了多么大的悲痛，还有那悉数落在身上的重担是多么的可怕！

在爱丽丝去世的第二天，克莱顿记下了他的最后一篇日记。里面记述了这悲惨的夜晚，语气淡淡，却平添了几分凄怆苍凉。字里行间中，透着长期遭受痛苦与绝望的疲惫与漠然。哀莫大于心死，妻子的亡故竟再无法带给他更深的伤痛。

"咱们的小儿子正哭着要奶喝，噢，爱丽丝，我该怎么办呀？爱丽丝。"

克莱顿写完这最后一句话，手就停在了握笔的姿势上。他的头疲惫地垂落在了桌面舒展的胳膊上，这张桌子是他为她打造的，而现在，她正一动不动地，冰冷地躺在他身旁的床上。

好久，除了回荡着小婴儿可怜的哭声，丛林里再没别的声音打破正午这死一样的沉寂。

星起星灭 | 029

Chapter 4
丛林猿落

在距海洋一英里外的森林空地上，老猿克查科正对着它的部落大发雷霆。

为了不被克查科的怒火波及，那些年幼的和身材稍微纤轻的猿猴仓皇逃窜到大树的高枝上。它们宁愿冒着生命危险攀住随时会折断的枝杈，也不愿意在克查科怒火中烧的时候去面对它的那一脸凶相。

公猿们则是四面八方地散去。这些暴躁的公猿是不见棺材不掉泪，只有被克查科那满嘴腥沫的牙在脊背咬上一口，它们才想着逃跑。

一个倒霉的母猿没把住，从高高的树枝上掉了下来，正好落在克查科的脚边。

克查科大吼一声向它扑去，张开獠牙，生生地撕下一块肉来。又抓起一截木棒，狠命地敲打它的头和肩膀，直打得它头骨碎裂，脑浆飞溅。

　　随后，它的眸子映现了卡拉的身影。它刚刚和宝宝觅食回来，完全没有发现此刻的氛围是多么窒息。直到听到同伴们的尖声警告，才发疯似地跑向安全的地方。

　　克查科不断向它迫近。若不是拼死一跃，从一棵树跳到另一棵树，它就要被捉住脚踝了。猿类通常不会冒如此风险作出危险举动，除非命悬一线，别无选择！

　　卡拉稳稳地跳到了树上。就在它抓住眼前那棵树的枝干时，身体猛地一震，震落了拼命想要攀住它脖子的小猿。它眼睁睁地看着自己的宝宝被自己甩飞，打着旋地从三十多英尺的高空坠落。

　　它悲切地惊呼，全然不顾身旁可怕的克查科，直冲着孩子扑去。可是当它抱起血肉模糊的小家伙时，小猿已经毫无生气了。

　　卡拉坐在地上抱着小家伙悲伤地呜呜，克查科再不对它多做打扰。看到小猿死了，它突如其来的怒气也烟消云散了。

　　克查科是一头体形庞大的猿王，足有三百五十磅重。它的前额很低，向后倾斜。扁平粗糙的鼻翼两侧，一双紧挨的小眼睛布满血丝。它有一对又薄又大的耳朵，但同大多数的同类比，还是小一点儿。

　　二十年前，克查科出生在了这小小的猿落里。它力大无穷，动不动就暴跳如雷，在这个部落，它有着说一不二的地位。

　　现在，它正处全盛时期，这片林莽，任它逍遥，还没有哪头公猿胆敢挑战它的权威，就连那些比它大的动物都不敢招惹它。

　　野蛮世界，弱肉强食。在这儿，只有大象丹托不怕它，也只有丹托能让它忌惮三分。自打丹托宣告这片密林是自己的领地，克查科就匆忙地率领自己的部落撤到了树上，在那里建了自己的第二家园。

丛林猿落 ｜ 031

这个克查科以铁腕和利齿统治的猿落,里面总共有六七十只成员,差不多含了六七八个家庭。每个家庭都有一头成年公猿,几只母猿还有它们的孩子。

卡拉的丈夫名叫塔布拉特,含"断鼻"之意。它是塔布拉特最小的妻子,九、十岁的样子。那只被它掷亡的小猿是它第一个孩子。

它虽然年轻,却身形硕大,健壮有力。它毛色光亮,四肢匀称,额头饱满而圆润,远比其他同类聪明得多。所以,在情感感知方面,它也有着更强烈的母爱与痛失爱子的悲切。

尽管如此,它依然是一只与大猩猩同源的凶猛而可怕的大型野兽,和那些同源"表亲"一起,成了人类祖先中最令人生畏的一支。

见克查科气消了,成员们慢慢地从树上爬了下来,继续忙着各自刚刚被打断的活计。

小猿们在树上和灌木丛里上蹿下蹿,嬉戏打闹。大猿们呢,有的趴在松软的落叶腐植上,好不惬意;有的翻着地上的树枝和土块,寻找着昆虫、爬虫一类的食物;还有一些又去了附近的树丛里,看看有没有果子、坚果什么的,或者找找小鸟和鸟蛋。

这样过了一个小时,克查科把它们召集起来,一声令下,率领大家向海边走去。

在前行过程中,它们多数时候都在地上行走。大象踏平了这儿的灌木丛还有盘根错节的藤蔓以及攀缘植物,也踏平了四周的大树,生生开辟出一条坦途。巨猿们像个球似的笨拙地挪动着步伐,紧握双拳,五指关节杵在地面上,身体别扭地耸动向前。

穿越矮树林就快多了,它们在枝干间飞荡,就和它们的近亲小猴子一样敏捷。一路上,卡拉都将死去的小猿紧紧抱在自己的怀里。

中午刚过，它们来到了山脊，一群猿俯瞰着克查科此行的目的地——海滩上的一间小屋。

在那间漂亮的穴窝里，住着一只它们从未见过的"白猿"，他的手里有一支能发出巨响的黑色小木棍，克查科见过不少同类命丧其下。它打定主意要把这个夺命玩意儿占为己有，好仔细探探这黑洞洞的小孔里有什么魔力。

这只"白猿"让它又恨又怕，克查科迫切地想要知道在他的脖子咬上一口是个什么滋味。因此，克查科常常率领它的部下在这一带侦察，等待着"白猿"放松警惕的大好时机。

最近一段时间，它们已经罢手了，甚至都不敢露面。每每出现，那支小木棍就会怒声咆哮，已经打死了好几个成员。

这一天，小屋的周围没有半点人影，从山脊望去，小屋大门敞开。它们小心翼翼地穿过丛林，悄无声息地向小屋缓慢摸去。

它们不再低吼，也不再任怒火四泄，大声叫喊——那支黑色的小木棍教会它们要保持安静，以免惊醒它。

它们离小屋越来越近，克查科已经偷偷摸摸地溜进了门口，探头探脑地向里面张望。它的身后跟着两头公猿，再往后是卡拉，它的怀里还紧紧抱着那只小猿。

屋里，"白猿"正头枕着胳膊，趴在桌子上；床上，隐隐约约躺着个什么，盖了一层帆布；粗糙的小摇篮里，有个小婴儿正哀怨地啼哭。

克查科悄没声地走进小屋，伏下身子，正准备扑上去，克莱顿吓了一跳，猛地站起来，和它们打了个照面。

克莱顿看着眼前的一幕，整个人都僵住了。三头巨猿正蹲伏在他的家里，后面还挤着更多，不过到底来了多少，他永远都不会知道了。他的左轮手枪和步枪远远地挂在墙上,而克查科不容他作丝毫反应,直接向他扑来……

克莱顿——格雷斯托克公爵的一生在这一刻画上了句号。待克查科放下克莱顿绵软的身体时,他将目光投向了旁边的小摇篮。可是,卡拉抢先了一步,在他下手前,就眼疾手快地把孩子抢到了自己手里,还没等老克查科作出反应去拦截,它已经夺门而出,躲在了高高的树上。

卡拉抓起婴儿的同时,就把自己死去的小猿扔在了摇篮里。婴儿的啼哭声响应着卡拉胸腔里澎湃的母爱,这爱万物有之,只是那只死去的小猿再也无法回应了。

参天大树上,在一片树枝的掩映下,卡拉把哭叫的小东西抱进怀里。小宝宝懵懂地感应到了这只凶猛的母猿本能下散发出的母爱,和温柔美丽的妈妈一样,很快就不哭了。

卡拉用自己的奶水喂哺着饥饿的小家伙——一位英国公爵和一位英国夫人的儿子,种族的沟壑在这场哺育中变得微不可见。

而此时,小屋里的巨猿们正小心翼翼地查看这奇怪穴窝里的物件。

看到克莱顿死后,克查科的目光就转向了篷布下躺着的那个东西。

它谨慎地掀开篷布的一角,一看见下面躺着的是只"母白猿",便一把扯下篷布,伸出它毛茸茸的大手,掐住她那一动不动的、白皙的脖颈。

它的手指深深陷入爱丽丝冰冷的肌肤,过了一会儿才意识到她已经死了,便从她的身边走开,转头查看起屋里的东西,再没去拨弄克莱顿夫妇的尸体。

它第一眼就注意到了挂在墙上的步枪,就是那支几个月以来让它朝思暮想的、要命的、能发出轰鸣的古怪黑棍儿。现在，它就在那儿，触手可及，克查科却不敢碰它。

克查科小心地向那玩意儿摸去，一旦它轰轰怒吼，就准备拔腿狂奔。它可见识过那玩意儿的威力，之前它们莽撞无知，傻愣愣地扑向"白猿"，结果，全栽在他手里的这根小棍儿上了。

几次接触和判断，克查科的直觉告诉它，只有在会使用的人手里，小黑棍才有危险。尽管如此，它还是犹豫了几分钟才鼓起勇气触碰它。

它在地板上来来回回地踱着步子，时不时地转头，眼神一刻也没有离开它热烈渴望的宝贝！

克查科走过来，走过去，挂着胳膊，就像挂着拐棍似的，每迈一步，庞大的躯体就晃荡得前后耸动。它焦虑地低声咆哮，不时发出刺耳的嘶鸣，丛林里再也没有比这更可怕的声音了。

过了一会儿，它终于在步枪前稳住了身子，伸出大手，慢慢地向前探去，眼看着就要摸到闪闪发光的枪管，又慌忙缩回，继续焦灼地踱来踱去，好像这样，就能掩饰它的怂怯似的。它偶尔还会发出几声凶猛的吼叫为自己壮胆，好有足够的勇气上前将步枪握在手里。

它又一次停住了脚步，这次，它勉强地伸出手，摸了摸冰冷的枪管，刚摸到就缩了回来，又开始焦躁不安地来回乱窜。

就像进行一场莫名的"仪式"，克查科一遍遍地在枪前止步，每尝试一次就多了几分勇气，这样反复了几个来回之后，终于将那支步枪从挂钩上取下来，握在了手里。

看着小黑棍安安静静的，克查科松了口气，仔细地摸索起来。它把枪从头到尾摸了个遍，还对准枪口向里张望，一会儿碰碰瞄准器，一会儿又摸摸枪栓和枪托，最后，手指竟滑到了扳机上。

当下，挤进来的成员们都在门边拥坐一团，望向他们的首领。门外也猿头攒动，紧张得想看看里面发生了什么。

猛然间，克查科的手指扣响了扳机，小屋"轰"的一声巨响，门外的巨猿仓皇逃窜，你推我搡，乱作一团。

克查科也吓住了，吓得它都忘了枪还在手里，抓着这枚"炸弹"就往门外狂奔。

它跑出大门时，枪的瞄准器挂住了晃荡的门沿，在冲力的作用下，克查科身后的大门紧紧地合上了。

跑了一会儿，克查科停下脚步，发现自己的手里还抓着步枪，赶忙将这"烫手的山芋"扔下，再也不想碰它了——它脆弱的神经实在承受不了更多的轰鸣。然而，这也让它确信一点，只要不碰小黑棍，它就非常稳妥，毫无威胁。

过了一个小时，成员们才敢回来，想着再进小屋探查一番。推门时，它们才懊恼地发现大门竟然关上了，任凭它们怎么推拉硬拽，都纹丝不动。

原来，克查科出去时，克莱顿苦心孤诣安装的那把精巧的门闩从里面拴上了。当然了，它们也无法从窗子钻进去，上面装上了结实的栅栏。

在小屋周围晃荡了一会儿，它们准备返回密林深处和那片台地。

卡拉没有立刻带着它刚收养的小婴儿从树上下来。克查科喊了一声，叫它赶紧跟上队伍。卡拉闻声，见克查科没有半点动怒的迹象，这才灵巧地从枝干间荡下来，跟上同伴们一起往家走。

每每有猿猴想要看一看这个白嫩嫩的小婴儿，卡拉就呲开獠牙，发出威胁的低吼声，警告着把它们吓走。

直到相信它们对孩子没有恶意，才允许它们过来瞧瞧，但是却不允许它们伸手触碰。

就好像它知道，婴儿还很娇弱，经不起折腾，生怕这些大老粗下手没轻没重，伤着小家伙。

它牢牢记得自己的小猿是怎么死掉的，所以，每次外出，它都一只手紧紧地搂住新得的宝贝儿，生怕他摔着。可想而知，它这一路走得是多么的步履维艰！

别的小猿都是骑在妈妈的背上，小小的胳膊紧紧搂着眼前毛毛的脖子，两条小腿儿夹在妈妈的胳肢窝下。

卡拉却不这样，它将小婴儿紧紧抱在怀里，任小家伙娇嫩的小手抓着一撮儿它胸前的长毛。它已经眼睁睁地看着一个孩子从背上摔落，悲惨地死去，它绝不会让悲剧在这个孩子的身上重演。

Chapter 5

白猿泰山

卡拉温柔地哺育着小家伙，心里想着，为什么别的小猿都是越来越强壮，越来越灵巧，它的宝宝却没有什么变化呢？养了一年，才刚会走路。说到上树攀援，天哪，他可真是太笨拙了！

它对自己的宝宝满含希冀，时常和年长的母猿谈论起这个问题，可是谁都想不明白，不过就是学习些生存本领，怎么会有这么迟钝和蠢笨的孩子？自打卡拉把他带回来，一年都过去了，为什么他连觅食这样基本的都不会呢？

不过，要是它们知道，他被收养时，就已经有十三个月大了的话，它们一定会觉着他无药可救了。要知道，部落里两三个月大的小猿都比这个二十五个月的小怪人儿强得多呢。

卡拉的丈夫塔布拉特大为恼火，若不是卡拉时刻看护，它早就把孩子扔出去了。

"他永远也长不成一头凶猛的猿，"它和卡拉争论着，"你要一

白猿泰山

直带着他,保护他。他对咱们部落有什么好处?根本一无是处,就是个累赘!"

"咱们就把他往草丛间一扔,让他在那儿静静地睡吧。你应该再生几个壮实的小猿,等我们老了,也好有个指望。"

"你就别想了,断鼻子,"卡拉回应道,"如果真的要我一辈子将他带在身边,那我就带他一辈子。"

万般无奈下,塔布拉特去找了克查科,希望它发话,好叫卡拉放弃泰山——这是小家伙的名字,意为"白皮肤"。

但是,克查科也没法子。它一和卡拉说起这个事,卡拉就威胁它表示,如果再来骚扰它和泰山,让他们母子不得安宁,她就脱离部落。在丛林世界,这是动物神圣不可侵犯的权利,成员若对自己的部落不满意,就可以离开。卡拉体格匀称,又年轻漂亮,它们不想失去她,所以也就不再来打扰了。

随着泰山一天天长大,他的进步愈发惊人。十岁的时候,就爬得一手好树。在地面上,他会做许多不可思议的事儿,本领多得直叫他的小兄弟姐妹们望尘莫及。

泰山在许多方面都与猿类不同。一方面,他异乎寻常的聪慧和狡黠常常令他们震惊;另一方面,他的力气和个头却没他们大。长到十岁,猿猴们就已经发育成熟了,有的身高甚至高过六英尺,而小泰山却仍然是个半大的孩子。

可是,他是个怎样的男孩呀!

从很小的时候,他就学着猿妈妈的样子,从一根树枝荡到另一根树枝上;稍大一些,每天大半的时光里,他都跟着兄弟姐妹们在树顶穿梭。

莽林,一棵棵树高耸入云。他可以从令人眩晕的树木顶端,在空中一下子荡二十英尺远,不但能在旋风中干净利索地抓住一根狂飞乱舞的树枝，而且动作轻巧，绝不会弄出太大的震动。

他能踩着枝干，伸开双手，直接从二十英尺高的树上一路加速跳到地面；还能像松鼠一样轻松灵敏地跳到热带丛林的最高枝儿。

泰山虽然才十岁，却和三十岁的普通人一样结实有劲儿，身手也比大多数训练有素的运动员矫健得多。随着他一天天长大，他的力量日益增强。

在与凶猛的巨猿朝夕相处的日子里，泰山一直都是那么的逍遥快活。他从不知道世间还有什么其他活法，也不知道在他小小的森林外，是大千世界，除了莽林中他所熟悉的野生动物，还别有一番天地。

快十岁的时候，他渐渐察觉到自己和伙伴们有很大的不同。小东西身上没毛，炙热的太阳把他晒得黝黑。看着自己光溜溜的身体，他猛然间产生了强烈的羞耻感，感觉自己和那些低等动物——蛇和爬行动物同属一类。

为了和同伴们看起来一样，他从头到脚给自己糊上了泥巴，可是泥巴一干就全掉了，而且，泥巴糊在身上黏黏腻腻的，特别不舒服。所以他当机立断，宁愿一路丑下去，也不遭这份儿罪。

在他们时常出没的台地上，有一片小小的湖泊，清澈见底，波澜不惊。泰山第一次透过映在水面上的倒影看清楚了自己的模样。

这一天，正值旱季，闷热难耐。泰山和他的兄弟一起到湖边喝水。他们俯下身，平静的湖面映现出了两张小脸儿：一张是猿凶猛可怕的脸孔，另一张则是英国贵族后裔的面庞。

泰山吓坏了，本来浑身没毛就够丑的了，脸居然还长成这么一副鬼样子，部落里的成员该怎么看待他呀！

瞧他那小小一个缝儿的嘴巴,还有那一口细碎的白牙;再看看他幸运的大兄弟们,那大嘴,那大牙。哎呀,他这得丑成什么地步了!

再说说这紧缩的小鼻子吧:窄窄细细的,看着就像先天不足,少了一半似的;再看看人家那个漂亮的大鼻孔,整整占了半张脸!多敞亮,多大方!简直帅呆了!可怜的泰山羞得直为自己脸红。

再往上,他看到了自己的眼睛。天啊,多么致命的一击啊!里面有个褐色的小点儿,外面是个灰色的圆孔,再往外一片空白。太吓人了,就连蛇都没有像他那样可怕的眼睛!

泰山完全沉浸在自我认知当中,丝毫没有察觉到身后一个大家伙正悄悄地穿过丛林,拨开密草,暗暗地向他们走来。他的小伙伴也没发现,它正咕噜噜地喝水,一边喝一边心满意足地发出咯咯咯的声响,完全盖住了大家伙走近的声音。

离他们不到三十步处,赛贝——一只巨大的母狮子蹲伏下来,甩着尾巴。它小心翼翼地抬起一只巨大的软掌,悄无声息地向前放落,又抬起另一只,慢慢地挪动着脚步。它压低身子,肚子都快贴到地面了,看样子,"大猫"正准备着向猎物扑跳而去。

此刻,赛贝离这两个小家伙连十英尺都不到,而他俩只顾着玩儿,毫无察觉。它小心地抬起两条后腿,大块的肌肉在漂亮的毛皮下滚动。

它积蓄力量准备起跳了——光滑的后背向上紧弓;身子就像被压扁了似的,低低地伏在地面;尾巴也停止了摇摆,一动也不动,直直地拖在身后。

突然,它停住了,静若磐石。伴随一声怒吼,它纵身跃起。

母狮赛贝是一名出色的猎手,遇到不够聪明的对手,都会觉得它这声吼叫给了猎物喘息的时机,实在是愚蠢至极。若它不作声,悄悄地迫近猎物，再猛地一扑，岂不是更加万无一失？

但赛贝很清楚，丛林里的动物，动作迅捷，听觉异常，有着令人难以置信的灵敏。草叶间突然的刮擦声无异于狮吼，瞬间就会引起它们的警觉，而它自己是绝不可能毫无声息地扑过去的。

它充满野性的咆哮根本就不是警示，而是想借此，瞬间吓瘫可怜的猎物，这样，它就可以趁着猎物短暂的慌神，伸出利爪，死死掐入它们细嫩的皮肉，在猎物准备逃脱前就将之扑获。

这个推论在猿的身上完全适用。小家伙一下子就蹲在那里吓得瑟瑟发抖，虽然只是瞬间，但这短短的一瞬足以将它毁灭。

同一套理论放在泰山身上就不那么管用了，他不同于其他动物，他是人类的后代。险象迭生的丛林生活早早地就教会他遇事不乱，临危不惧；他智力超群的大脑当下作出的反应也是猿所无法比拟的。

一听见母狮赛贝的吼叫，泰山的肌肉配合着大脑立刻达到了戒备状态。此时，泰山身前是一潭深水，身后是母狮——在利爪和血盆大口的撕咬下，任谁都会死得很惨。

除了饮水止渴，泰山一直都不喜欢水。他看到水就会联想到冰冷难耐的瓢泼大雨，他害怕闪电雷鸣，也害怕疾风骤雨。

猿妈妈一直教导他要远离这潭深水。再说，短短几个星期以前，他不是才亲眼看到小妮妲落入平静的水面，再也没有回来吗？

在赛贝发出第一声怒吼，将破未破丛林寂静的刹那，他就毫不犹豫地在身后的母狮和身前的深水之间选择了后者。母狮刚跃出一半，他已跳入了深潭，任刺骨的水没过头顶。

水很深，他不会游泳，但他毫不畏惧，随机应变，淋漓尽致地展现了高等动物所独具的品质。

他手脚并用，迅速地上下扑腾，挣扎着不让自己沉下去。机缘巧合，他扑腾打水的动作正是"狗刨"的姿势。几秒不到，他的鼻子就露出了水面。很快，泰山就发现，这样扑腾着，不但可以浮在水中，还能向前游动。

见自己突然学会了游泳，泰山又惊又喜，但是眼下，他可没有时间想这个。

他沿岸一路游着，看向岸边，那头差点扑倒他的猛狮正蹲在小猿的尸体旁，一双眼，死死地盯着泰山，明显在等着他上岸，但泰山毫无此意。

相反，他扯开嗓门，向部落发出了遇难信号，还警告那些想要前来救援的伙伴，小心赛贝，不要落入它的利爪。

远处立刻就传来了响应。不一会儿，大约四五十只猿飞快地荡下台地，浩浩荡荡地穿越丛林，赶到了事发地。

领头的是卡拉，它一听呼唤就认出那是它的心肝宝贝。站在卡拉身边的则是小猿的妈妈。它可怜的孩子已经惨死在了赛贝的利爪之下。

尽管狮子的战斗力和身体素质要强过猿，但它无心以一己之力力战群猿，何况，面对的还是这群暴怒的成年巨兽。它愤恨地嘶吼一声，"嗖"地跳进灌木丛，没了踪迹。

泰山游向岸边，麻利地爬上了岸。他小小的心房满是惊喜，他从不知道，凉丝丝的湖水竟然如此清新、让人浑身舒畅。从此以后，江河、湖泊、溪涧、浩海，只要可能，他每天都会跳进去畅游一番，从不放过任何一个机会。

好长一段时间，卡拉都无法适应。尽管在不得已的时候，猿也能在水里扑腾几下，但是，它们从来不会主动涉水，更别说在水里玩得这么肆意了。

狮口遇险打破了泰山单调的日常。平日里，他无非就是四处觅食，不是吃，就是睡。每每回忆起这段历险，泰山都满心欢喜。

猿群活动的大致范围是沿海岸二十五英里、向内陆延伸五十英里一带。它们时常出没于此，有时，一个地方就能呆上好几个月。然而，猿穿越森林非常迅速敏捷，所以，它们总是没过几天就转遍了整片领地。

部落迁徙主要取决于食物状况、天气变化以及周围更为危险的物种对它们的威胁程度。虽然，大多时候，克查科带领着它们长途跋涉，仅仅是因为自个儿在一个地方呆腻了。

夜晚，黑暗笼罩，它们就席地而眠，有时，会寻来象耳树的肥叶盖住脑袋，但很少会用来盖住身体。若夜里天凉，它们就三三两两地抱作一团，相互取暖。这些年来，泰山都是睡在卡拉的怀里。

无疑，这只凶猛的巨兽将全部的爱都倾注给了这个来自不同种族的孩子，孩子呢，也同样全心全意地爱着这只浑身是毛的巨兽。如果他年轻美丽的母亲还活着，这母子亲情本该属于她。

泰山无法无天的时候，猿妈妈也是真的打他。但是，它从来都没有下过狠手，比起责罚，猿妈妈给予泰山更多的是爱抚。

它的丈夫，塔布拉特，一直对泰山深恶痛绝，好几次差点了结了他的小命。

而泰山则从来不失时机地回敬他的养父。只要万无一失地躲在妈妈的怀里或吊在高枝儿上，泰山逮住机会，就气它，骂它，朝它做鬼脸。

他聪明绝顶，狡黠多计，小脑瓜儿里想出了无数的奇思妙想，设下诡计，直叫塔布拉特的生活苦不堪言。

还小的时候，泰山就学着用长草结绳，总是给塔布拉特使绊子，再就是动不动把它吊到树上。

玩的时间长了，经过反复的摸索，他学会了打绳结，还学会了打滑行索，给自己和小伙伴们带来了很多乐趣。小猿们也学着泰山的样子想打出绳结和索套，但是谁也不能像泰山一样熟练地掌握这一绝活儿。

一天，泰山正玩着，忽然手持绳子一端，向一个飞奔的小伙伴扔出了绳索，出乎意料地，绳索竟直直地套住了小猿的脖子，猛地迫使它收住脚步，吃惊地定在了那里。

啊哈，又多了个有意思的事儿，泰山高兴极了，迫不及待地又试了一次。这之后，通过不懈的努力，他终于融会贯通，将绳索玩得出神入化。

现在，塔布拉特的生活简直成了一场噩梦。白天黑夜，不论是行走时，还是睡梦中，说不定什么时候，一条绳索就会悄悄地套在它的脖子上，差点没把它给勒死！

卡拉惩戒过泰山，塔布拉特赌咒要他好看，就连克查科也留意到了，威胁警示。然而，并没有什么用。

泰山依旧我行我素。一个不小心，塔布拉特的脖子就又会被那根细长结实的绳索套住。

看到塔布拉特不爽，大家可开心了。"断鼻子"是个到处招"人"烦的老家伙，谁都不喜欢它。

泰山聪明的小脑瓜里盘桓着无数妙思，而这一切都源于他神圣的理性力量！

如果他可以用绳子延展自己的手臂，套住伙伴们，为什么不可以用它套住母狮赛贝呢？

这个想法在他的头脑和潜意识里一天天发芽、抽枝、逐步成熟，最后长成参天大树，造就了惊人的辉煌！

不过，这都是后话了。

Chapter 6
丛林之战

巨猿部落时常会游荡到内陆港湾旁的小屋附近，这里门窗紧闭，寂静无声。对泰山而言，小屋就是一泓永不枯竭的泉源，蕴含着神秘与欢愉。

他时常会从垂挂着帘幔的窗向里张望，或者爬上屋顶，从黑洞洞的烟囱往下瞅，总想知道这牢固的小屋里有些什么。

小孩的想象力天马行空。泰山的脑海里浮现着小屋一帧帧美妙的画面，他相信，里面一定住着些神奇的生物。越是进不去，他越是想到里面探个究竟！

他花了好几个小时攀附在屋顶和窗子上寻找入口，但从来没有留意过大门。那门在泰山看来，结实得和墙没什么区别！

狮口逃生后，他又来到了小屋附近。这次他站开了些，发现墙上竟嵌着一个与周围墙体分离的大门。泰山灵光乍现：估计这里就是小屋的入口。真没想到，居然在他的眼皮子底下躲了这么久!

现在,小屋前就他一个人,平常也是如此,别的同伴都不愿意接近小屋。过去的十年里,关于小黑棍怒吼伤猿的故事完完整整地流传开来。在它们心里,那间"白猿"荒置的小屋一直笼罩着某种诡异恐怖的氛围。

泰山和小屋之间千丝万缕的关系却是从来没有听谁说起过。猿的语言太贫乏了,它们只能简单地说出在里面看到了什么,根本找不到合适的语言来准确形容那两个怪人并描述出里面东西的具体样子,以至于还没等泰山懂事,它们就把这事儿给忘了!

只有卡拉曾含糊不清地告诉过泰山,他的父亲是个奇怪的"白猿",但是泰山并不知道卡拉不是自己的生母。

这天,他径直走到门前,对着它研究了好几个小时,上面的合页铰链、旋转把手和门闩把他搞得手忙脚乱。终于,偶然间,让泰山摸索出了门道,大门在他惊讶的注视下,"吱吱呀呀"地打开了。

头几分钟,他不大敢往里走,等眼睛渐渐适应了屋里昏暗的光线,他才小心缓慢地向里迈进。

地板中间躺着一具白骨,没有一点皮肉,只有发霉、陈腐的衣片连在上面;床上也有一具,阴森恐怖,不过,稍小一些;还有一具,是个小不点儿,躺在旁边的小摇篮里。

所有的事物都暗示着事发当天,这里的主人经历了怎样一场漫长可怕的人间惨剧!对此,泰山却视若无睹。丛林荒野里,他见惯了动物死去和垂死挣扎的场面,哪怕现在让他知道,眼前躺着的就是他的亲生父母,他也不会有多大的反应。

他的目光全被小屋里的陈设和其他物件吸引了去。他仔细地查看着未曾见过的工具、枪支、书籍、纸张、衣服。丛林海岸气候潮湿，经过长时间的摧残，这些是小屋里少量残存下来的东西。

他打开箱子、橱柜，在小试牛刀开启大门之后，这些对他全然不在话下。泰山在里面找到了些保存良好的物件，其中还有一把尖锐的猎刀，削铁如泥，手指一碰，立刻就划出了一道血痕。泰山握着这个新鲜玩意儿大胆地挥舞着，没想到，它竟然还能从桌、椅上削下木块！

这把小刀让他高兴了好一阵子，把玩累了，他又环绕小屋继续探险，在一个排满书籍的柜子里，翻出了一本色彩鲜艳的图册——儿童图解字母书：

A 是一名弓箭手（Archer）

拉满弓儿射箭走。

B 是一个小男孩（Boy）

问他姓甚单字周。

泰山看着这些图画都入迷了。里面有许多和他长相接近的"猿"；往后翻看，他发现字母"M"下面还画着几只他天天都能见着的、穿梭在丛林枝头的小猴子（Monkey）。可是整本书里，任他怎么翻都找不到自己的同伴，更没有一张图看着像克查科、塔布拉特或者卡拉的。

起初，他还想要从书页上抓几个小人儿出来。他瞧不出来他们是什么，也不知道该怎么去描述，但很快就瞧出那都不是实物。

船、火车、牛、马对他来说毫无意义，倒是那些彩色图画下和图画间古里古怪的小字母令他看得一头雾水——它们是某些种类不明的小虫子？嗯，有几个确实长着腿，那怎么一个个的都没长眼睛或嘴巴呢？这一年泰山十岁有余，却是第一次见着字母表。

他从未见过印刷图册，也没和知道有文字存在的任何人说过话，更没见过谁读书，猜不出这些字母的含义也是理所应当的。

丛林之战 | 049

快翻到一半的时候,他在书上看到了他的"老朋友"——母狮赛贝,随后,他又见到了蛇西斯塔。

哇哦,真是太有意思了!长这么大,他第一次对一件东西如此爱不释手。他聚精会神,全然没有发觉夕阳西斜,日暮黄昏。直到夜幕笼罩,字迹模糊,他才恋恋不舍地合上书,把它放回原处,并将柜门关严。他可不想这宝贝被其他动物瞧见了去,再给他毁了。

屋外,夜色渐浓,他按照解锁前的样子关上大门,踏入了黑夜。走之前,他又见着了之前扔在地板上的那把猎刀,弯腰拾起,准备带回去给他的小伙伴们看看。

往丛林刚走出十几步,一个大家伙就从乌黑的灌木丛中站了起来。起初,他还以为是某只熟识的巨猿,但转瞬间,他意识到,眼前站着的是大猩猩宝咖尼。

离得这么近,已然没有逃跑的机会了。小泰山知道自己必须站起来,为生存而战斗。大猩猩和他们部落一直水火不容,一旦相遇,双方既不会求饶,也不会放过。

此时此刻,泰山若是一头成年巨猿,尚可与之匹敌,可他只是一个有着英国血统的小男孩啊,尽管体内流淌着最优秀民族骁勇善战的勇士的鲜血,尽管十年来一直和丛林中的凶残野兽生活在一起,经受过残酷的训练,练就了健硕的肌肉,但也绝对不是大猩猩的对手。

如此境地,我们会怕,可泰山没有。他的小心脏跳得飞快,为又一次历险感而兴奋、愉悦。但凡有机会,他都会选择逃亡,但这仅仅是出于理性的判断——他和眼前的巨兽实力相差悬殊。自打明白绝无逃脱的可能性后,他就勇敢地迎难直上,没有一丝颤抖,更没有半点惊慌。

事实上,还没等大猩猩攻击到他,他就在半路迎了上去,握紧双拳不管三七二十一就疯狂地向大猩猩招呼过去，这无异于苍蝇撞大象！可是，别忘了，泰山的手里还抓着小屋里他父亲的那把猎刀哩。大猩猩扑上来对他又抓又咬时，泰山不经意间将刀刺入了大猩猩毛茸茸的胸口，刀刺得很深，大猩猩又疼又恼，厉声尖叫了起来。

短短一秒间，泰山学会了如何使用这把锋利闪亮的猎刀。大猩猩怒不可遏，胡乱挥打着手臂冲他扑来，直将他拖倒在地。泰山也毫不示弱，瞅准胸口，连刺过去，刀刀没及手柄。

宝咖尼以大猩猩特有的打法，张开大掌猛击泰山，又露出蛮横的獠牙，狠命撕咬着小家伙的脖子和胸膛。

一时间，只见双方在地上扭打成一团，难解难分，异常激烈。时间一分一分地流逝，泰山愈加虚弱，握刀的手臂血迹斑驳、皮开肉绽，每一次挥刀都比前一次更显艰难，一阵抽搐后，小小的身躯停止了挣扎。就这样，年轻的格雷斯托克公爵泰山，倒在一片枯枝落叶覆盖的丛林大地上，失去了知觉。

再说一英里外的密林，猿落里的成员们都听到了大猩猩发出挑战的怒吼。克查科按照危险来临的惯例，将所有成员召集在一起，一方面可以相互照应，共同制敌，虽然只听到了一只大猩猩的吼声，但谁也说不准那里是有一只还是有一群猩猩；另一方面，召集起来便于清点数目，看看是否所有成员都在此地，安全无恙。

很快，大家就发现泰山不见了。塔布拉特强烈反对给泰山派遣救援，克查科本来就对这看着古怪的孩子没什么好感，当下便听取了塔布拉特的意见，耸了耸肩，转身走回了它的"树叶软床"。

卡拉的心境大不相同，应该说，还没搞清楚泰山是否在家，它就飞也似地穿过杂乱交错的枝蔓，循声向事发地点奔去，那里传来的猩猩吼叫依然清晰可辨。

夜笼薄幕，月行长空，幽光摇曳下，稠密的枝叶鬼影婆娑，处处透着诡谲怪诞。

月光星星点点地洒满大地，却更映得莽林深处晦暗幽冥。

卡拉恰似一片巨大的幻影，无声无息地在树木间飞荡。时而沿着粗枝干奔跑，时而踏着另一枝干的末端腾空飞跃。它只顾着伸手抓住眼前应接不暇的枝干，急速奔往事发地点。以它对丛林生活的了解，交战地就在不远的前方。

大猩猩的嘶吼声不绝于耳，显然，它与莽林中的另一敌手还在胶着对战。随后，叫声戛然而止，整片丛林陷入了死一样的寂静。

卡拉疑惑不解，这最后几声痛苦的嘶吼分明是大猩猩宝咖尼临死才会发出的哀鸣。只是一切归于沉寂后，再没有传来半点声响，若非如此，它或许还能依声判断出是谁在与宝咖尼交战。

卡拉心知肚明，小泰山是不可能打死一头壮如公牛的大猩猩的。它离声源地越近越是小心谨慎，最后，它放缓步伐，蹑手蹑脚地穿过距离地面最近的树枝，急切地向月光泼洒的黑暗丛林张望，渴望看清交战双方的身影。

一会儿，它就来到了他们跟前。皎洁的月光下，泰山血肉模糊地躺在一片空地上，身旁还躺着一头大猩猩，纹丝不动，看样子已然死了。

卡拉低声鸣噪，扑到了泰山身边，小心翼翼地把它遍体鳞伤、血迹模糊的小可怜抱到胸前，倾听他是否还活在世间。隐隐约约地，它终于听到了小家伙微弱的心跳声。

卡拉轻柔地抱着泰山穿过漆黑的森林，回到部落。许多个日子里，它都日日夜夜地守护泰山，喂水、喂饭，赶跑那些爬在它宝贝儿子狰狞伤口上的蝇蚁蛆虫。

可怜的卡拉对医药和外科手术毫无概念，它只能给泰山舔舔伤口，保持干净，好让它尽快自然愈合。

起初，泰山无法进食。他发着高烧，神志不清，难受地来回翻滚，直想喝水。卡拉喂不进去，只能用嘴一口一口地衔来水喂他。命运将孤苦无依的小泰山送到了卡拉身边，而这可怜的野兽妈妈所怀有的无私奉献精神，就算与人类母亲相比也是有过之而无不及了。

高烧终于退了，泰山身体上的伤痕逐渐开始愈合。虽然伤口疼痛难忍，但是他一直咬紧牙关，不吭一声。

泰山胸前有一道伤痕深可见骨，里面有三根骨头被大猩猩生生打断；一只胳膊差点没被那巨齿獠牙咬掉；脖子还被撕下了一大块肉，豁着口子，露着颈静脉。这条血管没被利爪扯断可真是个奇迹！

泰山自小被猛兽带大，深得真传，遇事坚韧、淡泊，总是能默默忍受苦痛。他宁愿远离猿落，一个人爬到高高的草丛里，孤零零地躺着，也不愿意将自己的悲惨潦倒曝露在部落成员的眼前。

他只愿意和卡拉待在一块儿。看着他身体好转了，卡拉外出觅食的时间便久了些。这些天里，泰山的状况很不好，它只顾着照看他，几乎未曾进食，瘦得都不成样子了。

Chapter 7
智慧之光

在鬼门关走了一遭后，泰山终于能下地走路了。接下来，他恢复得很快，一个月后，就复原如初，整天活蹦乱跳的。

恢复期间，和大猩猩激战的情景多次在他的头脑里闪现，他的第一个念头就是要找回那把奇妙的小刀，没有它，处于绝对弱势地位的泰山根本无法扭转战局，一举击溃那令丛林生物闻风丧胆的巨型猛兽。

另外，他还急于回到那间木屋，想要继续探查里面那些妙不可言的趣物。

于是，一天清晨，他独自外出踏上了寻刀之旅。经过一番搜寻，他又回到了交战地，发现敌手宝咖尼的肉身已被啄食得干干净净，只剩下一副白骨和大片干透的血迹。刀就落在旁边，在堆积的落木下半掩半埋。由于长期暴露在潮湿的空气中，又浸染过大猩猩的鲜血，刀的周身布满了锈渍。

闪闪发光的猎刀变成这副模样，泰山十分懊恼，但不管怎样，它仍是一把所向披靡的利刃，任何劲敌来犯，他都可持之将其斩杀，大获全胜。今后，塔布拉特若再无端挑事，他绝不逃跑，泰山心想。

片刻，他来到了小屋前。不出一会儿，就轻车熟路地打开门闩，走了进去。他想先参透门锁的玄机。于是，他将门敞开，仔细地研究了一番，以便精确地弄清它是如何锁住大门，又是如何轻转把手，让门重新打开的。

他发现屋里可以将门锁住，为避免调查期间有野兽前来打扰，他提前闩好了房门。

随后，他有条不紊地搜寻起小屋，但很快目光就牢牢地被图书吸引了。这些书仿佛对他施加了魔力，里面呈现的事物像一个个谜团，奥妙无穷，引人入胜。小泰山沉浸其中，完全顾不上去瞧其他东西。

除了之前的儿童图解字母书，里面还有一本识字书、几本儿童读物、大量画册以及一本大词典。这些书他都翻看了一遍，虽然满页的"小虫子"引得他好奇、沉思，但泰山最感兴趣的还是书中的图画。

他蹲在父亲一手打造的桌子上，弓身捧着本书，小小的身体不着寸缕、黝黑滑亮，双手纤长有力，缕缕黑发散落在他饱满的额前，一双充满智慧的眼睛闪闪发光。人猿泰山，此刻，这个小小的原始人在我们的眼前定格成了一幅画面，这画面悲怆哀婉，却也满载曙光——似乎在预示着，一个原始人正穿越万古洪荒的黑夜，向知识之光摸索迈进。

读书时，泰山的小脸儿绷得紧紧的，异常认真。他的脑袋里懵懂地建构起初步框架，看着书上奇怪的"小虫子"，渐渐掌握了一些理解它们的秘诀。

他手里是本识字书,上面绘有一只和他长得一样的"小猿"。只是,除了脸和两只手,"小猿"的其他部位都披着彩色古怪的"毛皮"。他想,这"毛皮"一定就是所谓的上衣和裤子。图画下面印着三只"小虫子":BOY(男孩)。

他发现,在这一页课文里,三只"小虫子"按照同样的排列顺序出现了许多次。

他还发现,"小虫子"其实并没有很多,只是不断重复,要么是单个出现,要么是组团出现,后者的情况居多。

他慢慢地翻着书,浏览图画和课文,希望找到 B-O-Y 这个重复出现的"虫子组合"。很快,就在一幅图的下方找着了。图上又画了只"小猿",这次,旁边还多了个四条腿走道儿的怪家伙,看着像只豺,和自己毫无相似之处。图下的"小虫子"是这样排列的:A BOY AND A DOG(一个男孩儿和一条狗)。

泰山发现,这三只"小虫子"总是跟着"小猿"出现。

就这样,他以蜗牛的速度循序渐进,丝毫不知自己进行的任务是多么的艰辛繁苛。在我们看来,这简直不可思议—— 一个从未受过哪怕一丁点儿字母或其他书写语言教育的、甚至都不知道有文字存在的原始人,竟然在学习阅读课文?

这不是一朝一夕、一周一月或一年就能完成的,泰山学得很慢。他先是掌握了"小虫子"通过更换组合顺序演绎不同事物的含义,之后才一点点地学会了阅读。等到十五岁,识字书上所有图片对应的各种字母组合的含义,他都能认清了,有一些单词还是从一两本其他图册上学来的。

至于什么是冠词、连词、动词、副词和代词,它们的用法是什么,他一概不知。

大约十二岁的时候,泰山才发现桌子底下还有个抽屉,里面放着几支削尖的铅笔。他拿出一支,用笔尖在桌上划了几下,惊喜地发现落笔处竟留下了黑色的线条。

他一个人抓着这支新玩意儿玩得不亦乐乎,不出一会儿,桌子上就留下了大片潦草凌乱的圆圈和乱七八糟的线条,就连铅笔芯都给他磨秃了。他又拿出一支,不过这一次,他有了确切的目标。

他想临摹几只"爬"满书页的"小虫子"。

这对他来说可不轻松。他按照握刀的方式握笔,写得又费劲儿,又难以辨认。

但是他一有机会就来小屋反复练习。坚持了几个月后,终于找到了方便写字的最佳握笔姿势,基本能把每只"小虫子"都摹画出来。

由此,泰山的学习开始进入了书写阶段。

摹画"小虫子"的过程中,他学会了另一个概念——数字。尽管他不像我们理解的那样数数,但他自有一套观念,算数全靠他一只手上的五根手指。

翻过各种各样的书籍后,再加上他对儿童图解字母书非常着迷,时常阅读,他深信自己已经识全了各种经常出现的"小虫子"的组合含义。现在,他可以把它们按照正确的组合排列顺序非常轻松地写下来。

他的教育渐次深入,那本带有插图的大字典最是让他受益匪浅。它就像一个取之不尽用之不竭的宝库,在他理解了那些"小虫子"的含义之后,他依然从图中学会了很多,远比识字课本丰富广泛。

他发现字典里的词汇都是按字母表的顺序排列的,便兴高采烈地去查找那些他熟悉的排列组合。组合后面的词汇解释和定义又让他学会了更多的知识。

智慧之光 | 057

到了十七岁,他已经学会阅读简单的儿童初级课本,并且完全明白了那些"小虫子"确切而奇妙的含义。

他再也不为浑身没毛儿和自己的人类长相羞愧难当了。读过书后,理性告诉他,他和那些浑身是毛的野生伙伴分属于不同物种。他是人,他们是猿,那些在树尖上蹿下跳的"小猿"是猴子。他也知道上了岁数的赛贝是头母狮子,西斯塔是条蛇,丹托是头大象。就这样,他学会了阅读。自此,他进步飞快。父母给了泰山比普通人更具理性光辉的健全头脑,他聪明伶俐,敏捷善辨,借助着大字典,他总是能八九不离十地猜出那些他难以理解的内容。

由于部落四处迁徙,他的学习中断了许多回。但是即便离开了书籍,他的头脑也在时刻思考,继续引领着沉迷书海的泰山探索知识的奥秘。

一块块树皮,一片片平展的叶子,甚至一处处裸露的土地都成了他的练习本。他用猎刀的刀尖在这些练习本上写写划划,复习正在学习的课程。

不过,泰山尽管对"图书馆"里的奥秘求知若渴,日加思索,却也没有忽视野外生活的残酷训练。

他练习绳技,挥舞锋刀,已经学会在平滑的石板上把刀磨利。

泰山来到这里后,部落在克查科的带领下发展得更为庞大。克查科非常凶猛,他能在其他部落的领地上率领麾下将原部落驱逐,将领地占为己有,这样一来他们便有了充足的食物。至于那些虎视眈眈前来捕食的"邻居",也都是要么所获不多,要么无功而返。

因此,小公猿们长大以后,比起拥兵而起、自立为王或者挑战克查科,问鼎猿落,他们觉得从自己的部落里找一个配偶或从别的部落里抓一只母猿回来和睦地生活要舒服逍遥得多。

不过有时候，也会有那么一两个异常凶猛的跳出来，挑战猿王，可是还没有谁能从凶悍的克查科手中夺得王座。

泰山在部落里是一个特殊的存在。大伙儿虽然把他看作是部落中的一员，但又加以区别对待。老一点的公猿对他不是熟视无睹，就是恨之入骨。若不是他灵活至极、身手敏捷，再有卡拉不顾一切的保护，他大概早就夭折了。

塔布拉特一直都是他最大的敌手。不过，也是因为塔布拉特的一桩事儿，在泰山大约十三岁的那年，仇敌们对他的迫害突然停止，再也不敢招惹他了。除非哪只犯了疯癫的怪病，兽性大发，胡作非为——丛林里许多凶猛的雄性动物都有这种疯病，发作起来不管不顾，"人人"自危。

泰山建立起自己权威的当天，部落成员都聚集在一个浑然天成的圆剧场内——一片低矮山丘环绕而成的洼地，这里既没有藤蔓缠绕，也没有植物攀援，空空荡荡。

圆剧场四周是一片原始森林，长满了参天大树。硕大的树根下，灌木丛茂密横生，紧密堆积。要想进入这片平缓的小剧场，唯一的方法就是顺沿大树枝干爬下来。

这里不受外界打扰，很是安全，所以部落成员时常到这里聚会。它们会在此举行某种奇怪的仪式，还为此垒了一个泥鼓，放置在剧场中心，鼓声每每响起，都会在森林各部间回荡，但谁也不曾亲眼目睹过仪式的盛况。

当今世人，许多旅行者都见过巨猿的泥鼓，有的甚至听见过这些林莽第一大领主在举行原始而怪诞的狂欢时所发出的喧闹声和擂鼓声。然而，论及亲身参与过巨猿如此狂野、热烈又兴奋的"达姆达姆"庆典仪式的，恐怕就只有格雷斯托克公爵，泰山一人。

毫无疑问，现代教堂和国家的各种仪式、典礼都是由这种原始集会演变而成。在久远的过去,击破历史的土墙,追溯人类的发端——最古老的史前文明,我们凶猛的、浑身是毛的祖先,踏着鼓点,在"达姆达姆"仪式上欢快地舞蹈。热带的月光是那么皎洁明亮,茂密的丛林是如此深邃幽谧。这个夜晚,我们第一位毛发蓬松的祖先从摇曳的枝头荡下,轻轻落在松软的草地上,来到了第一个集会的地方。今天,月光依旧,丛林未改,只是,那个幽暗的长夜已走过了一条难以想象的历史长廊,在无数生死更迭中,被世人遗忘。

泰山十三年的人生里,除了最初在木屋生活的一年,塔布拉特对他毫不留情的迫害整整陪伴了他十二年。现在,他终于能翻身解放把歌唱了。这一天,部落的一百多头巨猿悄然结队前行,穿过密林低矮的台地,悄无声息地跳进了圆形剧场。

部落里每逢有大事发生,就会举办"达姆达姆"庆典仪式,要么是庆贺一场胜利的喜事,要么是捕获了俘虏,要么是击杀了某只丛林里的巨型猛兽,不然就是猿王驾崩或新王继位。

今天齐聚一堂是因为它们宰杀了一头其他部落的巨猿。克查科部落的成员入场后,两头健硕的巨猿抬出了一具沉重的尸体。

它们将它放在泥鼓前,蹲在两旁,活像两名看守。其他成员则蜷缩在草丛里打盹,直到月亮当空挂起,这场野蛮的狂欢才真正开始。

几个小时过去了,这块小小的空地一片静默。此处的景致恰是:

一树古藤被青藓,万千缠绕错盘节。

空谷妙兰翩翩现,灼灼芳华胜彩蝶。

只是间或也有几只羽毛绚丽的鹦鹉和在丛林中飞过的群鸟叽喳鸣叫,可谓:饶舌破寂厉声嚎,芳菲划过啡嗝啾。

夜,终于拉开了帷幕,猿纷纷开始忙碌起来。很快,它们在泥鼓旁围了个大圈,母猿和小猿蹲坐在圆圈外边,成年公猿在里圈。鼓前坐着三只老母猿,手里都拿着十五到十八英寸长的、长着节瘤的树枝。

当月亮升起,第一缕银辉洒落在四周的树顶,它们开始缓慢而轻柔地敲打鼓面,发出响亮的轰鸣。

月华渐浓,母猿敲打的节奏越来越快,力道也越来越大,不一会儿,狂野的、有节奏的鼓声便在深山密林里四面八方地扩散开来,一直传到几英里之外。丛林里觅食的巨型猛兽都抬起头,竖起耳朵,驻足倾听"达姆达姆"狂欢仪式前猿落发出的沉闷鼓声。

偶尔,会有猛兽回应猿落凶残的"挑衅",仰头发出尖锐的的长啸,或雷鸣般的怒吼。可是没有哪个敢走过去一探究竟或贸然进攻。光是所有的巨猿集中一处,就足够让他们心生畏惧了。

蹲着的两名"看守"和鼓手之间有一片空地,在鼓声逐渐达到近乎震耳欲聋的程度时,克查科跳出来站在上面。

它直起身子,甩头向后,凝望着冉冉升起的明月,一边用毛拳击打着前胸,一边可怕地尖声咆哮。

一声、两声、三声,骇人的尖叫在这个风驰电掣与异常呆板的世界里回荡,划破了空气中奔涌的寂寥。

克查科与泥鼓前陈列的尸体拉开一段距离,随后,半屈膝盖,谨小慎微地绕着圆圈逆时针旋转,每逢经过死尸,它那双又小又红的眼睛便死死盯着,闪烁出邪恶的凶光。

又有一只公猿也跳了进去,和克查科一样,先是凶狠地吼叫,然后,尾随猿王,也谨小慎微地转起圈来。接着,部族里的公猿接二连三地跳了进去。一时间,丛林四处都回荡着它们嗜血的呐喊,声音不绝于耳。

这既是比赛也是猎食的开始。

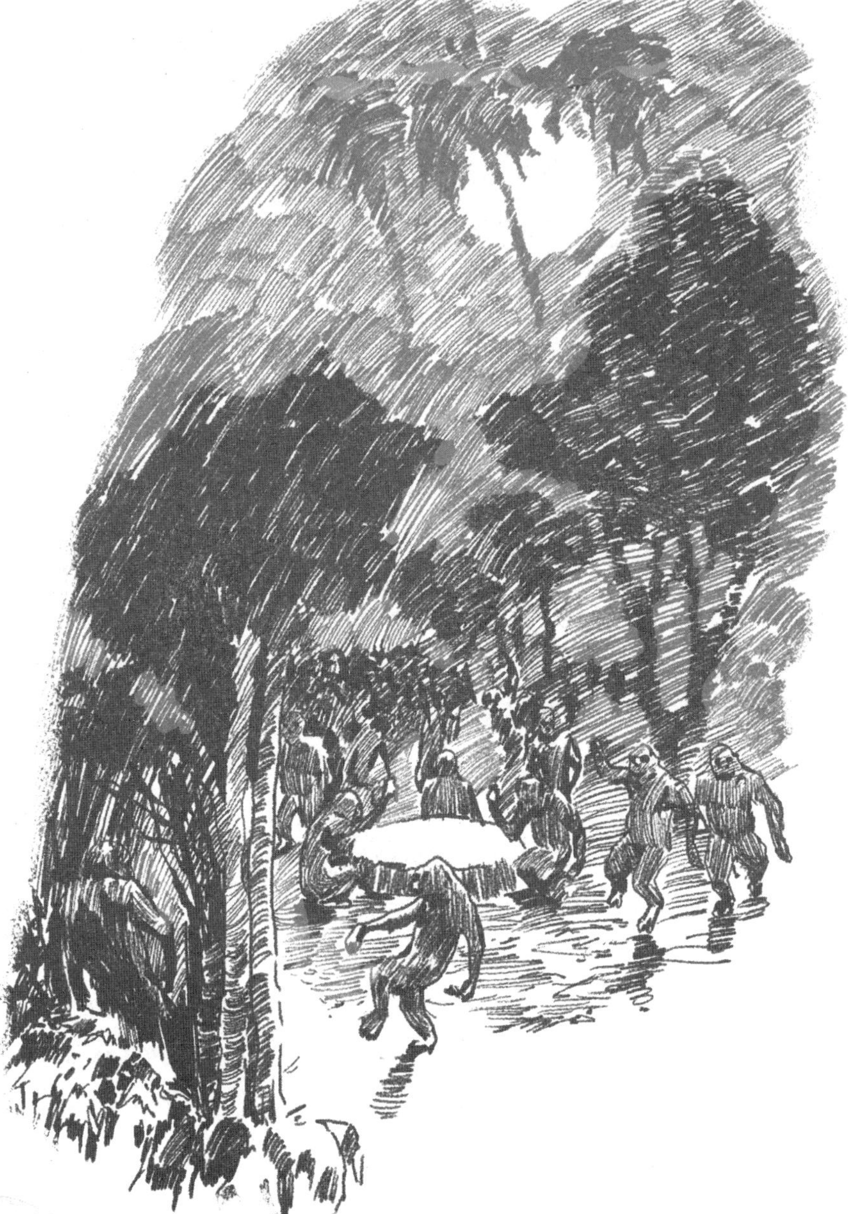

等到所有成年的公猿都加入其中,部落对死尸的攻击,开始了。

它们事先在一旁堆放了木棍,克查科顺手抄起一根,气势汹汹地冲向死尸,抡起手臂就是狠狠的一棒,还发出格斗开始时才有的怒吼咆哮。鼓点愈急,拳头愈是密如雨下。其他"斗士"到死尸跟前,也都抡起棒子重重锤击,一一加入到了死亡狂欢的旋舞之中。

这群猿狂野地跳跃、热舞,泰山也是其中的一员。他的身体黝黑、健硕、浸透着汗水,在月辉下闪闪发光。置身于粗野笨拙、浑身是毛的野兽中间,泰山显得格外灵巧、飘逸。

在这场狩猎模拟仪式中,没有一只猿比他更轻快矫健、更勇猛凶狠,也没有一只猿在死亡狂欢舞中比他跳得更高。

鼓点更加急促,叫声更加狂野。欢舞的猿们显然沉醉在了这疯狂的旋律和野蛮的叫喊声中。它们越跳越高,越蹦越起劲,龇着獠牙,流着口水,嘴唇和胸口粘满了唾沫星子。

这种怪异的群舞进行了半个小时之后,克查科做了一个手势,鼓声立刻偃息,三个敲鼓的母猿急匆匆地穿过跳舞的猿群,回到圆圈外侧的观众席上。随后,公猿们蜂拥涌向那一滩已经被他们打成巨大肉浆的死尸。

它们很少有机会满足地吃顿鲜肉,因此,这场野蛮狂欢的压轴大戏就是品尝"新鲜的"死猿。为了狼吞虎咽一番,现在它们的注意力都集中到了"美食"身上。

猿们张开巨齿獠牙,大口咬向尸体,撕扯出大块大块的皮肉。最强壮的巨猿抢到的都是最上等的肉,年老体弱的就只能站在争夺打斗、厉声咆哮的群猿身后等待时机,要么挤进去抢一块掉在地上的珍馐,要么就是在大伙散尽前,顺一块人家不要的肉骨头。

泰山对肉的渴望和需求比谁都强烈。作为食肉种族的后裔,

智慧之光 | 063

他还从来没有心满意足、酣畅淋漓地吃过一顿肉。他知道单凭力气，他是打不过那些巨猿，抢不到大块肉的。所以他扭动着身体，灵活地钻来钻去，从外围一直挤进那群争夺打斗的巨猿当中，打算瞅准机会，抢个大块的肉。

他将父亲留给他的那把猎刀挂在身侧，还按照宝贝图书里的画儿，自个儿给它配了个刀鞘。

终于，他挤进了巨猿风卷残云的盛宴，在强大的克查科脚下，胆大包天地用小刀割下了整整一条毛乎乎的前臂，大大超出了他的预期。而克查科正忙于捍卫自己优先暴食的猿王特权，根本没有注意到泰山这大不敬的一幕。

抢到后，泰山将这毛乎乎的宝贝紧紧抱在胸前，扭着身子从打斗的群猿中奋力挤出。

外圈围着一群眼巴巴等着抢肉吃的猿，塔布拉特也在其中。只不过，盛宴开始，它就抢到一块相当好的肉，得手后便撤到一边悄默声儿地吃完，现在又想挤进去抢更多。

泰山抱着那条毛乎乎的前臂从推推搡搡的猿群中挤出来时，正好被它撞见。

塔布拉特的目光落在了这个它一直憎恶的小东西身上，一双紧贴的血红"猪眼"闪烁着仇恨的凶光，并流露着对"鲜美肘子"的贪婪。

泰山也一眼看见了死敌，对它那点儿小九九更是了然于心。他机敏地跳到母猿和小猿之中，希望能把自己藏起来。可是塔布拉特步步紧追，根本没给他躲藏的机会。泰山深谙，如今唯有走为上计。

他向四周的树林飞快地跑去。向上一跃，一只手抓住低枝，一只手将肘肉换用牙齿衔住，快速地向上攀爬，身后紧跟着塔布拉特。

往上，再往上，泰山一直爬上了树林之王——橡树的顶端，站在了摇荡的高枝上，塔布拉特望而却步，他实在是太重了！泰山悠哉地坐下来，冲着他五十英尺以下那个气得发狂、口吐白沫的猛兽大加嘲弄，肆意辱骂。

塔布拉特气疯了。

伴随着几声令人毛骨悚然的吼叫，它猛地窜回地面，在一群母猿和小猿之中四处撒疯，张口就咬断了十二只小猿细嫩的脖颈。落在它手里的母猿也在劫难逃，胸前背后都让它撕去了大块的血肉。

明亮的月光下，泰山目睹了公猿兽性大发、血染同伴的全过程。他看见母猿和小猿四处逃窜，上树躲藏。紧接着，失控的塔布拉特闯进剧场中央的巨猿群中，不管不顾，逢猿就咬。巨猿们仓皇四散，齐齐隐没在森林的暗影深处。

剧场空空荡荡，除了塔布拉特，只剩下一只没有来得及逃走的母猿。它迅速地跑向泰山所在的大树，身后是紧随不放的洪水猛兽——塔布拉特。

竟是卡拉！眼看塔布拉特就要追上了，泰山像天上砸落的一块石头，穿过枝干，冲抚养他的母亲奔去。

此时，卡拉逃到了大树下，泰山就蹲在上面，望着母亲，看它能否顺利逃脱。

卡拉飞身跃起，抓住一根低树枝，身体刚刚越过塔布拉特的头顶，和他之间的距离只差分毫。本来已经平安无事了，只听喀嚓一声，树枝断了。它应声跌落，整个身子砸在塔布拉特的脑袋上，连着塔布拉特一起摔在了地上。

说时迟，那时快，只一瞬间，它们便爬了起来，但泰山比他们更快。盛怒的塔布拉特站起身来发现,泰山已经挡在了它和卡拉的中间。

这正中塔布拉特的下怀。随着一声胜利的呼喊,它跃身扑向泰山小小的身躯。不过它的獠牙是永远咬不着泰山深棕色的皮肉了。

一只结实有力的手已经伸进毛发锁住了它的咽喉,另一只手,握着锋利的猎刀,朝宽阔的胸膛连刺十数刀。泰山的动作快如闪电,直到那软绵绵的身体开始瘫陷,他才收手。

塔布拉特的尸体滚倒在地面,人猿泰山一脚踩在宿敌的脖颈上,向后甩动他狂热而年轻的头颅,一双眼睛凝望着天上的圆月,和猿一样发出充满野性的骇人叫喊。

部落成员纷纷从逃窜落脚的树上荡下,在泰山和塔布拉特的尸体旁围聚一团。待全员到齐,泰山转向它们高声宣布道:

"我,泰山,是一名出色的猎手。今后对待人猿泰山和泰山之母卡拉,你们要敬之、恭之。在这个部落,泰山所向披靡、无往而不胜。与之为敌者,杀无赦!"

猿王双眼猩红,透着恶毒。年轻的格雷斯托克公爵深深地望了一眼克查科,便敲打着结实的胸膛,又一次发出充满挑战意味的尖锐叫喊。

Chapter 8

树顶猎手

"达姆达姆"狂欢仪式过后,第二天早晨,部落穿过森林向海岸缓慢前进。

塔布拉特的尸体就留在它倒下的地方。克查科部落的成员不吃"自己人"。

它们不慌不忙,边走边找食物。森林里到处都是棕榈叶、芭蕉叶、洋李子、甜香蕉和野菠萝。有时候,它们还能找到些小的哺乳动物、爬行动物、鸟、蛋以及昆虫。碰到坚果,像开心果、栗子一类,它们就用大牙咬开吃;如果坚果壳太硬,比如核桃,它们就用石头砸开。

有一次,老赛贝打它们的小路穿过,大伙儿都急急忙忙飞窜上树,躲到较高的树枝上给它让路。这是相互间的礼貌:若赛贝敬重它们数量庞大和尖齿獠牙,它们自当对它的凶残威武回以同等的敬意。

泰山就蹲在赛贝头上一个不太高的树杈上。待赛贝扭动着威严、柔韧的身体不声不响地稳步穿过密林,他朝着这位与猿落结怨已久的仇敌身上扔了一个菠萝。巨狮停下脚步,转头凝视着蹲在上面肆意嘲弄它的小东西。

她愤怒地甩着尾巴,大肆咆哮,密密的胡须下是一张血盆大口,露出锋利的黄牙,鼻子随着巨口咧开紧皱成一团,一双邪恶的眼,此时亦是眯成细缝,充满了恼火与恨意。

它竖起耳朵,直直地望进人猿泰山的双眸,继而,随着一声尖锐凶狠的吼叫,赛贝向他发起了挑战。

泰山仗着自己躲在高枝儿上,向它回敬了一嗓子惊骇的猿鸣。

一时间,双方静默地相互凝望。尔后,巨狮转身,走进树林,不多时,便如同石沉大海,隐没无踪。

然而,泰山并未满足于此,一个宏伟的蓝图在他脑海里就此展开:既然他杀得了凶恶的塔布拉特,那他不就是一位强大的斗士了吗?如果现在他去追捕狡猾的赛贝,把这头老东西也宰掉,那他就不单单是一位战士,他还会成为一名强大的猎手!

泰山那颗流淌着英国血液的小小心灵里,跃动着一个强烈的愿望:他要穿上衣服,他要遮身蔽体。通过阅读图画书册,他已经懂得,人都穿着衣服,而猴子、猿和其他动物才是光着屁股的。所以衣服一定是崇高的象征,标志着人在动物中的至高地位。不然,谁愿意穿这种讨厌的东西。

多年前,他还很小,就渴望着母狮赛贝、公狮子努玛,或者豹子希塔的毛皮,只不过,那会儿是为了遮住自己像恶蛇西斯塔一样光溜溜的皮肤,他觉得难看极了。但现在,他却为这富有光泽的肌肤颇感自豪,它昭示着他的血统传承于一个强大的民族。所以,他时常自相矛盾,既想赤身露体,彰显自己引以为傲的高贵身世；又想遵照人类习俗，穿上讨厌又不舒服的衣服。这两种想法互争雄长，各不相让。

邂逅赛贝之后，部落继续缓慢地穿越丛林，向前步进。泰山满脑子都是刺杀巨狮的宏图，好多天，都不作他想。

可是，这一天，一个更为直截了当的穿衣好处乍然摆在眼前，瞬息抓住了他的眼球。

当天，青天白日，朗朗乾坤。倏的，黑云压木，万籁俱寂。树飒飒忽止，祸艮艮欲倾。麻痹中，自然界皆屏息静待——不过须臾。

隐隐约约，一阵微弱的而悲怆的萧萧声自远处袭来，愈来愈近，愈来愈响。耸入苍云之万木一时向土齐曲，似浩掌压身，渐趋渐低。至于偌大林莽，唯轰隆狂风穿林呼啸，仍是一片空寂。

霎时，丛林巨木反戈一击，愤然弹回，狂舞巨冠，发出震耳欲聋的轰鸣。只见，一道闪电迅疾炫目地劈斩开上空翻滚涌动的乌云，旋即，滚滚雷声呜嚎，一声声惊心动魄地向自然界发出挑战。暴风雨来了，电闪雷鸣间，密林狼藉一片！

众猿在冷雨中瑟瑟发抖，纷纷躲到大树底下蜷缩一团。闪电奔驰、燃烧，刺破夜空，映得万千枝条随风抽打，醉舞狂歌，树干则又一次在狂风的肆虐中压弯了腰。

不时，数株参天古树横遭飞祸，蒙雷击闪劈，于群木中炸裂出千万碎片，落下难以计数的枝枝干干，累得众多小树倾倒，整片热带丛林愈发混乱不堪。

大小树枝在暴雨中被猛烈摧折，七零八落地穿风过林，将死亡与毁灭，带给这生物繁密的世界，亦带给那不幸的万民。

狂风骤雨持续了几个小时，毫无停息之意。部落众猿仍浑身颤抖，惊恐万分地挤作一团。危险不断袭来，树木倾倒，枝干刮落，再加上疾驰闪亮的雷电,隆隆作响的轰鸣,它们都吓瘫了,可怜巴巴地蹲在那儿,直到风暴终于过去。

暴风雨来也匆匆,去也匆匆。转眼,风止日朗,雨过天晴,大自然再度展颜,浅笑连连。

枝叶滴答着雨珠,花朵绚丽绽放,湿漉漉的花瓣在日光的照耀下闪烁着动人的波光。大自然一派清新,仿佛忘却了方才的风暴,就连丛林间的动物也似乎将之抛于脑后,继续忙忙碌碌,和风暴前别无二致。

泰山却是茅塞顿开,终于知道了衣服的妙用——御寒。若把赛贝的毛皮披在身上,那该多么舒服暖和呀!自此,他更加坚定了猎杀母狮的决心。

几个月以来,部落一直在木屋附近的海滩一带转悠。泰山大多时候都在小屋学习。不过,每次穿过丛林,他都随身带着根绳索,常常手起绳落,套住许多小动物。

有一次,绳索自高枝而下,套在野猪豪拓的短脖子上。它疯狂地挣扎,结果将静待猎物的泰山从高高的枝杈上拽落,翻滚在地。

威猛强壮的野猪顺着泰山落地的声音,掉头一看,竟是个手到擒来的小猿,闷头就向目瞪口呆的泰山疯狂扑去。

泰山庆幸自己没有摔伤。他迅捷如猫,四肢着地,快速闪过野猪的攻击;继而,又像一只灵活的小猴子,飞身跃起,安全地跳到了一根矮枝上,让下面的豪拓扑了个空。

这次历险使泰山明白,自己的这套绳索纵然有万千妙用,却也并非无所不能。

这次遇到的是野猪,丢掉的仅仅是根绳子;若是赛贝将他从枝杈间拉下,那后果不堪设想,毫无疑问,他丢掉的将会是性命!

他花了好多天才又搓了根绳子,刚搓好,就带着它出门狩猎去了。他选了一根粗壮的树枝,隐藏在茂密的叶子中,悄然等待。这下面的路通向小溪,已被踏得寸草不生,是动物饮水的必经之地。

有几只人畜无害的小动物打下面经过,他却不打算在它们身上不痛不痒地浪费力气。他想到了一个用绳子套牢大型动物的办法,他要在强大的动物身上试探一番,看效果如何。

泰山寻找的猎物终于来了,它油光水滑,柔韧的肌肉在熠熠生辉的皮毛下滚动起伏——恰是母狮赛贝。它厚软的脚掌轻轻踩在狭窄的小径上,悄无声息;头高高昂起,时刻高度警惕着四周;一条长尾缓慢轻摇,优美地蜿蜒起伏。

它离人猿泰山蹲伏的树杈越来越近。泰山已经准备就绪,把长绳一端牢牢盘在手里,另一端悬挂高空,像一尊青铜铸成的塑像,一动不动地坐着。一步,两步,三步,待赛贝从树下走过,那根悄无声息的套索蓦地在它的头顶闪现。

顷刻间,套索张开,像一条巨蟒悬垂在母狮头上。赛贝察觉,可是就在它抬头探查这根飒飒作响的长绳从哪儿落下时,套索一下子套在了它的脖子上,随着泰山利落的收绳动作,紧紧勒住了赛贝皮毛光亮的咽喉。泰山见猎物入套,赶紧放下套索一端的绳子,伸出双手紧抱树干,以防再被拽下树去。

赛贝被擒住了。

它大惊失色,猛然跃起,欲转身逃往密林。可是泰山不会在一个坑里跌倒两次,他再也不会丢掉自己的武器了。有了上次的经验,他愈发老道,早已把绳子结结实实地捆在树干上。就在赛贝准备再次跃起时,它脖子上的套索骤然缩紧,身子在空中打了个滚,四脚朝天地重重摔在地上。

至此,计划按部就班地完美进行。可是,等他站在两根粗树枝间的"V"形叉口,撑着身体,紧拉绳索时才幡然领悟,抓住母

树顶猎手 | 071

狮是一回事儿，但要把这头骁勇健壮、狂怒挣扎、抓咬吼叫、钢筋铁骨般的庞然大物吊起来，又是另一件难事儿。

母狮沉重非常，一旦四爪抓地，支起身子，除了大象丹托，谁也休想移动它分毫。

它向后倒退几步，终于看清了上面那个"敢在太岁头上动土"的冤家，今天自己遭遇的暗算都是出自他的手笔。它气得尖声嘶吼，一跃而起，向泰山猛扑上去，却只撞到了那处的枝杈。泰山早已溜之大吉，正轻巧地蹲在赛贝头上二十英尺远的一根小树枝上。它一度半扑到枝干上，引得泰山对她大加嘲弄，还朝它的脸上扔掷树枝。赛贝又重重摔落在地，泰山眼疾手快地就去抓绳索。可是这回，赛贝发现，拴住它的不过是一条细细的绳索，泰山还没来得及再去拉紧绳子，它的一双巨爪已经将它抓住，一把扯断。

泰山颇为失望。他所有的努力化为泡影，精心布局的计谋到头来却只是竹篮打水一场空。他只好坐在树上，朝着下面那只大声咆哮的母狮尖叫、扮鬼脸。

赛贝在树下来来回回转了好几个小时。有四次，它蹲下来，朝那个在它头顶上手舞足蹈的小祸害扑了过去。只是，除了上空一缕穿林呢喃、虚无飘渺之清风，它什么也没抓着。

泰山终于玩腻了这套把戏，他长啸一声挑衅着与赛贝作别，还摘了枚熟透的野果，朝赛贝吼啸的脸庞打去，直溅得它一脸汁液软黏流淌。之后，他快速地在距地面一百英尺的高空飞荡、穿枝过叶，转眼间便回到了猿落。

他把这次历险的每个细节都如数家珍地显摆给大伙儿听。小胸脯激动地上下起伏，言语间满是骄傲。就连那几个平时对他最愤愤不平的死对头，也都认真聆听，心情大快。卡拉更是快活得手舞足蹈，为自己的儿子感到莫大的高兴与自豪。

Chapter 9
初现人类

　　白驹过隙，转眼已是几个春秋。

　　这几年，泰山依旧每天过着一成不变的丛林荒野生活，只是愈发的强壮、明察善断。他从书里越来越多地了解到，在原始森林外的某一处有一个奇妙的世界。

　　对泰山而言，丛林生活却从来不曾有过单调乏味。多的是溪涧、小湖给他抓小鱼，还有时刻机警的赛贝和它的姐妹们给他的生活加点"料"，这些让泰山在陆地上度过的每个瞬间都精彩万分。

　　母狮时常追赶泰山，但更多时候都是泰山追赶母狮。尽管它们从未成功地将利爪刺入过泰山的身体，但却有好几个命悬一线的瞬间，泰山只是刚刚擦过身子，与利爪间的距离只差分毫。

　　泰山快疾如闪电，迅捷如母狮赛贝，公狮子努玛、豹子希塔都无法与之媲美。

　　现在，人猿泰山和大象丹托成了一对好朋友，至于他俩是怎么结识的，不得而知。反正丛林中的动物全都知晓。在许多个月光如水的夜晚，一人一象并肩漫步，走到畅通无阻的小路，泰山就会爬上丹托宽厚的脊背，高高地坐在上面。

这些年，他在小屋里度过了许多时光。父母和小猿的遗骸还躺在那里，再没有谁去碰过。十八岁的时候，他已经可以流利地阅读。书架上书目繁多，他几乎能读懂全部的内容；他还学会了写字，虽然尚未掌握手写体，一手印刷体却是写得又快又清晰。在他的"宝藏"中放着几本字帖，只是他在小屋里没见过多少手写字迹的文稿，也就觉得没必要再花费时间和精力去练习了。不过他也能看懂，就是比常人多费些力气。

就这样，长到十八岁，这位口吐猿语的英国公爵已经能读会写他的母语了。除了自己，他从未见过任何人类。此岛甚小，三面环山，一面向海，没有大江大河，自是没有野人土著顺流而下，来往此地。原始丛林枝繁叶茂，错综复杂，唯狮豹毒蛇出没于此，至今仍未有勇敢的人类拓荒者前来涉足。

可是有一天，当人猿泰山坐在父亲的小屋里，潜心研读一本新书，在奥秘无穷的新世界中徜徉时，原始森林古老而祥和的氛围被永远地打破了。

丛林东边，一支奇怪的队伍排成单列，爬上了一座低矮的山脊。

队列由五十名武装黑人打前阵，他们一手紧握木质长矛，矛头经文火烘烤，坚硬无比，一手携长弓一副及淬毒箭矢若干，身背椭圆盾牌，鼻挂巨环，长满细卷发丝的头上插着簇簇艳丽的翎羽。

他们长相凶狠，额宇间纹有三条平行彩线，胸脯上则是三个同心圆，黄渍的牙齿锉得尖利，肥厚的嘴唇将他们的面孔映得更加蛮野。他们身后跟着数百名女人和孩子，女人的头上都顶着炊具、餐具和象牙。

队列由一百名同样的黑人武士断后。比起前方埋伏着的未知野兽，他们更害怕后方有仇家杀来。他们刚从白人士兵手里逃脱。那些白人不断侵扰他们，大肆掠夺橡胶和象牙。终于有一天，他们忍无可忍，奋起反抗，杀死了一名白人长官，还灭掉了他手下一小支黑人部队。

之后，一连几天，他们都大摆宴席犒劳自己，却不想，白人派遣了一支战斗力更强的部队前来夜袭，为他们的战友复仇。

当晚，血染村庄后，白人手下的黑人士兵也大设肉宴犒赏自己。强盛一时的庞大部落一夜间被打得七零八落，只剩下了一小撮男人和老幼妇孺。他们迫不得已，只能逃往阴郁的丛林，虽然前途未卜，却至少还有自由。

对他们而言，进击丛林，开荒拓地是对自由与幸福的追求，然而，对新居所的丛林万物而言，这却给它们招致了无尽的恐慌与死亡。

这一小支队伍在这片未知的、人迹罕至的森林腹地里缓慢地步行了三天，直到第四天早晨，才走到了一处不大的空地。这儿临近小河，树木也比他们途径的其他地方稀疏得多。

他们决定在此定居，建立一个新的村庄。只用了一个月，便清理出了大片空地，在上面盖起了茅屋，围好了栅栏，还种下了大蕉、山药和玉米。自此，他们在新的家园过起了安居乐业的日子。这里没有白人，没有士兵，更没有残暴不仁的工头和他们索求无度的橡胶、象牙。

几个月过去了，这些黑人还是不敢冒险远离新村庄向密林深处探进。他们中已经有人命丧赛贝的爪下，再加上丛林凶险，到处都是嗜血的"大猫"，常有狮子、花豹出没，黑人武士心惊胆战，不敢轻易远离围栏。

然而，有一天，老酋长邦加的儿子库隆伽孤身钻进了密林，向西探去。他举步谨慎，右手执矛，准备进攻，左手紧持椭圆盾牌，贴身防卫，健硕的身子绷得黝黑光亮。他还背有一张长弓，箭筒拴在盾牌上，里面装着若干细直的箭矢，箭头处涂着厚厚一层柏油似的物质，黑乎乎的，稍微沾上就会命丧黄泉。

直到夜晚降临，库隆伽才发现自己已经远离了父亲的村庄，但他还是步履不停，继续西行，走累了，便爬到大树的树杈上，随便搭了个窝，蜷着身子睡下了。

再往西三英里，就是克查科的部落，此时，成员皆已熟睡。

第二天一大早，众猿骚动乱窜，纷纷摇晃着身子到丛林里四处觅食。泰山则像往常一样，去小屋读书。一路上，他一边走一边信手采食，抵达海滩时，已经差不多饱了。

众猿三五成群，四处分散，却从不远走，一直在能听到警报信号的范围内活动。

卡拉沿着大象踏出来的小路向东缓缓移动着。它正忙着翻看地上的枯树枝，寻找鲜美多汁的小虫子和蘑菇。突然，它敏锐的耳朵捕捉到了一阵细微的怪声，心不由咯噔一颤。

它悄悄透过茂密的林荫循声望去，在它眼前五十码处笔直的小路上，正走来一个怪异、可怖的身影。

正是库隆伽。

卡拉没再细看，赶忙迅速转身按原路撤退。她没有落荒而逃，而是依照猿的做法，敌情不明，宁躲不逃。

库隆伽却紧追而来，到嘴的肥肉，安有放过的道理。今天，他要大开杀戒，美餐一顿了。追赶间，他已举起长矛准备向卡拉扔去。

转过一个弯，依然是条笔直的小路，他又瞅见了卡拉的身影。

他紧握长矛的手臂用力挥向身后，肌肉立马闪现，在光亮的皮肤下滚动，猛地一掷，长矛便嗖的一声向卡拉飞去。

手法太臭，只擦伤了卡拉的体侧。

母猿被刺得生疼，怒吼尖叫，转身扑向库隆伽。刹那间，树林"咣咣"发出巨响，伙伴们闻声出动，都荡着枝条迅速地前来支援。

卡拉扑来之时，库隆伽以迅雷不及掩耳之势，解弓、搭箭，直拉得弓弦盈满如月，直直地将一支毒箭射入巨猿心窝。

卡拉惨叫一声，面朝下地仆倒在刚刚赶来、大吃一惊的同伴面前。

众猿怒了，尖叫咆哮着一起朝库隆伽扑去。可是那个家伙异常机警，早已沿着小路飞也似的逃跑了，活像只受惊的羚羊。

他知道这些毛茸茸的"野人"凶狠万分，当下只想着尽可能地拉大与他们之间的距离。

它们在树丛间追击了好长一段距离，可是最后一个一个都放弃了追逐，先后返回到事发地点。

除了泰山，它们从未见过任何人类。那逃跑的敌手行径古怪，它们茫然地想要知道，究竟是什么物种侵入了它们的丛林。

遥远的海滩上，隐隐约约传来打斗的回声，泰山当即明白一定是部落有大事发生，急匆匆地朝声音传来的方向赶去。

等他跑到出发地点，发现部落成员都吱吱呀呀地围在惨死的卡拉身边。

无尽的悲伤与愤怒如潮水般蔓延在泰山的胸间。他一次一次地仰天长啸，冲着不共戴天的仇人发出可怕的挑战，还握紧拳头，狠命地击打自己结实的胸膛。之后，他倒在卡拉身边，无助地哭了。尽管卡拉是一只凶猛、可怕的猿，但是，在泰山眼里，它一直是那么的慈爱、美好，它是这世上唯一给予泰山爱与温情的存

初现人类 | **077**

在。泰山从来不知自己还有另一个母亲——可爱、美丽的爱丽丝夫人。虽然他懵懂不知，虽然他的爱默默无言，但作为一个英国男孩，他早已将对母亲的尊敬与爱戴倾情献给了卡拉，现在，他却失去了它。泰山平生第一次体会到失去至亲的巨大痛苦，一颗孤寂的心盛满沉重的哀伤。

最初的悲伤席卷过后，泰山止住眼泪，询问在场成员卡拉的遇害经过，并从它们贫瘠的话语中明白了一切。

根据它们所说，是一只从未见过的无毛黑猿用一根细树枝射死卡拉的，他的头上还长着羽毛，之后，他就像小鹿巴拉似的，飞快地朝着太阳升起的方向跑了。这些信息对泰山已经足矣。他即刻出发，飞身跃上枝干，火速穿林追去。

大象踩出来的每一条蜿蜒的小路他都了然于心，而杀死卡拉的仇敌必是沿此逃亡。他果断地直穿密林，欲半路截杀。

一路上，他身侧挂着先父的猎刀，双肩盘着根长绳。一小时后，他从枝头跳下，双脚又一次踏在小路之上，蹲下身子，仔细查看起路面上的泥土。

在河堤的软泥上，他发现了两串脚印。放眼整片丛林，只有自己才能留下这种脚印，只是地上的这几个比他的大上许多。他的心跳得飞快，难不成自己是在追踪同类——一个人吗？

两串脚印方向相反，可见，他追踪的仇敌已经沿着小路又返了回来。较新的那串脚印中，有一小块儿土从其中一个脚印洼陷处向外翻出，脚印上的土质如此新鲜，泰山由此判断，他所寻之人定是刚走不久。

泰山又一次穿枝过叶，在小路上空无声无息地快速飞荡。

仅仅一英里，就出现了黑人的踪影。此时，他正站在一块不大的空地上，手握长弓，弦上已然搭好了一支夺命毒箭，正对准空地对面那只闷头呲牙、白沫翻飞、准备进攻的野猪豪拓。

泰山惊讶地望着下面站着的"怪人",他有着和自己一样的体形,却有着完全不同的脸孔和肤色。泰山曾在图画书里见过黑人,可那只是寡淡得毫无生气的图片,与眼前这个黝黑滑亮、血脉贲张的大活人毫无可比性。

黑人站在那儿拉紧弓弦时,泰山的脑海里最先跃出来的不是单词 NEGRO(黑人),而是单词 ARCHER(弓箭手)。他想起儿童图解字母书上的那首儿歌:

A 是一名弓箭手(Archer)

拉满弓儿射箭走。

B 是一个小男孩(Boy)

问他姓甚单字周……

妙,实在是妙极了!泰山终于真切地见到了书上呈现的事物,他兴奋坏了,差点暴露了自己的踪迹。

树上的激动万分,树下的却是剑拔弩张,一场厮杀就此展开。库隆伽黑亮强健的手臂将长弓用力拉满,野猪豪拓纵身扑来,当即,毒箭离弦,如思绪翻转,瞬息射中野猪鬃毛倒竖的脖颈。

一支箭刚出,库隆伽又迅速搭上了另一支箭。只是野猪来势迅猛,完全没有给库隆伽一丝机会拉开弓弦。他纵身从迎面冲来的野猪头上跃过,脚刚着地,便以迅雷不及掩耳之势回身射箭,一举击中豪拓的脊背,尔后,迅速地爬上了旁边一棵大树。豪拓则转过身子向库隆伽又一次发起猛攻,却只跑了十几步,便摇摇晃晃地倒落在地,浑身抽搐,不久便死了。

库隆伽从树上爬下,取下身侧的小刀,从野猪身上割下几块儿大肉砣。随后,在小路中间支起火堆,边烤边吃,尽情享用他的战利品,剩下的就扔在路边不要了。

泰山饶有兴趣地观察着库隆伽。虽然复仇的火焰在他狂野的胸膛里熊熊燃烧，但他求知若渴，更想从这个黑人的身上学点儿什么。泰山打算先跟一段距离，探清他的来历，待他放松警惕，卸弓摘箭，再去了结他的性命。

库隆伽大快朵颐后，沿小路离去，待他的身影消失在转弯处，泰山轻巧地从树上跳落，用猎刀从豪拓身上割下些许肉条放到嘴里，完全没有想着用火去烧烤。

他以前见过火，不过却只有在雷电阿拉劈倒大树的时候。而现在，丛林深处居然有人可以燃起红黄色的火焰，还能让它张牙吞木，倾吐细尘，泰山大吃一惊。他更为不解的是，这个黑人居然还把那么鲜美的猪肉放进火里烧毁，难道雷电阿拉是黑人的朋友，他们是一起分享美食吗？

话虽如此，泰山可不想像黑人那样，蠢头蠢脑地把这么好的肉给糟蹋掉。他抓起生肉狼吞虎咽地吃了许多，又把剩下的部分埋在路旁，打算回程的时候挖出带走。

做完这些，格雷斯托克公爵在赤裸的大腿上蹭了一下油腻腻的手指，沿着小路，继续追踪酋长邦加的儿子库隆伽去了。而此刻，在遥远的伦敦，另外一位格雷斯托克公爵——真正的格雷斯托克公爵的亲叔叔，将火候不足的排骨退给了会所的厨师。就餐完毕后，他将指尖伸入银钵，蘸了蘸清香的净水，随后，拿起雪白的缎帕轻拭指尖……

泰山跟了库隆伽整整一天，像鬼魅一样在他头顶上方的树木间穿梭。

路上，库隆伽又射出两支毒箭，一支射向鬣狗丹勾，一支射向小猴摩奴。箭毒是库隆伽部落新制出来的，毒性极大。两次，猎物皆是中箭即亡。

泰山缓慢地在枝头飞荡，一直和库隆伽保持着不远不近的距离。他一路都在琢磨着库隆伽的射杀方式，实在离奇得很。他知道，单凭小小的箭伤是不会马上置丛林野兽于死地的。这些野兽相互斗起殴来，撕、咬、抓、挠实乃家常便饭，且每每都是以鲜血淋淋、皮开肉绽收场，可是不多时，一个个的便又恢复得生龙活虎了。

事情绝没有那么简单，木棍上的箭头一定大有文章，若非如此，动物们怎会一经擦伤便呜呼哀哉了呢？他一定要查清其中猫腻。

当晚，库隆伽又蜷身栖息在一棵大树上，而人猿泰山就高高地睡在他上面。

库隆伽醒来时，发现他的弓和箭都不翼而飞了，他又气又怕，不过，怕的程度更多一些。他树下树上一顿好找，却没见半分弓、箭的影子和夜袭者留下的半点踪迹。

库隆伽惊慌失措，他的长矛掷向卡拉后就没拿回来，现在弓和箭也不见了，除去一把小刀，他竟再无一件防身之物。如今，唯有赶快跑回父亲的村庄才是上策。

所幸这里离家不远，库隆伽立刻沿着小路急匆匆地朝家跑去。

几码外，泰山从一片浓密的树叶中钻出，悄悄地飞荡在他身后。

他把库隆伽的弓和箭牢牢地绑在一棵参天大树的树冠上，用锋利的小刀在离地很近的树干上削去一块树皮，还砍掉一根树枝，高挂在大约五十英尺的枝头上，以此标明返程路线及藏宝位置。

库隆伽风尘仆仆只顾赶路，殊不知死神已近在咫尺，几乎就贴在他的头顶穿行。只见泰山右手盘绳，随时准备向他出击。

他迟迟没有动手只是因为急于探清库隆伽的目的地。但很快，他便如愿以偿，眼前豁然开朗，土地平旷，屋舍俨然，有良田作物栅栏之属。

就是现在，必须动手，否则"猎物"就要逃回老巢了！莽林生活教会他的从来不是三思而后行，碰上紧急情况他只会不假思索、雷厉风行。

密林郁郁葱葱，投下一片暗影。毗邻邦加酋长的领地，有一棵大树，库隆伽刚走出阴影，一根细绳便从大树离地最近的枝杈上蜿蜒而下，这位酋长的儿子没走五六步，绳索便紧紧地套住了他的脖子。

库隆伽张口就要叫喊，泰山却迅速拉绳，紧紧将那声叫喊憋在了库隆伽的喉咙里。泰山继续拉绳，一下、一下，将挣扎的库隆伽吊挂到半空。随后，泰山爬上更为粗壮的树干，将还在奋力挣脱绳索的仇敌拉进繁茂的树叶中。把绳索牢牢绑在粗壮的树干后，他手握猎刀，向下跳落，狠狠刺中库隆伽的心脏，终于报了那弑母之仇。

泰山仔细端详着黑人模样，有生以来，这是他第一次见到人类。他十分欣赏黑人额头和胸脯上刺的那些纹身，看到黑人一口锉得尖利的牙齿更是惊叹不已。他一眼相中了库隆伽带鞘的小刀和腰带，摘下来便收入囊中。他还喜欢人家的铜脚环，取下来就套在自己的腿上。那个羽毛头饰他也看了半晌，伸手就将它们扯了过来。最后，他开始垂涎库隆伽的尸体，泰山饥肠辘辘，而眼前就是现成的好肉，他当然要大快朵颐一番！

我们该拿什么标准来衡量他呢？泰山虽生得一副英国绅士的身体、头脑和心脏，却是在野兽群中长大！他践行的是与人类世界完全不同的另一套道德体系，在丛林里，吃掉自己的猎物实属稀松平常。

至于塔布拉特，他和泰山相互憎恨，尽管在一场公平的决斗中泰山杀死了他，却从没想过吃他的肉。就像人类不会同类相食，泰山也不会吃同部落的伙伴。

但是，库隆伽就不同了，在泰山看来，他无异于野猪豪拓和小鹿巴拉，而自己不过就和丛林中的万千野物一样，遵循着弱肉强食、适者生存的丛林法则，怎么就不能吃眼前这个黑人了呢？

突然，一个奇怪的想法在脑海中闪现，泰山迷茫地住了手。书里不是告诉他，他是人类吗？而这位弓箭手不也是个人吗？

人能相食吗？哎，他不知道。那他还在等什么？泰山又一次举起了猎刀，但胃里却泛起一阵恶心，连他自己都闹不清为什么会有这样的反应。

他只知道，这个黑人吃不得。世代遗传的本能战胜了他那颗未经驯化的心，他终究是没有越过人类世界设下的法则，哪怕其存在于他不过是一场虚空。

很快，泰山就把库隆伽的尸体放回到了地面。

Chapter 10

鬼魅幽灵

从高处俯瞰，越过耕田，村庄茅屋俨然，大好景致尽收泰山眼底。

他满心好奇，狂热地渴望看见同类、了解同类，还想进屋看看他们住在怎样的小屋里。见丛林一处与村庄相连，他抓住枝条便飞荡了去。

这是他第一次见到自己的同类。与豺狼虎豹共度的林野生活告诉他，这些人是他的敌人，但体貌上的相似特征又使他不由相信，这些人若看到自己，一定会对他热烈欢迎。这么想来，倒也不无道理。

泰山从不是感情用事之辈，也不懂人与人之间的手足情谊，除非个别，比如大象丹托，否则，部落之外，他皆视作仇敌。

他从未怀着敌意或仇恨先入为主地看待这个世界，他很清楚，大自然的法则就是弱肉强食，杀伐屠戮从来无关乎道德。原始丛林的乐趣本就寥寥，最快活的莫过于厮杀、猎食。他是如此，同样的，他也尊重其他动物享受杀戮的这项权利，哪怕，届时，他们追杀的猎物就是自己。

他生长得很好，奇特的林野生活并没有让他变得阴郁、嗜血。他只是单纯地将杀戮视为游戏，每每猎杀一只动物，他迷人的唇际就会牵起快乐的微笑，生而纯粹，从不残忍。若屠杀是为了复仇或正当防卫，他庄严、郑重，每一个动作都容不得半点轻浮、草率，绝不会歇斯底里。大多时候，他猎食是为果腹。但他毕竟是人，心血来潮时，也会因为有趣而去猎杀。动物却从不这样。世间万物，唯有人类才会仅仅为了乐趣而制造苦难与死亡，也唯有人类，才会为了享受这样的乐趣而漫无目的地大肆杀戮。

此刻，他小心翼翼地向邦加的村庄摸去，并做好了两手准备，一旦暴露，不是他杀人，就是人杀他。见识过库隆伽快速如飞、百发百中的夺命毒箭后，他的动作格外隐秘。

最后，他攀上村庄上方的一棵大树，枝繁叶茂、藤蔓垂挂、隐天蔽日。他蜷伏其中，向下张望，眼前的生活陌生而新奇，一点一滴都教他惊叹不已。

小孩儿们光着屁股在村子的街道上奔跑、嬉戏。妇女们手头儿各自忙着活计：有的在粗糙的石臼里捣着晒干的车前草；有的用研磨好的面粉做着蛋糕；还有的在田地里锄地、拔草、收割。她们的腰间都系着干草编成的古怪围裙，遮着臀部。许多女人都戴着首饰，或是戴着由黄铜和紫铜制成的脚镯、臂环和手镯，或是在黝黑的脖子上挂了好几圈奇怪的项圈，更有甚者还在鼻子上挂了个大环儿。

看着她们古怪的装束，泰山愈发叹为观止。他注意到干活儿的都是些女人，没有一个男人在田里耕地，也没有一个男人在村子里操持家务活儿。树荫下,有几个男人在打盹儿,不经意间,他还瞥见村边站着几名全副武装的武士,一看便知是哨兵,随时防备着敌人突袭。

最后,他的目光落在了一个女人身上,刚好就坐在泰山潜伏的树下。

她前面架着口小锅,下面燃着一小团火焰,锅里煮着浓稠发红的柏油似的东西,咕嘟咕嘟直冒气泡。女人身边堆放着木箭,另一边立着树枝制成的窄架,她逐一将箭头浸在沸腾的小锅里,再将它们拿出搁置在架子上。

泰山看得入迷。他就说嘛,库隆伽那么小的一支箭,怎么会那么厉害!原来,其中奥妙全在这里!他见女人干活儿时非常小心,生怕锅里的东西溅到手上。中间有一次,她的手指沾上了一滴,她连忙把整只手都浸到水里,然后快速地抓起一把树叶将那个小点儿擦去。

泰山虽然对毒药一无所知,但他却具有敏锐的推理能力。他推断,箭矢能一举夺命,无关乎箭矢本身,而在于箭头的不明涂料,箭矢不过是作为一种媒介,将涂料送至遇害者体内:

我以死神之名献吻,你必不辱使命。

它简直是魔鬼的使臣!之前在库隆伽身上夺了几支,他多么希望再多得到一些啊。只要一小会儿,若能让这女人放下手里的活计走开一会儿,喘息功夫,他就能跳下去抓上一大把,再迅速跳上来。

他正绞尽脑汁地想着调虎离山之计,突然,耕地对面传来了一阵厉声嚎叫。他连忙抬头,只见一位黑人武士站在一棵大树的下面,一个小时以前,他正是在这棵树上了结了杀害卡拉的凶手。

那名武士一边大喊,一边在头顶挥动着长矛,还不时地指向眼前的地面，好像上面有什么东西。

村庄立刻骚动起来，男人们全副武装地从各自的茅屋里冲了出来，他们穿过耕地，发了疯似的朝那名激动的哨兵跑去，身后还跟着老弱妇孺，眨眼之间，便只剩下了空荡荡的村庄。

泰山了然，一定是库隆伽的尸体被发现了，他对此兴趣缺缺。眼下，全村倾巢出动，谁都不会妨碍他下树捞箭，正是下手的大好时机。

他手脚麻利、悄没声地从树上跳下，落在熬煮毒药的锅旁，一动不动地在那里站了一会儿，一双闪亮的眸子迅速扫过栅栏以内的空荡村庄，确定没人后，才放下心来。

随后，他的目光落在了身旁一间小屋敞开的门上。得进里面瞧瞧，这么想着，泰山便小心翼翼地向那间低矮的茅屋摸去。

他在门口止住脚步，侧耳细听，见屋内寂静无声，一闪身，便溜进了昏暗的室内。

墙上挂着武器——几根长矛、些许奇形怪状的刀子，还有一对细窄的盾牌。屋子正中放着一口炊锅，最里边有一堆稻草，上面铺着层编席，显而易见，这是屋主的床铺和被褥，地上垒有几颗人颅骨。

泰山把屋里的东西都摸了个遍儿，掂了掂长矛，还嗅了嗅。野外的残酷生活练就了他一副嗅觉极其敏锐的鼻子，他向来靠此"看"事物。他很想拿一根墙上挂着的一头尖的长棍子，但他路上还要带走一大把箭矢，只好作罢。

他把墙上的东西都取下来，在屋子中间堆成一摞，把锅倒扣在顶上，又在锅上摆了一个呲牙笑的颅骨，还给它绑上了库隆伽的翎羽头饰。

做完这些，他向后倒退几步，一边欣赏着自己的杰作，一边咧嘴笑了起来。泰山一向如此,特别喜欢开玩笑。

这时,外面突然嘈杂了起来,之后便传来了拉长的悲号,和凄怆的哀鸣。泰山吓了一跳,莫非在此逗留的时间太长了?他匆忙来到门边,从村街一直望到村口,依然不见人影儿,但是已经能清楚地听见他们穿过耕地,正向这边走来,定是就在不远处。

他夺门而出,闪电般冲向箭堆,抱起一大捆,一脚踢翻毒沫沸腾的大锅,纵身一跃,钻进大树的繁茂枝叶间。与此同时,土著归来,纷纷踏入远处的村口。泰山转头注视着他们,仿佛是一只鸟,机警、敏锐,一旦有风吹草动,便会扑打翅膀,快速逃飞。

土著们纵列走上村街:四人抬着库隆伽的尸体,一众女人跟随其后,叽里呱啦哭喊着古怪的语言,号子唱得哀婉诡谲。他们一直走到库隆伽的住所,恰是泰山搞过恶作剧的那间小屋。

五六个土著刚进去,便大呼小叫、惊慌失措地跑了出来。其他人赶忙围拢上去,一个个神情激动,指指点点,议论纷纷。几名武士走过去,向屋内探视。

最后,一位老爷子走了进去。他的胳膊、腿上戴着大量金属饰物,胸前佩戴一串项链,挂满了枯干的人手。

这便是库隆伽的父亲——酋长邦加。

空气一片死寂。过了一会儿,邦加走了出来,他骇人的脸上,神色不定,混杂着愤怒和迷信的恐惧。他对集结的武士指令一番,武士们立刻四散,仔仔细细地搜查栅栏内,村庄里的每一间屋子,角角落落都不放过。

刚一开始,他们就发现熬毒的大锅让人给端了,一旁的毒箭也给偷走了大半,除此之外,查无所获。武士们心惊胆战,满心敬畏,片刻后,便又聚集到酋长身边。

邦加无法解释这一桩桩诡异的事件。先是在自家门口——只要有声响就能听到的田边发现儿子被捅了刀子、剥得精光、尚存体温的尸身，这本就够离奇的了！现在，村里、儿子屋舍又出现了这一幕幕诡异的画面。人人心头都蒙上一层灰，可怜的脑子不作他想，全是些可怕的迷信说法。

他们三三两两地站成一团，压低嗓门儿交谈，大眼珠子瞟向四周，叽里咕噜直转，不时闪现出惊恐的目光。

泰山在树上看了一会儿，却看不懂他们都在做什么。他不知迷信为何物，对于敬畏这一类的感觉，也只是有个模糊的概念。

这会儿，艳阳高照。泰山虽然饥肠辘辘了许久，却也没那么快饿晕。从这儿到他埋下野猪肉的地方还有好几英里远。他转身离开，身影渐渐融进了一片茂密的林海。

Chapter 11

新王横空

泰山先是挖出了先前埋在路边的野猪肉,狼吞虎咽一番后,又上树取下了藏在树冠的弓和箭,一路上忙东忙西,却还是赶在天黑前回到了部落。

泰山满载而归。他从枝头跳落,站在大伙儿中间,绘声绘色地讲述着他此次辉煌的冒险经历,还把战利品一样一样地拿出来给大伙儿看,别提多美了!

克查科哼了一声转身走开。它的心里蹿起嫉妒的火焰,邪恶的小脑袋不停转动着,寻找借口,伺机向部落里这个另类发泄它的刻骨仇恨。

第二天,当第一缕霞光从天边升起,泰山便开始练习拉弓射箭。起初,他箭箭落空,后来慢慢地掌握了要领,不出一个月,他俨然是一名神箭手了!只不过,反复练习差不多用光了他所有的箭。

部落仍在海滩附近逛荡,四处觅食。射箭之余,泰山还是会前往小屋，继续阅读父亲为他精心挑选的书籍。

　　这期间，泰山在小屋其中一个橱柜后面发现了一个小金属盒儿，钥匙就插在锁眼里。他研究了一番，来回扭转钥匙，很快，"吧嗒"一声，打开了。

　　里面放了张褪色的旧照片，照片上是一个没有胡须、面孔清爽的年轻男子，旁边有一条金项链，吊着一个镶了钻石的小金盒，还有几封信和一个小本子。

　　泰山仔仔细细地查看着其中的每件东西。

　　他最喜欢那张照片。照片上的男人一双眼睛笑眯眯的，脸上绽放着坦率的笑容。这就是他的父亲——约翰·克莱顿，格雷斯托克公爵。

　　他也十分喜爱小金盒挂坠。他学着黑人土著的样子，把项链戴在脖子上，闪耀的钻石在他光滑、黝黑的皮肤上折射出奇异的光彩。

　　他不知道信里说了些什么，上面手写体的字迹他还看不大懂，便将它们连同照片一起放回到金属盒里，转而开始研究起那个小本子。

　　这个本子里记满了漂亮的手写笔记，上面每一个"小虫子"都是他的老朋友，可是它们的排列顺序和组合方式非常奇怪，泰山完全看不懂。

　　泰山驾轻就熟地查阅词典，却大失所望、困惑难当，关键时刻字典毫无用武之地，里面的词儿竟一个都查不到！他无奈地将小本子放回盒里，并暗下决心，日后定要参透其中奥秘。

　　他丝毫不知，这个本子全是由法语书写，是约翰·克莱顿的日记，亦是解开他身世之谜的一把钥匙。他为什么会流落荒野，为什么会在猿中长大，这些答案都能在日记中找到。

泰山把盒子放回到橱柜里。虽然什么都没有带走，但是父亲那张硬朗、微笑的面庞却一直印在他的心间。他愈发下定决心要破解黑皮本里古怪字母的含义。

眼下有一桩更要紧的事儿等着他去办——箭差不多都用光了，他必须到黑人的村庄走上一遭，补给"军需"。

第二天一大早他就出发了，行色匆匆，不到正午时分便赶到了那片林中空地，迅速藏身于大树之上。和上次一样，女人们都在地里和村街上干活儿，那口毒锅还摆在他的正下方，咕嘟咕嘟地冒着气泡。

他一连几个小时都在树上等待时机，企图四野无人时跳到地面，卷走箭矢。可是这一回，村子里面太平无事，许久也没发生能把村民全都调走的事端。天色渐晚，泰山却还蹲在树上，女人也仍旧守在锅旁，毫无察觉。

不久，田里干活儿的人回来了，打猎的武士们也从树林里走了出来。等所有人都走进村庄后，他们关紧栅门，从里面将锁头落好。

这时，村子里摆满了饭锅，每间茅屋前都有一个女人守着还没开锅的炖肉，土著们的手里都拿着块儿香蕉蛋糕和木薯布丁。

突然，村边儿传来了一阵招呼声。泰山抬头望去，只见一群迟归的猎手打北边走来，连扯带拽地拖回了一只拼命挣扎的动物。

他们走到村子跟前，立马有人打开栅门，迎他们进来。大伙儿瞧着打回的野味儿，猛然爆发出狂野的欢呼——那根本不是什么动物，而是个人！

那人一路被拖到村街，仍在不停地反抗。街边的女人和孩子在他经过时，毫不留情地抡着棍棒、扔着石头打他。就算是泰山，一个打小儿在丛林里长大的、正处全盛时期的野人，也不禁为自己同类的残忍暴行倍感惊讶。

丛林万物,也就只有豹子希塔才会玩弄它的猎物。其他野兽都恪守丛林道德,直击要害,快速击杀,绝不会让猎物枉受折磨。

泰山在书中多多少少了解了一些人类的生活方式。

之前跟着库隆伽穿越丛林,他一心盼着库隆伽能带他抵达一座城市或是一片海洋。城市里有许许多多奇怪的房子,下面装轮儿,房顶卡着一根大树干,里面还喷着黑烟;海面上则漂浮着建筑物,它们叫法各异,有的叫舰艇,有的叫轮渡,有的叫汽船,还有的叫小船。泰山对此心驰已久,一直想找机会亲眼瞧瞧。

可是库隆伽却把他带到这样一个黑人聚居的小破村儿,而且就隐蔽在他自个儿的丛林里!村子里的茅屋更是没有一间比得上他那远在海滩边的小木屋,泰山当时别提有多失望了。

这些黑人比自己部落的猿邪恶多了,一个个都和母狮赛贝似的,凶猛、残忍。泰山对人类的敬重荡然无存。

这会儿工夫,他们已经把那个可怜人绑在了村子中央的柱子上,正对邦加那间茅屋。武士们挥舞着寒光闪闪的刀子、耍着锋利的长矛围绕柱子又叫又跳;女人们则蹲坐在外圈儿,击鼓呐喊。这情景如此熟悉,让泰山想起了"达姆达姆"狂欢仪式。他心里再清楚不过这群土著将要对那人做什么了,只是不知道他们是否残忍到要活剐人肉。猿亦有道,猿类从不会做出这样的事情。

可怜的俘虏已经吓得魂飞魄散。武士们在疯狂的音乐和鼓点中,忘乎一切,狂乱地甩动着身体,不断冲猎物逼近。圈子越缩越小,不一会儿,有人端起长矛向俘虏刺出了第一枪,其余的五十名武士接到信号,也纷纷端矛扎去。

转眼之间,可怜人的眼睛、耳朵、胳膊和双腿就被刺了个遍。他极度痛苦,拼命扭动着身躯,除了要害部位,身上每寸每缕都

新王横空 | 093

成了这帮凶残土著的靶子。

女人和孩子欢愉至极,尖声呐喊。

武士们舔着丑陋的嘴唇,期待着盛宴的开始。他们你一枪我一枪地竞相施加酷刑,折磨着那个仍有知觉的俘虏,相互较量,看谁更残忍、更"厉害"。

此时不动,更待何时!所有人的眼睛都盯着柱子上正上演的人间惨剧,正给了泰山可乘之机。

夜很黑,月影无踪。唯有眼前张扬跳跃的火焰吞吐着火舌,向这焦躁不安的盛宴投下了明灭不定的鬼光。

泰山自枝头轻轻跃下,落在村头松软的泥土上,很快就把箭矢拢到一起。这次,他带来几根长藤条,准备把箭捆成一束,一支不落,全部卷走。

他不慌不忙地把箭结结实实地包捆起来,正要转身,倏而,灵机一动,恶作剧的念头又在心底跃起!他四处张望,琢磨着该和这群荒诞不经、古怪的土著开一个怎样的玩笑,好让他们再一次感觉到邪神魅灵的存在。

泰山把箭放到大树底下,蹑手蹑脚地匍匐在街边的暗影里,一路摸到他第一次造访村子时进入过的那间茅屋。

屋里一片漆黑,但很快,他就摸到了所寻之物,没再耽搁,转身向门口走去。

刚迈出一步,他敏锐的耳朵霎时捕捉到一阵渐趋渐近的脚步声。下一刻,一个女人就堵在了门口,彻底挡住了门缝微乎其微的光线。

泰山悄无声息地退到茅屋最里侧的墙边,暗暗摸出父亲留给他的锋刀。女人很快就走到小屋中间,停下来四处摸索,看样子,她对屋内的摆设不是很熟悉。她越来越近,不大一会儿就摸到了泰山紧贴的土墙附近。

女人近在咫尺，泰山甚至都感觉到了她身上散发的热气。他举起猎刀就要扎去，女人却转身摸向另一边，"啊！"了一声，终于找到了想要的东西。

她即刻转身离去，打门口走过时，泰山看清了她手里的东西——一口蒸锅。

泰山紧随其后，躲在门前的一隅暗影里，向外张望。村里的女人都急匆匆地从屋里拿出锅子和水壶，灌满水，架到柱子旁的一堆堆篝火上蒸煮。柱上那人已然浑身是血，死气沉沉，眼看就要咽气了。

趁人不注意，泰山急忙向村头的大树跑去，他的那捆箭还在树下。和上次一样，他先是踢翻大锅，随后，像一只灵巧的猫，三下五除二地跳上橡树较低的枝干，一路攀爬，悄无声息。最后，他寻得一处视野开阔的高枝，透过茂密的枝叶，向下俯瞰。

女人们正忙着摆弄蒸锅，准备蒸煮俘虏；男人们疯狂发泄后，筋疲力尽，这会儿都随意站着，稍作休息。和之前的喧闹相比，村子安静了许多。

泰山抓着从小屋里顺走的东西，施展多年来扔掷野果、椰子练就的一击即中的本领，扬手向下面的土著扔去。

它直直地飞向人群，不偏不倚，正好打中一名武士的脑袋，将他击倒在地，随后，它滚到女人中间，停在了奄奄一息的俘虏身旁。

一时间，大伙儿全都瞠目结舌地盯着这横空飞来的玩意儿，继而惊呼四窜，朝各自的小屋跑去。

地上是一颗人颅骨，抬着头，龇牙笑，还是从天而降，别提有多邪门了！土著们愈发迷信，惶惶不可终日。

新王横空 | 095

泰山丢下颅骨后便扬长而去。土著们却陷入一片惊慌。经过这么一遭，他们深信，村庄周围的森林里一定潜藏着某种看不见的神秘力量。

后来，他们发现锅翻了一地，箭又被偷走了。土著们意识到，他们迁村至此，还没作丝毫表示，可能冒犯了这一带丛林的神灵。从那以后，他们每天都会在丢失箭矢的树下供奉食物，渴求大神平息怒气。

这一头，恐惧的种子已经深深埋下，另一头，不经意间种下的祸端正抽枝发芽。泰山与猿落的大战一触即发，他自己却尚未察觉。

当晚，他睡在村庄附近的林子里，次日清晨才悠哉悠哉地踏上归途。他一路觅食，却只找到了点浆果和毛毛虫，肚子饿得咕咕直叫。他又绕到身旁的树桩，上下左右一通翻找。正找着，他猛一抬头，发现母狮赛贝站在小路中间，离他只有不到二十步远。

赛贝一双铜锣大眼闪着邪恶的凶光，直盯盯地注视着泰山；鲜红的舌头舔着饥渴的嘴唇，身子匍匐，肚子着地，悄悄地向泰山靠来。

它根本不用这样，泰山压根就没想着逃跑，相反，他还欢迎至极。今非昔比，除了一根草绳，他还有了其他法宝！这阵子他一连找了它几天，如今倒是在这儿让他给撞见了。

他利落地拈弓搭箭，赛贝腾身扑来之际，毒箭离弦，在半空将它射中。与此同时，泰山移步换影，闪向一旁，母狮扑空落地，还没站稳，泰山一鼓作气，迅速转身，照着耻骨又送上一箭。母狮怒号，回转身子，再次迅猛扑击，不料，迎面毒箭三射，正中它的一只铜锣巨眼！但这次，泰山就没那么侥幸了，赛贝已经扑身袭来，气势汹涌，泰山错身不及，被它扑了个正着。千钧一发间，泰山抽出猎刀，狠命刺入巨狮心脏。一时间，双方都躺在地上僵持不动，过了一会儿，泰山才意识到，母狮赛贝气力尽失，这场战斗已然结束！

他费力扭动着身子从赛贝的身躯下爬出，直起腰，高高地俯视着战利品，一阵狂喜。

人猿泰山挺起胸膛，一脚踩在猛狮赛贝身上，年轻、英俊的头颅向后一甩，发出胜利而充满挑战意味的可怕猿鸣。

森林里回荡着他胜利的凯歌，调子狂野，鸟儿们屏住歌喉，豺狼虎豹闷声静气，纷纷溜之大吉。现在丛林里头，谁都不敢惊扰泰山，去找他的麻烦。

伦敦，另一位格雷斯托克公爵正在英国国会的上议院对着他的同僚发表演说，温文尔雅，波澜不惊……

赛贝的肉平淡无味，但是在饥饿面前，再难以下咽的食物都会是珍馐美馔。泰山吃得饱饱的，打算美美地睡上一觉。不过，不忘初衷，方得始终，在这之前，他要先把赛贝的毛皮剥下来。

他常在小动物身上练手，很快，便游刃有余地剥下了一大张狮皮。随后，泰山将毛皮铺在高高的树杈上，蜷着身子，卧在上面安然地睡了，一夜好眠，无梦惊扰。

由于睡眠不足、精疲力竭，再加上饭饱肚圆，直到日上三竿，泰山才缓缓苏醒。他从树上跳下，径直去吃"午餐"，却发现地上只剩下一副骨架，森林里的饿兽早已把赛贝的尸体吞食了个干净！泰山懊恼不已。

悠游自在地在森林里走了半小时后，一只小鹿闯入了他的视线。小家伙还未发现敌人的踪迹，便被一箭封喉，没走出十几步路远，箭毒发作，一头栽进了灌木丛，死了！

泰山美美地饱餐一顿，但这次饭后，他没有休息，而是急忙

新王横空 | 097

地向他离开部落的方向走去。回到猿落,他洋洋得意地拿出母狮赛贝的皮毛,在大伙面前好一顿显摆。

"看!"泰山大喊,"克查科的部下们,你们看看出色的猎手泰山做了什么!你们当中有谁曾猎杀过公狮努玛的部下?在克查科部落里,泰山无可匹敌,泰山与你们不同,不是猿,而是……"他顿了一下,猿语中没有"人"这个词汇,而泰山也只会英文拼写,并不知道如何发音。

大伙儿聚在泰山身边,竖起耳朵,认真聆听,一双双小眼睛全都瞅向赛贝的毛皮,见识着泰山惊人的力量。

只有克查科独自在后,怒火中烧,直恨得咬牙切齿。

突然,强烈的激情攥住了它邪恶的小脑袋。它大吼一声,扑到猿群之中,张牙舞爪,胡乱撕咬。事发突然,大伙儿还没来得及逃窜到丛林的高枝儿上,十几名成员已经或伤或死地落在了克查科手里。

它气得口吐白沫、发了疯似地怒声尖叫,四处寻着那个它深恶痛绝的家伙。终于,在不远的树枝上,它瞧见了坐在上面的泰山。

"下来,出色的猎手,泰山!"克查科咆哮着,"下来见识见识你爷爷的巨牙!难道所向披靡的战士都是看见危险就往树上逃吗?"继而,克查科连声放话,骂出部落里最恶毒的话,不断挑衅着泰山。

泰山话不多说,直接从枝头跳下。所有成员都屏住呼吸,透过各自隐蔽的枝头向下张望。克查科怒吼不停,冲眼前的小东西发起猛攻。

巨兽撑着小短腿站起来,竟有七英尺之高。它膀大腰圆,肌肉健硕,短脖子后面隆起一个铁疙瘩似的肉块,比颅骨还高,整个脑袋看起来就像是从一座血肉大山中凸出来的一个小球。

它咧开肥厚的嘴唇，厉声咆哮，满嘴獠牙流着哈喇，一双充满血丝、邪恶的小眼睛紧盯泰山，闪现着疯狂的凶光。

泰山站在那儿等着。虽然体格强健，一身筋腱在皮肤下滚动，清晰可见，但他六尺之躯仅仅凭此似乎还不足以应对眼前这场恶战。

凶恶的克查科虎视眈眈，泰山的弓和箭都不在身旁。刚刚给大伙儿看狮子皮时，落在了那里。当下，唯有手中的猎刀和过人的智慧可堪匹敌。

克查科咆哮着迎面冲来，泰山拔出刀鞘，握着细长的尖刀，同样发出一声毛骨悚然的吼啸，跨步疾冲，迎战克查科。巨猿毛臂长伸，企图圈住敌人；泰山身如游蛇，灵活躲闪。就在双方身体碰撞之际，泰山一把锁住克查科的手腕，侧身飞闪，将刀子深深送入巨猿心脏下方，还未拔出，克查科猛挥黑臂，用力一扯，夺下利刃，接着，张开大手，向泰山的脑袋劈来，这一掌若就此落下，足以将泰山的半边头骨彻底击碎。说时迟，那时快，泰山猛一低头，巨掌擦头而过，紧接着，泰山不作喘息，送出一记重拳，直直击向巨猿心窝。

克查科踉跄后退，身中致命一刀，这会儿已经支持不住了。但它仍负隅顽抗，与泰山周旋，挣出手臂，紧钳纤瘦的对手，用力拉近，张开獠牙就要咬向泰山的喉咙，可是未待落齿，年轻的公爵已然伸出铁钳般的力手，死死卡住克查科的脖颈。

双方抵死搏斗：一方张口咆哮，要用利齿獠牙咬死对方；一方紧握力手，卡住那血盆大口下的咽喉。

克查科气力更胜一筹，渐渐占据了上风。它绷紧身体，獠牙距泰山的脖颈只有一英寸远，忽然，它剧烈痉挛，下一秒，身子一歪，软软地倒在了地上。

一代猿王就此死去。

泰山取回制敌宝刀。这刀一次一次地帮他打败远比自己强悍的敌手，他要小心收好。随后，一脚踩在克查科的脖子上，又一次狂野怒号，征服的呼声响彻丛林！

就这样，年轻的格雷斯托克公爵成为了新一代猿王。

Chapter 12
理性光辉

部落里,有一个家伙不服泰山,它就是塔布拉特的儿子,特克兹。不过,惧于泰山手里的利刀和毒箭,它不敢公然造反,只能暗地里搞一些小动作,滋事捣乱,桀骜不驯。泰山心里门儿清,这家伙是在等待时机,企图谋权篡位!所以他从不掉以轻心,时刻警戒,以备后患。

几个月以来,部落生活如常,没什么大变化,只不过,泰山绝顶聪明,又是天生的猎手,在他的带领下,大伙儿获取了远胜以往更为充沛的食物。大多数成员对新一届猿王的统治都颇为满意。

夜里,泰山带领部下前往黑人的耕田偷粮食。众猿仅仅按需拿取。来之前,它们智慧过人的领袖就警告过他们,不能像猴子和其他部落的土猿一样糟践东西!

这样一来,黑人虽然为这接二连三的"深夜造访"大为恼火，但也没有灰心丧气，依然勤勤恳恳地莳弄耕田。如若泰山缄口不言，任大伙儿胡作非为，那情形就大不一样了。

期间，泰山多次孤身夜探村庄，不断补给箭矢。不多时，他就注意到，他进入栅栏的通道——那棵大树底下，总放着一堆食物。没过多久，不管黑人放的是什么，他都全盘接受，通通装进了肚子里。

土著们本就心神懔懔，看到祭品一夜之间不翼而飞，愈加惊恐万分。毕竟，祭鬼神求宽恕是一码事儿；鬼魅真的入了村，还享用了供品就完全是另一码事儿了！这种蹊跷事儿闻所未闻，众人心头再次蒙上了各种各样的迷信和恐惧。

这还不算完，箭矢周期性地失踪、一只看不见的手在冥冥中跟他们作怪，他们彻底陷入了焦虑的深渊，新居的生活竟然成为了生命中不可承受之重！最后，万不得已，邦加和几位首脑开始商讨弃村远迁的计划。

不久，黑人武士们向南进发，一边打猎，一边寻找村庄新址。他们在密林深处越走越远，直抵森林腹地。

泰山的部落时常遭受这些游猎者的袭扰。原始森林的死寂空寥终被从未耳闻的叫喊声打破。从此，飞鸟走兽再无安宁——人类来了！

平日里，豺狼虎豹穿丛过林，时有出现，但小家伙们也只有在"恶煞"驾临时才会暂避四周，待危机解除再回来。

人类就不同了，所过之处有如蝗虫过境，片甲不留！他们一来，动物在本能的驱使下，往往一去不回。猿也是如此，他们对人类避之不及，犹如躲避瘟疫一般！

猿落一时半会儿还在海滩附近游弋。他们的新首领一想到要永远离开小木屋、离开他的宝藏，心里别提多抵触了。可是有一天，部落里一名成员发现，他们世世代代饮水的小河岸边来了许多黑人。这些黑人在丛林里清出了一大片空地，还盖起了许多茅屋。此地不宜久留，泰山只好带领部下撤到林宇深处，跋涉许久，来到一片无人干扰之地。

泰山每月都会荡着摇曳的枝条飞回小屋，读上一整天的书，再补给一下箭矢。不过，现在取箭是越来越困难了，一入夜，黑人就会把箭藏到谷仓和住人的茅屋里。

这样一来，白天里，泰山就得仔细观察，以探清藏箭之处。

他曾两次夜入茅屋，黑人躺在席子上睡着，他就贴着武士的身侧逐一取箭，后来意识到这种方法实在冒险，便改用长绳，死死套住那些单独外出的猎人，卸下他们的武器和饰品，再趁着夜深人静，将尸体从大树上丢回村子。

这些花样百出的恶作剧又一次让黑人坐立不安。若非泰山一个月只造访一回，回回都让他们滋生希望，盼着是最后一遭，他们早就弃村逃亡了。

黑人尚未涉足泰山的小屋，他们离海滩还有相当一段距离。可是，泰山心里却一直惴惴不安，唯恐自己随部落离开期间，这群人会发现小屋，打他宝贝的主意。自此，他在小屋逗留的时间越来越长，跟部落在一起的时候愈发少了。没过多久，这个小小的猿落就因为首领的疏忽乱作了一团。纠纷、争吵，层出不穷，唯有猿王出面方可平息。

最后，几只老公猿不得不向泰山禀明此事。为了治理争端，之后的一个月，泰山一直和部落待在一起。

猿王要干的事情不多，难度也不大。

这天下午，塔卡跑来向他告状，抱怨芒戈拐走了它媳妇。泰山就得把大伙儿都召集过来，评判是非。如果母猿更中意新丈夫，

理性光辉 | 103

他就不予追究，保持现状。作为交换，若芒戈有女儿，就让他送一个闺女给塔卡做媳妇。

无论泰山如何定夺，当事者都会当作是最后的裁决欣然接受，满意地回去继续忙碌。

过了一会儿塔娜来了，一边尖叫，一边紧紧捂着血流不止的肚子。它控告丈夫冈图对它家暴，这伤口就是冈图那个丧心病狂的给咬伤的。泰山传来冈图，冈图直喊冤，称塔娜是个懒婆娘，不给它找坚果、甲虫吃，也不给它搔挠后背。

泰山两方俱罚。这边警告冈图不许再虐待塔娜，否则就让他尝尝毒箭的滋味；那边迫使塔娜保证从今往后恪守妇德，尽到一个做妻子的义务。

这些矛盾虽然大都是些鸡毛蒜皮的家庭纠纷，但是如果不及时解决，就会升级为党派之争，使得部落最终走向分崩离析。

拥有王权就意味着不再自由，自打觉出味儿后，泰山便厌倦了这个差事。他想念那阳光落吻的粼粼大海，渴望回到那漂亮牢固的海边小屋——屋里，舒爽惬意；书里，奥妙无穷。

随着年龄增长，他发觉成员与自己之间的距离越来越大，志趣也大相径庭。它们无法随他与时俱进，也不能理解他头脑里闪过的那些光怪陆离、妙不可言的梦幻。它们的词汇是那样的匮乏，泰山甚至无法与它们探讨自己新领悟的真知灼见，也无法带领它们一起邀游书海、领略其中的广阔思想领域，更无法诉说他激荡灵魂的青云之志。

儿时的玩伴如今也疏远了。小孩子兴许还能因为很多奇妙而简单的东西走到一起，可对于成人而言，双方必须势均力敌，在大体相近的知识与智力基础上，才能愉快地交往。

卡拉若还存于世间，泰山不顾一切也会留在母亲的身边。现在，它不在了，儿时的玩伴也都长成了凶狠残暴的恶兽。比起带领这群野兽、处理它们糟心的麻烦事儿，他无比向往小屋安宁而幽静的生活。

然而，一想到对他心存仇恨与嫉妒的特克兹，他退位的念头就松动了不少。他骨子里有着英国青年的固执，绝不能在这等心怀不轨的恶霸面前退让。

部落里，也曾有几头健壮的公猿对特克兹欺凌弱小的野蛮行径忿忿不平，最终却都屈服在了它的武力之下。泰山知道，他一走，猿王的宝座必定会落到这家伙的手里。他希望不动刀箭、堂堂正正地就将这毛头巨怪制服。

发育成熟后，泰山的力气与日俱增，身手也愈加敏捷。若不是特克兹长了一口巨齿獠牙，占据着先天优势，就是徒手肉搏，泰山也有把握干掉它！

在某一天，整个局面竟然脱离了泰山的控制。在他面前只有两种选择：要么离开，要么不带一丝污点，誓死捍卫荣光。

事情的经过是这样的：那天，大伙儿零零落落，都在林子里静静地吃着东西。泰山趴在一条清澈见底的小溪边，伸着黝黑的手，快速摸向水里那尾灵动躲闪的小鱼儿。突然，东面不远处传来了一声锐耳的尖叫。

所有成员立刻放下嘴边食儿，循着那声惊恐的叫喊速速赶去。只见特克兹正抓着一只老母猿的发毛，挥着巨掌毫不留情地打她。

泰山走过来，举起一只手，示意它住手。这只母猿不是特克兹家的媳妇，而是一头可怜老猿的。只是，老猿已经过了争夺战斗的年纪，不能保护它的家人了。

特克兹明明知道殴打其他母猿是违反部落规矩的，但它恃强凌弱惯了，还是照打不误。仅仅是因为母猿不愿意把自己逮到的

理性光辉 | 105

一只小老鼠送给它吃,它见人家的丈夫年老体弱,就对它施以严惩。

它见泰山没带弓箭,便敢开了胆子,继续痛打着可怜的母猿,当众给它恨得咬牙切齿的首领难堪。

泰山也懒得再做手势,直接向翘首以待的特克兹冲去。

自上次和大猩猩宝咖尼拼死搏斗以来,泰山已经有很长时间没有跟谁恶战过了。若不是当时急中生智,举刀刺中野兽心脏,泰山只有任由宰割的份儿。

而眼下,泰山的猎刀不过刚刚能抵得上特克兹寒光闪闪的獠牙;身手迅捷的优势也只能堪堪和这只巨猿的蛮劲儿打个平手。

总体来说,在这场搏斗中,巨猿特克兹占据上风。若是听天命,不尽人事,年轻的格雷斯托克公爵——人猿泰山,将作为一头不为人知的野兽,无声无息地死在这赤道非洲。

可是,有一种东西使他远远超越了丛林众生,显现出人、兽之间的巨大差异,那就是人类理智迸发出的火花。正是拥有这种理智,泰山才得以在特克兹的钢牙铁骨下夺得一线生机。

没打十几秒,双方就滚倒在地,狂撕烂咬,扭打成一团,展开殊死搏斗。

特克兹的脑袋和胸部中了十数刀。泰山也好不到哪去,被它从头上扯下一大块儿头皮,垂挂在一只眼上,鲜血淋漓,甚是骇人。

不过到目前为止,这个英国小伙子依然顽强地抵抗,仰着脖子,没教毒牙咬上一口。一时间,战局趋于平缓,双方皆慢下动作调整呼吸。不消一会儿工夫,泰山计上心头。他要出其不意,攻其项背,先死抓狠咬攀紧巨兽,随后,劈刀直下,不死不休。

计划进展得出乎意料的顺利。傻头傻脑的毛头巨兽,对泰山的计谋全然不知,被打了个措手不及。

待特克兹察觉敌人意图,惊觉铁齿钢拳在背后毫无施展余地后,便在地上猛烈地摔打身子,拼命扭转,上下跳动,企图把敌人摔下身来。泰山则牢牢抱紧,不给敌人半分机会。只是,还未待他给敌人送上一刀,手便重重地杵到地面,猎刀顺势脱飞,刹那间,泰山手无寸铁。

之后的几分钟里,不断的摸爬滚打将泰山的手震松了十次有余。最后关头,招式变换中,泰山偶然发现了右手的一个新招式。他当即了然,此招一出,必是无懈可击!

他从后面伸手穿过特克兹的胳膊,用右手和前臂扣住巨兽后颈,摆出一副现代摔跤中的"半尼尔逊"架势。这完全是歪打正着碰巧做出来的。可是超乎常人的理智让他一眼看清了这个架势的价值——它将成为自己生死一线间,扭转战局的制胜法门!

他设法用左手摆出和右手一样的架势。几分钟后,特克兹粗大的脖子就在一个"全尼尔逊"招式之下,"吱吱咯咯"响了起来。

特克兹完全受制于泰山,动弹不得。双方保持这个姿势在地上僵持不动。渐渐的,在泰山的压制下,特克兹的小脑袋越来越低,一直耷拉到了胸前。

泰山心知肚明,这样下去,只消一瞬,巨猿的脖子就会被压断。生死攸关之际,人的理智又占了上风——这份理智将巨兽推向死亡的深渊,现在,又将它拉回。

"杀了它,对我有什么好处?"泰山心想,"部落里岂不是会就此失去了一员猛将?它也就无从知晓我的厉害了。但若是活着,自此,在猿落里,它便永远是泰山不可战胜的活见证。"

"卡——高达?"泰山对着特克兹的耳朵嘶声问道。这是猿语,意思是:"你服不服?"

特克兹没有回答,泰山在它的脖子上加重了力道,疼得它嗷嗷直叫。

理性光辉 | 107

"卡——高达?"泰山又问了一次。

"卡——高达!"特克兹叫喊着。

"听着,"泰山松了几分力道,但仍未撒手,"我,猿王泰山,是一名出色的猎手,也是一名强大的战士。整片丛林,泰山所向披靡。"

"你已经对我说过'卡——高达'了,所有成员都听见了。今后,不准再和你的王以及同伴们争吵。若有下次,我定杀你不饶。听明白了吗?"

"嗯。"特克兹答道。

"满意吗?"

"嗯。"它老老实实地回答。

泰山松手,让它起来。一会儿工夫,成员们便纷纷回去各干各的了。原始森林一片祥和,仿佛什么都没有发生。

但众猿心底已埋下了一个根深蒂固的信念:泰山无可匹敌,泰山行事古怪。明明可以直接杀掉敌人,泰山却偏偏不伤分毫地留它一命。

这天下午,临近黄昏,泰山用清水洗过伤口,趁着大伙儿都在,召来了几位德高望重的老公猿,说道:"今天你们又一次见证了泰山是无可匹敌的。"

"嗯,"它们异口同声地说,"泰山最强。"

"泰山不是猿,"他继续说道,"无论是思维上,还是生活上,泰山与他的子民都有很大的差异。他要回到同类那间依水而居的小屋,在无边无际的湖旁生活。你们必须再择新王,泰山此番一去,再不回来。"

就这样,年轻的格雷斯托克公爵向早已确立的目标迈出了第一步——他要寻找和自己一样的白人。

Chapter 13
终见同类

次日清晨，泰山伤口疼得不行，走起路来一瘸一拐，但他还是按照原计划向西面的海岸进发了。

一路上，他步履缓慢，夜里宿在丛林，第二天早上九十点钟才抵达小屋。

一连几天，除了出门摘点果子、拾些坚果聊以充饥，他很少四处走动。

泰山恢复得很快，十天后，便又龙腾虎跃的了，唯有头上的伤疤还未彻底愈合。这是特克兹扯掉他头皮留下的：从左眼上方，经头顶，直直延向右耳，甚是骇人。

恢复期间，他本想用一直放置在小屋里的那张狮皮制件"衣服"穿穿，完成心中的夙愿。谁想，狮皮干了后，竟硬得与木板无异。泰山不懂鞣制，只好暂且放弃，开始打起黑人的主意。

他要潜进邦加的村子，随便从谁那儿顺几件衣服。他一直想方设法地凸显自己与低等生物之间的不同，在他眼里，似乎没有什么比身着衣物、佩戴饰品更能显现出自己是人类的标志了。为此，他收集了各种饰品。

泰山的绳索总是悄无声息地出现，再迅速地套紧目标。每每有黑人武士上套，他就扒下人家戴在胳膊和腿上的玩意儿，再照猫画虎地戴在身上。

他在脖颈上挂了一条金项链，上面吊着母亲镶有钻石的小金盒；背上斜跨着箭筒，用一根从黑人那里得来的皮肩带拴着；腰间系了条自己用牛皮条编成的"腰带"，别住一把自制的、里面装有父亲猎刀的刀鞘；左肩挂着一副从库隆伽那里得来的长弓。

这身行头古怪得紧，让年轻的格雷斯托克公爵看起来凶猛好斗。他一头黑发垂在肩后，额前的刘海参差不齐——为了避免前面的发丝垂落挡住视线，这还是他亲自动手用猎刀割的。但瑕不掩瑜。他身材完美，姿态挺拔，既有古罗马角斗士最健硕的肌肉，又兼具希腊神话天神柔和优美的线条。只需一瞥，即会为这集力量、柔韧、速度于一身的完美化身所深深震撼，堪称原始人、猎手和斗士的典范。

他那宽阔的肩膀上，英俊的头颅总是高贵地昂扬，清澈明亮的眼眸燃烧着生命与智慧的火花。若能回到遥远的过去，那古老森林里狂野好斗的祖先定会将他奉若神明！

泰山想都没想过这些事儿，他正着急没有衣服能向丛林众生昭明自己是人而不是猿呢！他最近时常忧心忡忡，心想：脸上怎么开始长毛了？生怕自己长成一副猿相。

猿的脸上就长了毛，黑人可没有，除了极个别的外，脸都是光溜溜的。

诚然，他在书本里见过嘴唇、脸颊、下巴都长毛的人，可还是心存不安。几乎每一天他都把自己的利刀磨上一磨，刮去新生的胡子，彻底抹去猿的特征。

泰山就此学会了修面。虽然手法粗鲁，时常伤到自己，不过，刮得倒还算干净。

待身子好利索了，泰山起了个大早，启程前往邦加的村庄。他一反平常，没有走"天路"，而是漫不经心地走在蜿蜒的林间小路上。正走着，没成想，迎面碰到了一名黑人武士。

一时间，黑人惊呆了，表情滑稽可笑。未待泰山取下左肩上的长弓，黑人飞速转身，沿着小路拔腿就逃，一边跑一边叫嚷，似乎前方还有同伴。

泰山上树追击，不消一会儿，便看到茂密灌丛中一溜烟儿拼命疯跑的三人。

他从黑人的头顶悄然掠过，轻而易举便将他们远远甩在身后，树下三人毫无察觉，还在傻愣愣地疯逃，他却早已蹲伏在前路的低杈，等着猎物自投罗网！

前面两个都被泰山放过了。待第三个跑来，他手起绳落，无声无息地套住黑人的脖颈，猛然一拉，勒紧绳索——恰是那个和泰山对视过的倒霉蛋！

黑人痛苦地尖叫一声。两个同伴迅速转头，惊恐地看见那具挣扎扭动的身体仿佛被施加了魔法，慢慢升上了枝叶繁茂的树顶。

他们吓得连声尖叫，脚底抹油，又开始拼了命地奋力飞逃。

泰山一声不响，利落地勒死黑人，取下武器和饰物。哦，最让他心花怒放的是，黑人的腰间围着一条漂亮的鹿皮遮裙。他立马解下，围在自己的身上。

现在，他终于有了个人样儿，再也不会有谁质疑他的高贵出身了。他多么想回到部落，在那一双双嫉妒的眼前，走上一遭，好好炫耀一把。

不过,当务之急是补给箭矢。他扛起尸体,慢慢地向围有栅栏的小村庄走去。

临近栅栏,只见一群人正围着逃回的二人,神情激动。那两人都虚脱了,惊恐万分地浑身颤抖,话不成句,断断续续地向大伙儿描述着此次遇险的怪诞经历:当时,米兰多打前锋,在前面不远处走着。突然,他尖叫一声向他们跑来,嘴里喊着,有一个可怕的白人武士在追他,还没穿衣服。于是他们三个就拼了命地拔腿往村子跑。

跑着跑着,米兰多在后面又尖叫一声,惊悚骇人。他们回头,目睹了无比可怕的一幕:米兰多的身体忽然向树上飞去,胳膊和腿在空中胡乱挥打,嘴巴大张,还吐着舌头。之后,便再没发出半点声音,身边连个鬼影儿都没有。

听到这儿,所有人都陷入了一片惊慌。唯有聪慧镇定的老邦加对此表示怀疑。他认为这是二人为了掩饰自己畏难苟安编排出来的鬼话。

"你们故事编得不错啊!"邦加沉声说道,"你们不敢说实话,不敢承认是狮子扑向米兰多时,你们自顾逃命,扔下他不管。两个懦夫!"

邦加话音未落,头顶上方猛然传来"咔嚓"巨响。众人一惊,赶忙抬头,眼前的情景就连睿智的老邦加也为之颤栗:米兰多的尸体在空中翻转,打着旋地落下来,砸在村民的脚边——四肢大张、面目狰狞,令人不禁作呕。

黑人纷纷向四周的丛林仓皇逃窜,待最后一人也消失在了浓密的树影里,他们才停下了脚步。

泰山趁着人去村空,又跳了进来,卷走不少箭矢,还吃了黑人供给天神的祭品。

人过留名，雁过留声，泰山过嘛，自然是留恶作剧了！走之前，他把米兰多的尸体抬到村庄门口，直立起来，支撑在栅栏旁。随后，便扬长而去，一路打猎，返回海滩旁的小屋。身后唯留下一副死人脸，从门柱的边缘窥视通往丛林的幽径……

黑人措手不及，一回来就对上了米兰多龇牙咧嘴的诡笑，全都吓傻了！他们反反复复了老半天，好不容易才鼓起勇气从惊悚的尸体旁边走过，哆哆嗦嗦地回到村庄。过了一会儿，他们发现箭和祭品又不见了。当即了然，难怪，米兰多肯定是见到了丛林里面那个邪神魅灵。

现在，对他们来说，这似乎成了一个合乎逻辑的解释：只有见过丛林邪神的人才会死。村子里见过他的人不都死了吗？那些在他手里死去的人一定是窥得神灵真容，才付出了生命的代价！只要定期供奉箭矢和食物，别让他碰个正着，他就不会加害村民。于是，邦加下令，除了食物外，今后还要为神灵供奉箭矢。自此，这一习俗代代相传。

如果你有机会打非洲偏远地区的小村庄经过，就会瞧见，在村外的一座小茅屋里，至今还放着一口小铁锅，锅里盛满食物，旁边立着箭筒，筒里全是涂了一层柏油物质的箭。

泰山一路返回，海滩已遥遥在望。这时，一副异乎寻常的奇特景象在他眼前浮现：一艘大帆船漂浮在内陆港平静的水面上，海滩上停有一条小船，正被人拖向大海。

最令他喜出望外的是，竟有一群和自己一样的白人往返于海滩和小屋之间，而且许多特征与图书中的人物如出一辙。

泰山蹑手蹑脚地穿过树林，来到一棵距离他们很近的树上。

他们一共十人，皮肤晒得黝黑，个个凶神恶煞的。这会儿，都集中到小船旁,围着一名大块头喧哗怒斥、争吵不休,还不时比比划划、挥舞拳头。

不一会儿,一个活像老鼠帕拔的家伙把手搭在了大块头的肩上。那家伙个头矮小,面相龌龊,留着一撮黑胡子,就站在大块头身旁。

他指了指丛林,大块头不得不顺着他手指的方向转身回望。就在他转身的当口,小个子一把抽出腰带间的左轮手枪,照着他的后背射去。

顿时,大块头双手向上一伸,双膝跪地,闷声仆倒向前,死了。

第一次听到枪声,泰山倍感惊奇。然而,就是这样非比寻常的响声,也没有令他强大的神经震颤丝毫。

反倒是这群陌生白人的行为,搅得他心神不安。他紧皱眉头,陷入沉思:还好自己没有冲动地跑上前去,像兄弟般欢迎他们的到来。

他们显然与黑人别无二致——不比猿文明,也不比赛贝良善。

一时间,大伙儿都站在那里看着一脸龌龊的小个子和死在海滩上的大块头。

忽然,有个人大笑着拍了拍小个子的后背,瞬间打破了这凝固的氛围。随后,大伙儿又开始七嘴八舌地说起话来,比比划划,不再争吵。

不消多时,他们便把小船推下水,一个个跳进去,向那艘大帆船划去。甲板上,人影清晰可见。远远地,泰山就看到有人在上面走来走去。

待所有人爬上大帆船,泰山跳下来,背朝大树,一路轻手轻脚地回到小屋。

他溜进大门,发现屋子已经被那群人翻了个底朝天。他的书和铅笔散落在地板上；武器、盾牌以及其他宝贝被扔得到处都是。

看到小屋被他们糟蹋成了这副样子，泰山心头涌上一股愤怒的浪潮，额前那条红肿的伤疤猛然暴起，在黄褐色肌肤的映衬下，愈显狰狞。

他急忙跑到橱柜跟前，把手伸到架子下面，向最里头摸去。

"啊！"他长舒一口气，掏出了那个小铁盒，赶忙打开。还好，最要紧的宝物没被他们翻去：男人那张面孔坚毅、笑容绽放的照片和满页疑团的小黑本子都完完整整地摆在里面。

什么动静？

泰山敏锐的耳朵捕捉到了一丝微弱而陌生的声响。

他跑到窗前，向港口张望，只见，大帆船吊着个小船，正缓缓将它放在之前那条船的旁边。不一会儿，许多人爬下栏杆，纷纷跳进两艘小船。看样子，他们是打算全员上岸。

泰山又观察了片刻。期间，箱子、包裹络绎不绝地向下投放。待所有行李装载完毕，小船驶离大帆船，向岸边划来。见状，泰山从地上抓起一张纸，用铅笔在上面写下几行标准的印刷体字迹，工整无误，苍劲有力。

尔后，他用一小片锋利的木条将纸张固定在门上，带上珍贵的铁盒，拿上大把的弓箭、长矛，匆匆出门，消失在丛林之中。

此时，两条小船已抵达海岸，搁浅在一片银色的沙滩上。船上的人形形色色，陆陆续续爬上岸来。

一共有二十个人，十五个粗俗鄙陋，面目可憎，看着像是一群水手。

其余五个大不相同：

为首的是个老头儿，满头白发，略显佝偻。鼻梁上架了副大框眼镜，身披一件考究但不甚合身的礼服大衣，头上还戴了一顶闪闪发光的绸缎礼帽，愈发显得与非洲丛林格格不入。

第二位是个小伙子，高高瘦瘦，穿着帆布白衫。后面跟着个年龄稍大的男人，脑门儿大，好激动，遇到点事儿就大惊小怪。

再往后是个胖乎乎的黑人妇女，套着一身乌漆墨黑的衣服，跟所罗门似的。一双滴溜溜的大眼珠子满是惊恐。她先是瞅了瞅丛林，又转过去看了看那群骂骂咧咧、正从船上卸下行李的水手。

最后上岸的是个姑娘，约摸十九岁。为了不让她鞋子沾湿，前面的小伙子站在船头将她抱下。她落落大方，报以一个明媚的微笑，此外，两人没作任何交谈。

他们一行人沉默不语，向小屋前行，水手抬着行李跟在他们身后。显然，水手们在船上便决定好了一切，他们愿意也好，不愿意也罢，都得照做。走到门口，水手放下行李，其中一人打眼儿就瞅见了泰山留下的那张纸条。

"嗨，伙计们！"他大喊，"快看，这是什么？一个小时前纸条还不在这儿，我敢撒谎就不是人！"

大伙儿乌泱泱地围过来，伸长脖子，越过前面人的肩膀，仔细瞧着。可是他们大多大字不识一个，费了半天劲儿也没看出个子丑寅卯来。最后，有位水手转向那个身穿礼服、头戴高帽的老头儿，喊道："嘿，教授！过来看看，这他妈的都写了些什么！"

老头儿慢悠悠地走过去，停在门前，其他四人也紧随其后。他正了正眼镜，看了一会儿，转身，一边踱步一边喃喃自语："奇了，真是奇了啊！"

"嗨！老家伙，"找他帮忙的那个水手喊道，"你以为我们叫你来，是让你个人儿看这张该死的破纸的吗？回来，站在这里，大声念！你个老不死的！"

老头儿停下脚步，转过身说："哦，对，这位先生，万分抱歉。

是老朽疏忽了，怎么这么粗心。奇了，真是奇了啊！"

他又对着纸条从头到尾看了一番，若不是水手不耐烦地一把揪住他的领口，冲着他的耳朵大吼，他还不一定要看到猴年马月的呢！

"大声念出来，你这个老糊涂蛋！"

"啊，好，好。"

老教授和和气气的，又正了正眼镜，大声念道："此乃泰山之屋。泰山杀过许多野兽和黑人。不要乱动泰山的东西，泰山一直看着你们。——人猿泰山"

"这个鬼泰山又是从哪个山头蹦出来的？"那水手粗声粗气地喊道。

"他显然会说英语。"小伙子回答。

"那他署名'人猿泰山'该作何解释呢？"姑娘大声问道。

"这我可说不上了，波特小姐，"小伙子回答，"或许我们遇上了一只从伦敦动物园逃跑的类人猿，他把欧洲文化带到了非洲丛林。"

"您是怎么想的，波特教授？"他转头询问老头儿。

阿基米德·Q·波特教授扶了扶镜框道："啊，这倒是桩怪事。奇了，真是奇了！但就此事，我能说的都已经说了，无法做出更多的解释。"说着，便慢慢转身，向丛林走去。

"可是，爸爸，"姑娘喊道，"您还什么都没说呢！"

"啧啧，孩子，啧啧，"波特教授和蔼一笑，宠溺地哄着他的宝贝女儿，"我漂亮的小公主就别去为这些深奥难懂的问题费脑筋了。"说完，他换了个方向，不紧不慢地踱着步子，眼睛看着脚底，两手反剪，叉在燕尾服下。

"我看这个老糊涂蛋不比我们懂多少！"那个一脸鼠相的水手

粗声粗气地吼道。

"你嘴巴放干净点儿，"听到水手满嘴喷粪，小伙子气得脸都白了，他大声警告，"你们洗劫了我们的财物，还杀了我们的船长、副手，对，我们现在是都落在了你们的手里，但是，对波特教授和波特小姐，都得给我放尊重点儿，不然，不管你们身上带没带枪，我拼死也会拧断你们这群卑鄙小人的脖子！"说着，小伙子大步上前，气势逼人。那个一脸龌龊的小个子尽管腰里别着两把左轮手枪和一把刀，见状还是怂了，倒退几步。

"你就是个该死的胆小鬼！"小伙子大喊，"别人不转身，你就不敢开枪。而我，就算把后背留给你，你也照样是这副怂样儿！"话毕，他故意转身，背朝水手，若无其事地扬长而去，看那家伙敢是不敢。

小个子的手贼溜溜地滑到臀部，握紧枪托，邪恶的眼睛盯着远去的英国小伙儿，喷射出仇恨的火焰。其他水手全都望着他，他却踌躇了。在内心深处，他远比威廉·塞西尔·克莱顿想象的还要怯懦。

繁枝茂叶间，一双敏锐的眼睛正注视着这伙人的一举一动。泰山将他们看到字条后的惊慌失措尽收眼底。他虽然不懂这些人在说些什么，可也能从他们的手势和表情中读懂个大概。

那个活像老鼠的小个子在残杀同伴时就已经引起泰山强烈的反感了，这会儿又看到他与一个帅气的小伙子争吵，泰山愈发觉得他面目可憎了。

尽管多多少少地从书本里了解过枪支弹药，但泰山从未见识过火器的威力。他见小个子又握住了枪托，脑海里立刻闪现出早些时候在海滩边目睹的一幕，当即猜到小伙子的下场——很快，他会像大块头儿一样，被那家伙无情杀掉。

想到这儿,泰山利落地持弓搭箭,瞄准了小个子。可是转念一想,前面的枝叶又厚又密,此箭一出,极有可能受枝叶干扰,偏离目标。于是,他果断地换用长矛,从高空掷下。

这当儿,小伙子已经走出了十几步,小个子的枪也抽出了一半。其他水手屏住呼吸,目不转睛地注视着他们。

波特教授走进了丛林深处,动不动就大惊小怪的塞缪尔·T·菲兰德是他的秘书兼助手,也跟着消失在了丛林中。

黑人妇女名叫埃斯梅拉达,正忙着从小屋旁的行李堆中拾捡小姐的物件。波特小姐转身向小伙子克莱顿走去,正走着,不知怎的,又转头回看了水手一眼。

说时迟那时快。这边,水手拔枪对准克莱顿,波特小姐看到惊叫一声;那边,一根金属长矛从天而降,如闪电划过,穿透水手的右肩。只见左轮手枪猛地一偏,打到天上,无人伤亡;小个子水手又惊又痛,惨叫一声,在地上缩成一团。

下一刻,克莱顿转身冲来,水手们惊恐拔枪,窥视密林,小个子水手仍在那里喊着、叫着,来回打滚。

克莱顿趁人不注意,悄悄捡起掉落在地的左轮手枪,揣进怀里,随后来到水手中间,也疑惑不解地凝视眼前这片密林。

"你觉得是谁?"简·波特轻声说道。克莱顿转头,看见简站在自己身边,一双大眼睛满是疑惑。

"多半是人猿泰山,他一直看着我们,"他语气迟疑,"就是不知,这根长矛冲谁而来,如果是冲斯奈普斯,那他毫无疑问就是我们的朋友。"

"丛林里定是藏着某个人或是某种动物,手里不管握着什么,总之有武器。对了,你父亲和菲兰德先生去哪了?教授!菲兰德先生!"克莱顿大声呼唤,没有回应。

"怎么办,波特小姐?"他眉头紧皱,满脸焦急,却又犹豫不决。

"我不能留你和这些亡命之徒在一起,也不能让你跟我到密林里冒险,但是眼下必须有个人去寻找你的父亲。他似乎总是不顾危险四处游荡,菲兰德先生更是不着边际。恕我直言,我们现在都身陷囹圄,不容有一丝大意。等找回你的父亲,请务必让他明白,他这样心不在焉的,只会把你和他置于险境之中。"

"深表赞同,"姑娘答道,"我一点也不生气。只要他有一刻不去想东想西的,我亲爱的爸爸会毫不犹豫地为我豁出命来。要想让他老老实实、平平安安,不到处乱窜,估计只能把他绑在树上才行。我可怜的老爸真是太让人操心了!"

"有了,"克莱顿突然低呼,"你会打枪吗?"

"会,怎么?"

"我这儿有一把枪,有了它,在我去寻找你父亲和菲兰德先生期间,你和埃斯梅拉达在小屋里会安全不少。赶快把她叫回来,我得抓紧出发了,估计他们这会儿还走不了多远。"

简按照他说的,和埃斯梅拉达躲进小屋。见她们关好门,克莱顿才放心离开。

几个水手正帮忙拔出刺在小个子身上的长矛。克莱顿走过去,询问他们是否可以借他把手枪去丛林里寻找教授。

一脸鼠相的小个子见自己没死,镇定下来,连声咒骂小伙子,还表示休想从他们手里借到一把枪。

小个子名叫斯奈普斯,自从击毙了船长,他俨然是这帮乌合之众的新头领。一切发生得太过突然,到目前为止,还没有哪个水手反应过来,对他产生质疑。

克莱顿耸了耸肩,只好捡起那根刺穿小个子肩膀的长矛,以最原始的武装战备向一片茂密的丛林走去。他和泰山拥有同样的姓氏，正是当今格雷斯托克公爵的儿子。

波特小姐和埃斯梅拉达站在窗边望着密林，每隔几分钟，耳畔就会传来克莱顿呼唤的声音。那声音愈来愈远，愈来愈弱，终于，湮没在了原始森林林林总总的声响里。

阿基米德·Q·波特教授和他的助手塞缪尔·T·菲兰德争执许久，最终拗不过菲兰德，踏上了前往"宿营地"的小路。殊不知，在这错乱纠缠如迷宫的原始森林里，两人早已迷失了方向。

不过幸好，他们是向非洲西海岸前行，而不是这片密林对面的桑给巴尔岛，否则，后果不堪设想。

没过多时，他们到达了海滩，愣是没看到宿营地的半分影子！菲兰德确信他们是在目的地的北边，可事实上，两人却是在宿营地南边约两百码的地方。

更离谱的是，这两位不着边际的"理论家"居然从来没有想过要大声呼喊，引同伴前来救援。相反，菲兰德还信誓旦旦，就着一个完全错误的前提推断演绎，硬是拉着孱弱的老先生一路向南，朝着距此足有一千五百英里的开普敦方向走去。

待和简安全地躲进小屋，埃斯梅拉达的第一想法就是从里面顶住大门。她转身看向小屋，想要找一个可以用来顶门的物件。忽然，她尖叫一声，拖着个硕大的身子跑向女主人，把脸埋在她的肩头，像个受惊的孩子一样。

简转头看向埃斯梅拉达，一眼就瞥见了"罪魁祸首"——眼前的地板上躺着一具白森森的男人尸骨；眼睛向远处一扫，床上还躺着第二具。

"我们究竟待在一个多么可怕的地方呀！"简心里发毛，不禁喃喃道。但怕归怕，却没有半点惊慌。

埃斯梅拉达还在尖叫，紧抓简不放。过了一会儿，简从她手里挣开，向屋子里头的小摇篮走去。里面有什么，她心底清明。接着，那纤弱的小骨架映入她的眼底，凄惨、可怜。

这三具白骨无声地向世人诉说着这里曾发生过何等惨烈的悲剧！屋里敌意暗涌，充斥着诡异的气息。一想到这晦气的小屋里潜伏着种种莫测的危险，简就不寒而栗！

她焦躁地跺了跺纤足，竭力想抖掉这不祥之兆，随后，快步走到埃斯梅拉达跟前，求她不要再哭了。

"别哭了，埃斯梅拉达，快别哭了！"她喊道，"你这样，咱们的状况会更加糟糕。哎呀，我还从来没见过你这么大的宝宝。"

她顿住了，想到她所依赖的三人正在那可怕的森林深处徘徊，声音不由微微颤抖。

很快，姑娘发现，门里有一根粗重的门闩。几番努力，两人终于合力插上了这根二十年来无人触碰的门闩。

随后，她们在一张长凳上坐了下来，互相搂抱，静待三人。

Chapter 14

险象迭生

克莱顿走进密林后,这群水手——"阿罗号"的叛变者,便围在一起商讨下一步的打算。他们各执一词,众说纷纭,但在一点上却出奇统一,那就是赶快回到停泊在港湾的"阿罗号"上,至少,那里不会有不明敌人投掷长矛。于是,就在简·波特和埃斯梅拉达插上门闩的当口儿,这群胆小如鼠的亡命之徒跳上来时的两条小船,迅速向远处的大帆船划去。

这一天,一桩一桩的事让泰山看得目不暇接,脑袋里萦绕着种种奇幻的画面。而其中,最美妙的莫过于白人姑娘那张娇妍的面庞。

莽莽林野,他终于也有了自己的同类,泰山对此坚信不疑。那个小伙子和两个老头儿,也和他想象中的"自己人"一样。

然而,毫无疑问,他们也是一样的凶恶残忍,与其他人无异,尚未杀人仅仅是手无寸铁罢了,但凡给了他们枪械,情况就大不一样了。

斯奈普斯受伤后,泰山眼见着小伙子捡起掉在地上的手枪,藏进怀里,待那位姑娘走进小屋,又偷偷塞给了她。

个中动机他尚且不明。但不知为何,他就是喜欢这个小伙子和那两个老头儿。至于那位姑娘,一看到她,泰山的内心就涌动着一股莫名的向往,连带着对那个看着和她有着某种联系的黑胖女人也颇有好感。

对于那些水手,尤其是斯奈普斯,他不由心生仇恨。他从这帮人满含威胁意味的手势和脸上邪恶的表情中看出,他们是那五人的敌人。他当即决定,要密切观察这一行人的举动。

泰山很想知道小伙子和两个老头儿为什么要钻进林子里,他完全没想到有人会在丛林中迷路。对他而言,这片错综复杂的"大迷宫"就跟家门口的街路一样,再清晰不过了。

见水手跳进小船划向大帆船,姑娘和同伴也躲进小屋里,暂时无虞,泰山决定随着小伙子到莽林里走上一趟,探清他此行的目的。他荡上枝条,飞速地朝克莱顿消失的方向穿行。须臾,隐隐约约听见有呼唤的声音,很快,便追上了克莱顿。

小伙子累得精疲力竭,正靠着一棵树擦拭额头的汗水。泰山隐身于稠密的枝叶间,专注地望着这个初来乍到的"自己人"。

克莱顿不时地大声呼喊。泰山终于明白,他是来寻那老头儿的。

泰山正准备前去寻人,目光却敏锐地捕捉到一只油光水滑的野兽正悄无声息地向克莱顿走近,黄色的毛皮在丛林中明灭闪现——正是豹子希塔。

长草拂动,沙沙作响,小伙子却无动于衷。泰山暗自惊奇,这么大的动静难道他没听见吗?如此笨拙的希塔,他可是前所未见。

哪知，克莱顿是真的一无所知。这时，希塔已经伏下身子，正准备向他扑去。危急关头，一声猿鸣划破寂空，凄厉骇人，满是挑衅。闻及，希塔扭身钻进灌木丛，没了踪影。

克莱顿吓得一下子站了起来，血液骤冷。他从未听过如此震颤耳膜的骇人尖啸。他并非胆小怕事之辈，只是不知各位是否有过这种感受：一瞬间仿佛被冰凉的手指攥住心房。这一天，在非洲丛林深处，威廉·塞西尔·克莱顿——格雷斯托克公爵的长子，对此算是有了深刻的体悟。

先是一只巨兽从他身边蹿进草丛，再来，头顶上方又传来一声令人毛骨悚然的尖啸，克莱顿的胆量受到了前所未有的极致考验。但他绝对想不到，正是这声尖啸救了他的小命，更加想不到，这声音发自他的堂兄弟——真正的格雷斯托克公爵。

暮色四合，克莱顿灰心丧气，陷入了左右为难的窘境：是赌上性命，在这茫茫夜色中继续寻找波特教授，还是该返回小屋？在那里，至少还能从各方面护得简周全。

他不想徒劳而归，但一想到身边只有埃斯梅拉达的简还在"阿罗号"那些叛匪的手里，可能面临着比丛林要险恶百倍的险境，他就心头发颤。

或许，教授和菲兰德先生已经回到宿营地了。对，这太有可能了。这么盲目地找下去也不是办法，继续搜寻前，至少要先回去确认一番。思及此，他跌跌绊绊地穿过茂密的灌木丛，向小屋的方向进发。

泰山惊奇地看着克莱顿，小伙子怎么朝密林深处邦加的村子去了？但他脑子一转，当即意识到小伙子可能是迷路了。

克莱顿的行为实在是难以理解。泰山的判断力告诉他，谁也不会拿着根长矛就胆敢孤身前往野蛮黑人的村庄。再看他持矛的

险象迭生 | 125

动作，笨拙、别扭，显然不大会用。要说他是沿着踪迹寻老头儿吧，也不对，他俩早就穿过小路走远了。别人看不出来，但在泰山的眼里，却是一清二楚。

泰山一时间被难住了。如果不赶快把这个毫无防备的小伙子指引回海滩，用不了多久，莽林中的野兽就会将他轻而易举地生吞活剥。

没错，林子里还蛰伏着雄狮努玛，此刻，它就在小伙子右侧十几步远的地方亦步亦趋。

克莱顿已经听见那庞然大物正与他水平潜行。蓦地，夜空中响起野兽雷鸣般的吼啸。他猛地顿住脚步，举起了长矛，直直望向灌木丛，那可怕的东西就在其中。阴影愈来愈浓，黑夜降临了。

天呐！一个人孤零零地命丧荒野，任野兽撕咬，那巨大的爪子砸到胸口，甚至还能清晰地感受到喷在脸上湿乎乎的热气……

一瞬间，风止云停。克莱顿手举长矛，僵硬地站在原地。灌木丛窸窸窣窣、沙沙作响，克莱顿感觉到那东西在身后悄悄蠕动，正蓄力一跃。克莱顿终于看见，离他不到二十尺处，匍匐着一头健硕的黑鬃巨狮。它身材纤长，柔韧灵活，脑袋呈黄褐色。

它压低身子，肚子贴地，慢移步伐，目光与克莱顿相遇的一刻，停了下来，审慎小心地收起两条后腿。

小伙子盯着雄狮，既不敢轻易投掷长矛，又无力飞逃，仿若身坠油锅，倍感煎熬。

树上一阵耸动，克莱顿心头一颤，又是什么？目光却未敢离开眼前那双闪着绿光的黄眼睛。"嘣"的一声，突然，似是班卓琴弦猛然断裂，一阵尖锐的声音划破寂空，那狮子黄色的毛皮上赫然插着一支毒箭！

巨兽震痛，勃然大怒，咆哮着扑身而来。克莱顿跟跟跄跄闪向一边，等他再转身看向这头愤怒的狮子时，眼前的一幕令他惊骇不已：只见在狮子转身发起二轮进攻之际，一个赤裸的巨人从天而降，正正地落在雄狮背上。他快速勒紧狮子粗壮的脖颈，一条铁臂肌腱分明。雄狮被迫后腿离地，在空中咆哮、扑挠，像极了克莱顿提起小狗的模样。

暮色里，在非洲丛林深处目睹的这一幕，将永远印在克莱顿的脑海。

眼前的这个男人堪称力与美的完美化身，但他与巨狮一搏却并非全凭如此。肌肉发达、强大有力，这些在雄狮努玛面前实在是不足挂齿。是他非比寻常的矫健、卓越的智力，辅以锋利的猎刀，让他在这场搏斗中始终立于不败之地。

他右臂勒紧狮子的脖颈，左手持刀对准狮子毫无防备的左肩后部猛刺数刀。激狂的狮子向后怒拉，终于，后腿着地，歪歪斜斜地无力挣扎。

如果这场战斗再持续数秒，结局也许就会大为不同。可是一切结束得如此之快，狮子尚未从惊恐中缓过神儿来，便一动不动地倒落在地。

那怪人从狮子的尸体旁站起，将狂野、英俊的头颅向后一甩，发出那声让克莱顿大惊失色的可怕猿鸣。

眼前矗立的原来是个年轻男人。他赤身裸体，只裹着一块缠腰布；腿和胳膊上戴着些许野蛮人饰品，胸前，挂着一块价值连城的镶钻金盒，在光滑黝黑的皮肤上闪闪发光。

猎刀已经插回自制的刀鞘。那人正弓身捡起散落在地的弓和箭筒，那是刚刚跳下树攻击狮子时不小心掉了。

克莱顿操着英语感谢泰山的英勇搭救，并大加赞扬他在搏斗中所表现出来的非凡力量与敏捷身手。泰山不作声，只是沉着地望着克莱顿，微微耸了耸结实的肩膀，似乎表示这点小事不值一提，又似是表示不知克莱顿在说什么。

这可能是个野人，克莱顿心想。

将弓和箭筒挎到背后，泰山拔出猎刀，行云流水地从狮子身上割下十几条肉，蹲在地上准备进食，还示意克莱顿一同享用。

他洁白有力的牙齿津津有味地嚼着血淋淋的鲜肉，克莱顿却不能跟这古怪的野人分食生肉。他定定地望着他，恍然大悟——这位必定便是"人猿泰山"，小屋门上的字条就是他留的。

若是如此，他一定会说英语。

克莱顿又试着和泰山沟通。这次他终于开口，却操着一种奇怪的语言，像猴子说话似的，叽哩哇啦，还混杂着其他野兽的吼啸。

不，这不是人猿泰山，显然，他对英语一窍不通。

饱餐过后，泰山站起身来，指了指与克莱顿之前行进完全相反的方向，甩开步子，穿过丛林向那里走去。

克莱顿大感不解，踟蹰不前，这野人是要带他到丛林迷宫的深处吗？泰山见他没有跟上，又返回来，抓住他的衣服，拉他前行，直到确信克莱顿明白他的意思才松手。

克莱顿却悲观地以为，自己成了野人的"阶下囚"，万般无奈，只好跟上。两人慢慢穿过丛林，夜幕笼罩，四周皆是密不透光的漆黑丛林。野兽窸窣的脚步声、树枝咔嚓的断裂声、动物狂野的嗷叫声，声声入耳，死死压迫着克莱顿的神经。

突然，克莱顿听见微弱的枪响，一声过后，又归于沉寂。

夜色愈浓，海滩边的小屋里，两个惊恐万分的女人蜷在一张低矮的长凳上，紧紧相拥。

黑人妇女歇斯底里地抽泣不停，哀叹不该在那个倒霉天儿里离开她亲爱的马里兰州。白人姑娘虽未落泪，面上平静，内心却如刀绞，满是恐惧与不祥的预感。比起自己，她更担心还在野林深处游荡的三人。林子里凶恶野兽猎食的可怕叫声不绝于耳，尖叫、吼啸、吠鸣、咆哮，每响一声，都颤动着简纤柔的心弦。

而现在，一只庞然大物就在屋外，她都能听到那家伙身体蹭墙的刷刷声，和巨掌落地的闷响声。一瞬间，整个世界屏住了呼吸，就连丛林的喧嚣也化作了喃喃低语。尔后，她真切地听见，距她不足两尺处，屋外的野兽正嗅着大门。姑娘不由自主地颤抖起来，愈发紧地缩向黑人妇女。

"嘘！"她低声私语，"别出声，埃斯梅拉达。"似乎正是这个女人的呜咽和呻吟引来了薄墙外的东西。

门板上传来一声爪子的刮擦声，野兽欲破门而入。不过很快，声音就消失了。那家伙又绕小屋悄没声地走了起来。过了一会儿，走动声在窗口处消失了，姑娘惊恐地睁大眼睛，一眨不眨地盯向那里。

"天哪！"她喃喃低叹。只见，月光下，一个巨大的狮头映现在栅格窗外，两只眼睛闪闪发光，正凶恶地瞪着她。

"看，埃斯梅拉达！"她低声唤道，"天呀，咱们可怎么办呀？快看！窗户！"

埃斯梅拉达哆哆嗦嗦地靠紧女主人，畏缩地瞥了一眼月下窗格，恰在此时，母狮子发出一声低沉的怒吼。

"哦，天呀！"

看到眼前的一幕，又经一吓，可怜的埃斯梅拉达原本就过分紧张的神经更加崩溃了！她尖叫一声，便倒在地面失去了知觉。

时间仿佛定格成了永恒，狮子的前爪搭在窗台，一双发光的眼睛盯向屋内。过了一会儿，它伸开巨掌晃了晃窗上的格栅，试探其受力强度。

姑娘吓得呼吸一窒,狮头却消失了,脚步声也渐渐远离了窗子。简舒了口气。却没成想它又踱着步来到了门口,再一次伸出利爪抓挠门板。只是这次,它使出了更大的力气,发疯似的撕挠拍打着大门,迫不及待地想要捉住屋里毫无招架之力的"点心"!

简若知道,这扇门是由一块块木板堆叠着钉起来的,能经得住巨大的冲击,她就不会像现在这么害怕狮子夺门而入了。

约翰·克莱顿当年在钉这扇粗糙厚实的门板时,简还没有出生。他做梦也不曾想到,二十年后的今天,它会在狮口和利爪下保护一个漂亮的美国姑娘。

母狮子对着门板,这儿嗅嗅,那儿挠挠,足足折腾了二十分钟。见闯不进去,它大发脾气,不时发出狂野的嚎叫。最后它放弃了大门,转回窗口,消停了半刻,接着纵身一跃,用它无比沉重的身子撞向久经风雨的格栅。

木制格栅被撞得吱咯作响,却还是经住了这猛烈的撞击,大家伙又落回了地面。

它一遍又一遍故伎重施,简心惊胆战,眼睁睁看到格栅被撞开了一块儿。下一刻,那家伙撑着一直爪子把脑袋挤进了窗子。

慢慢地,它有力的脖颈和肩胛撑开了裂口,柔韧的身子一点点地挤了进来。

简都懵了,顿时站起。她手捂胸口,满目惊恐地望着离她不过十英尺远的咆哮巨狮。埃斯梅拉达躺在她脚边,如果能把她喊醒,两个人齐心协力,或许还能打退这只凶恶嗜血的猛兽。

简弓身抓住黑女人的肩膀,使劲儿摇了摇,大喊:"埃斯梅拉达!埃斯梅拉达!快来帮帮我,不然我们就完了!"

埃斯梅拉达缓缓睁开眼睛,视线一下子就对上了那饥肠辘辘的母狮垂涎欲滴的獠牙。

画面冲击太大,这个可怜的女人吓得尖叫一声,麻溜儿起身,连滚带爬地躲到小屋紧里头,嘶声大喊:"哦,我的天呀!我的天呀!"

埃斯梅拉达重达二百八十磅,走起路来本就不能像瞪羚般优雅挺立,现在她又慌不择路,手脚并用,身形显得愈加庞大,直看得狮子目瞪口呆!

一时间,母狮子一动不动,紧张地盯着四处爬窜的黑女人。埃斯梅拉达似乎在寻找藏身的橱柜,却不想,橱柜隔板之间的距离只有九到十英寸!把脑袋挤进去后,她猛地尖叫一声,又昏了过去。那声音尖锐、刺耳,直叫丛林中的狼嚎虎啸黯然。

见黑女人晕倒,母狮子又用力扭动身子,往松动的格栅里钻。

姑娘往里移动,僵硬地贴墙站立,面色苍白。恐惧的浪潮一波一波汹涌袭来,她急切地扫视小屋,寻找着一线生机。突然,紧贴胸口的手触到了那把克莱顿留给她的左轮手枪。

她迅速拔枪,对准狮子的脑袋,扣响了扳机。

火光飞闪,轰鸣大作,母狮子吃了一记枪子,怒声一吼!

见巨兽摔下窗子,她也昏了过去,手枪落在身旁。

可是狮子并没有死,子弹只是打中了它的肩膀一侧。反倒是那灼灼的火光和震耳欲聋的咆哮声吓了它一跳,只得暂且退落。

过了一会儿,它又爬上窗口,狂躁地扒拉着格栅。只是此时不比之前,受伤部位使不上劲儿,收效甚微。

狮子看见它的"点心"——简和埃斯梅拉达都晕倒在地,再无抵抗之力。美餐近在眼前,只等它钻过格栅,即可大快朵颐一番。

它慢慢地、一寸一寸地用力挤进豁口,先是脑袋,接着是一条粗壮的前腿,再来是有力的肩胛。

它小心翼翼地将受伤的部位送进拉紧的格栅。待双肩成功挤

险象迭生 | 131

进小屋,很快,那修长蜿蜒的身子以及细窄紧实的臀部也跟着滑了进来。

紧急关头,简睁开双眼。

Chapter 15

林中上帝

一路下来，克莱顿多多少少明白了泰山的意图，看来他是在为自己引路。

听见枪响，克莱顿陷入了深深的恐惧与忧虑，只想着是水手，完全忘了自己留了一把枪给简。他过度紧张的神经让他总觉着简身处险境，说不准这会儿她已经碰上了野人或猛兽，正负隅顽抗！

显然，泰山也受到了影响，他越走越快，克莱顿在后面跌跌撞撞，几次想要跟上，却徒劳无功，眼看着就要被远远甩在后面了。

他生怕又迷失在丛林深处，高声呼唤前头的野人，很快，就看见泰山荡着高枝儿，轻轻一跳，落在他身旁。

泰山紧盯着他看了一会儿，举棋不定。随后，他俯身示意克莱顿搂住自己的脖子，待他攀上项背，泰山一个纵身，跃进了茫茫林海。

接下来的数分钟，克莱顿永生难忘。泰山带着他踩着摇曳的枝干在高空穿行，身手敏捷得不可思议，泰山却为这缓慢的进程而恼火不已。

树枝交错，他们从一根高枝腾空跃起，划过一道令人晕眩的弧线，落在旁枝上，犹如踏着钢丝的演员，在漆黑的森林穿梭，眨眼便跃出了一百码远。

最初的颤栗、恐惧过后，克莱顿的眼睛再无法离开眼前的"救世主"。他肌肉结实，深谙丛林之道，对这里的一分一厘都有着奇妙的本能，穿行在这样漆黑的夜里，竟如同正午时分漫步在伦敦街头，惬意而轻松。克莱顿钦佩不已，不由生出些许妒意。

泰山一路抄捷径，两人常在一百英尺的高空穿行，偶尔从枝叶稀疏处荡过，克莱顿惊奇地睁大眼睛，看月光皎皎，温柔地照亮空中林路。但每每望向下面的无底深渊，他就紧张得无法呼吸。

克莱顿眼里风驰电掣般的速度，在泰山看来却是慢慢吞吞。以往他一个人随心所欲，现在却不得不寻找能经得住两个人重量的粗树枝。

不一会儿，两人便回到了海滩前的空地。泰山敏锐地听到狮子奋力破窗而入的声音，纵身一跳，克莱顿只觉似乎一下子从百尺高空自由坠落，完全没想到着地的动作是那般轻盈，竟没有一丝震颤。克莱顿刚从身上下来，泰山便像松鼠一样，飞也似地奔向对面的小屋。

见状，克莱顿也飞快地跑过去，恰好看见正钻进小屋的母狮露在窗外的两条后腿。

简睁开双眼，看到母狮卷土重来，一颗勇敢而年轻的心万念俱灰！她摸向旁落在地的手枪，准备在母狮撕食自己前，为自己谋求最后的仁慈。

狮子的身子全都挤进来了，只差最后一跃。摸到枪，简不假思索地对准自己的太阳穴。很快,母狮垂涎的巨口就会永远消失在自己孤寂的世界。

这时,她动作一顿,稍作迟疑,抬起头,默念祷词,却瞟到橱柜旁晕倒在地的埃斯梅拉达。

这位黑人妇女将自己从小带大,给予了母亲般的温情与慈爱,她还活着,自己怎么能将这可怜、忠诚的朋友留给这头残忍的母狮,任它撕咬!不,在自我了断以前,她要先给毫无知觉的埃斯梅拉达一个痛快!

她如坠油锅,挣扎不堪。但比起在狮爪下醒来,经受千万倍的折磨,死在枪下一了百了无疑是最好的选择!

简赶紧起身,急匆匆地跑到埃斯梅拉达的身边,用枪口死死抵住那忠诚的胸口,闭上眼睛——

突然,赛贝发出一声惊骇吼声。

简的心神一跳,"砰"的一声扣动了扳机,随即转身看向狮子,抬手对准自己的太阳穴就要开枪。

千钧一发之际,眼前出现了惊奇的一幕:那头巨狮正慢慢地被拉离窗口!借着屋外的月光,她看见了两个男人的脑袋和肩膀。

克莱顿绕到小屋的墙角,只见,泰山一脚蹬墙,一脚撑地,双手拽着狮子的长尾,正使出浑身解数往外拖出那头凶猛巨兽。

克莱顿赶快跑过去帮忙。泰山命令了他几句,语气急切而果断。尽管听不太懂,但克莱顿明白泰山是在指派他做些什么。

最终,在两人的协力合作下,巨狮一点一点地被拉了出来。泰山此举尽管莽撞,却英勇无畏,克莱顿不禁对眼前的野人肃然起敬。

那巨狮可是吃人的猛兽,爪尖牙利,吼声骇人。为了救一个素不相识的白人姑娘,他不着寸缕就敢徒手抓住狮尾,从窗子上

林中上帝 | 135

把它拽下,唯有英雄二字可堪与之相配!

克莱顿就不同了。这个姑娘不但是他的同类、同胞,更是这个世界上他心驰爱慕的女人。哪怕明知道母狮子轻而易举就会将他们全部吞下,他也要奋力一搏,将狮子从心爱的姑娘身边拉离。下一刻,他的脑海闪过早些时候泰山与黑鬃巨狮搏斗的一幕,信心倍增。

泰山还在向克莱顿下达他完全听不懂的命令。

他是想让这个"傻白帅"先把毒箭刺入母狮子脊背和体侧,再拔出挂在自己身后的细长猎刀捅她的心脏。泰山不敢松开狮子亲自动手,他知道,小伙子没有多大力气,让他来拽,估计连一秒钟也支撑不了。

现在,母狮子的肩膀也被拉离了窗口。克莱顿的眼前出现了不可思议的一幕。

泰山绞尽脑汁地想着对策,企图空手制服这头暴怒的狮子。突然,与特克兹搏斗的场景在他脑中闪现。见狮子健硕的肩膀离开窗户,全身仅靠前爪支撑,泰山骤然松手,闪身骑到母狮子的背上,一双铁臂如法炮制,再一次使出了"全尼尔逊"架势。

母狮大吼一声,身子完全翻转过来,整个儿砸在了泰山身上。泰山却从容不迫,一双铁臂愈发紧地勒住狮脖。

它在地上来回翻滚、东磕西撞,一双爪子上下胡乱抓挠,急切地想要把背上的泰山甩落。奈何,那"铁箍"在项间越攥越紧,压得它的脑袋愈发垂向黄褐色的胸前。

泰山的手臂越抬越高,狮子的挣扎渐显无力。

最后,克莱顿看见,银色的月光下,泰山肩部的三角肌和胳膊上的肱二头肌,绷出了一块块"铁疙瘩"。他死死坚持着,只听"咔嚓"一声,母狮的颈椎断成了两截。

泰山立刻站起身来，再一次吼出胜利的猿鸣。倏而，克莱顿听见简痛苦的呼唤。

"塞西尔·克莱顿先生！哦，怎么了？发生了什么事？"

克莱顿赶快跑到小屋门口，告诉她一切都好，已经平安无事了，让她把门打开。她赶忙用力抬起那根粗重的门闩，一把将克莱顿拉了进去。

"外面怎么会有这么吓人的叫声？"她缩在克莱顿身边，小声问道。

"那是你的救命恩人吼出来的，是杀死敌手的胜利凯歌。波特小姐，请稍等，我去把他领来，你好向他道谢。"

姑娘已经吓坏了，再也不想被单独留下，随着克莱顿转过小屋，一起来到死狮身旁。

人猿泰山已经走了。

克莱顿喊了几声，没有人回答。为了安全考虑，两个人又回到了屋里。

"刚刚那声真是太吓人了！"简说，"一想起来我就浑身发抖。千万别和我说人的喉咙能发出那么可怕、瘆人的叫声。"

"可是这就是他发出来的，波特小姐，"克莱顿回答道，"如果他不是人类，那他就是丛林里的救世主！"

接着，克莱顿将自己和泰山的奇遇讲给简听，包括野人是如何两番救他于危难，如何气力磅礴、灵活勇敢。克莱顿还告诉简，他虽然皮肤黝黑，面庞却英俊俏傥。

"我到现在都想不通，"克莱顿面露疑惑，"起初我以为他就是那位人猿泰山，可他既不会说英语，也听不懂英语，这个假设完全站不住脚。"

"好了，不管他是什么人，"姑娘眼中闪动着晶莹的光，"我们终归欠了人家两条命。愿上帝保佑他在这野兽出没的原始森林平平安安！"

"阿门！"克莱顿真挚地祈祷。

"哦，天哪，我还活着吗？"

克莱顿和简齐齐转头，只见埃斯梅拉达直直地坐在地板上，大眼珠子滴溜乱转，看到简和克莱顿，她难以置信，自己竟然没死！

正是那声狮吼救了她。当时，就在简扣响扳机的一瞬，狮子的一声大吼，吓得简右手一偏，打到了地板上！

简这才后知后觉地反应过来，坐在长凳上，放声大笑。

Chapter 16

天奇地怪

两个老头儿在小屋以南几英里外的沙滩上争论不休。

他们置身于密不透风的原始森林中,夜色弥漫,浓郁得化不开。眼前是浩渺无边的大西洋,背后是漆黑的非洲大陆。

野兽在咆哮低吼,可怕而怪异的林声穿耳不息。两人为了找宿营地,已经跋涉了好几英里,但方向总是找不对。他们完全迷失了,仿佛一下子来到了另一个世界。

能否回营是性命攸关的事。此时此刻,两个无比聪慧的"性感"大脑高速运转,全都集中在了眼下这个大问题上。

塞缪尔·T·菲兰德正侃侃发表自己的"高见"。

"可是,亲爱的教授,"他说,"我仍然认为,要不是十五世纪斐迪南和伊莎贝拉在西班牙战胜摩尔人,世界会比我们今天所看到的模样进步一千年。

"摩尔人来自一个宽容、开明、崇尚自由的民族。他们有发达的农业、手工业和商业。正是有了他们，美洲和欧洲才可能建立起如今的现代文明。再反观西班牙人……"

"啧啧，亲爱的菲兰德先生，"波特教授打断他的话，"但是摩尔人所信仰的伊斯兰教很有可能会阻碍你所说的种种可能。不论是过去、现在，抑或是将来，伊斯兰教都只会是科学进步的绊脚石。而科学恰恰标志着……"

"天哪，教授，"菲兰德先生突然打断波特先生的话头，目光转向丛林，"好像有什么东西正向这边移动。"

阿基米德·Q·波特教授顺着近视眼菲兰德先生的目光，朝丛林深处望去。

"啧啧，菲兰德先生，"他的口气略显嫌弃，"还要我和你强调几遍，集中注意力，集中注意力！须知，只有全神贯注，目不斜视，才能在遇到重大难题时，自然而然地爆发出一等一的智慧火花。那些伟大的思想全都是这么来的。你竟然如此不顾礼节，就为了说什么猫科四足动物打断我的思路。正如我刚才所言，菲兰德先生……"

"天哪，教授！狮子？"菲兰德先生惊呼道。他眯着一双近视眼，那黑漆漆的热带灌木丛中，分明晃动着一抹模糊的影子。

"好了，好了，菲兰德先生。如果你坚持要在话语中使用俚语，我尊重你。对，那些伟人就是如狮子一般，雄心壮志！正如我所言……"

"哎哟，天哪！教授，"菲兰德又打断他的话，"请让我说下去。毫无疑问，十五世纪被打败的摩尔人在今天依然可能重蹈覆辙，但我们能不能稍后再讨论世界灾难。画面太美，阎王讨债，那狮子都到跟前了！"

这当儿，狮子已经无声无息地雍容踏来，在离他们不足十步处站住，好奇地望着这两个老头儿。

银色的月光洒向大地，一狮二人在银色沙滩的映衬下，形成了鲜明的对比。

"太不像话了，真是太不像话了，"波特教授大呼，声音里透着一丝愠怒，"菲尔德先生，像这等放任野生动物在笼子外四处逍遥的荒唐事儿，我这辈子闻所未闻，简直就是视社会公德如无物，我一定要上报给这附近的动物管理人员。"

"太对了，教授，"菲兰德先生说，"越早报告越好，咱们快走吧！"

他抓着教授的胳膊，拔腿就向能与狮子拉开最大距离的方向走去。

没走多远，他回转头瞥了一眼，惊恐地看见那巨狮正跟在他们身后。他紧紧拉着还在喋喋不休阐述观点的教授，加快了脚步。

"正如我之前所言，菲兰德先生……"波特教授重申道。

菲兰德先生又朝身后飞快地瞥了一眼，只见狮子也加快了步伐，不紧不慢地与他们始终保持一段距离，亦步亦趋。

"它盯上我们了！"菲兰德先生倒吸一口冷气，拖着教授撒腿就跑。

"啧啧，菲兰德先生，"教授边跑边责备道，"你这样慌张，可真是有失一个文化人的身份。要是在街上让人瞧见了这么一副轻率相儿，那些朋友该怎么看待咱俩？还是讲究些，注意一下走路的仪态。"

菲兰德先生又偷偷朝身后瞥了一眼。

天呀！狮子步履轻松，一蹦一跳，离他们只剩下五步远了。

他丢开教授的胳膊，发了疯似的飞身逃离，那速度简直能为任何一个大学的田径队争得荣光。

天奇地怪 | 141

"正如我刚刚所言,菲兰德先生……啊!"话未说完,波特教授突然也毫不顾忌地扯开嗓门儿大叫一声,按照民间的说法,那声音尖得都快把房顶盖儿掀翻了。他刚刚不经意间转头,目光一闪而过,竟瞥见两只目露凶光的铜铃巨眼和一张半开半合的血盆大口,与他不过咫尺之遥!

月光下,身着燕尾服、头戴缎礼帽的阿基米德·Q·波特教授,再不顾忌什么仪表,紧跟塞缪尔·T·菲兰德快步跑了起来。

前方,丛林向一条狭窄的海岬延伸。他看见塞缪尔·T·菲兰德先生连蹦带跳,正飞快地向那片树丛跑去。就在那影影绰绰的枝叶间,一双锐利的眼睛正饶有兴趣地观看着这场"比赛"。

正是人猿泰山咧着嘴,乐呵呵地看着下面你追我逐的古怪游戏。

他知道,眼下这两个人还很安全,狮子暂时不会攻击他俩。泰山深谙丛林动物的那套鬼把戏。眼前的猎物唾手可及,雄狮努玛却任两人在眼皮子底下四处逃窜,明显就是现在肚子正饱,没地儿装罢了。

在下一次饥饿感来临之前,努玛可能会一直这样跟着他俩。但是,只要不惹恼它,等它玩腻了,就会自己溜回丛林巢穴,不与这两个老头儿为难。

然而,最怕的就是两个人中有谁不小心绊倒。狮子根本无法抗拒这种赤裸裸的嗜血诱惑,一定会毫不迟疑地扑上去。

泰山迅速荡到较低的枝杈,与老头儿保持平行。塞缪尔·T·菲兰德精疲力竭,上气不接下气地跑过来,再也没有一丝力气上树躲避了。泰山一个"猴子捞月",提着他的衣领,就把他拉到了身旁的树杈上。

旋即,教授跑过来了,同样,也被泰山俯身捞起。雄狮努玛丈二和尚摸不着头脑，急得大吼一声，上下扑腾着，想抓住眼前正在消失的猎物。

两个老头儿喘着粗气，紧紧抓着粗壮的树干不敢松手。泰山背靠树干蹲在一旁，又是好奇、又是好笑地望着这对活宝儿。

教授率先开口打破了沉默。

"菲兰德先生，我为你感到无比痛心，在一个低等动物面前你居然表现得如此缺乏男子气概。正是你的怯懦，害得我在后面不顾仪态，拼命追你，好继续我们刚才的谈话。正如我之前所言，菲兰德先生，那会儿你打断了我，摩尔人……"

"阿基米德·Q·波特教授，"菲兰德先生冷冷地打断他的高谈阔论，"一个人的忍耐有时会变成一种罪过，当它披上美德的衣钵混淆视听时，就该适可而止。你说我怯懦，说你跑过来仅仅是为了追上我，而不是为了躲开狮子的魔掌。您说话可得当心！我现在可是光脚的不怕穿鞋的，忍耐得太久，兔子急了也会跳墙！"

"啧啧！菲兰德先生，啧啧！"波特教授告诫道，"你别忘了自己的身份。"

"我什么也没忘！阿基米德·Q·波特教授。但是，我现在正处于忍耐的边缘，若不是尊重您在科学界崇高的地位还有您的满头白发，我早就不忍了。"

教授静默地坐了一会儿，在夜色的掩映下，满是皱纹的脸上扯出一丝紧绷的笑。过了一会儿他开口道：

"听着，斯基尼·菲兰德，"他鼓着气说，"想打架，就脱了外套到空地上打。我还是会像六十年前在胖子伊文斯谷仓后头那条小胡同一样，把你打得满地找牙。"

"亚克！"菲兰德惊讶得倒吸一口气，"久违了，我的老友，这话听起来可真舒服！你不知道，我是多么爱那个有血有肉有人样儿的你。可是这二十年来,你好像完全忘了自己的热血与生活!"

教授颤抖地伸出一只瘦削的枯手,在黑暗中抚向老朋友的肩膀。

"原谅我,斯基尼。"他轻柔地叹息,"还不到二十年呢。自打上帝将我的另一个简带走,为了女儿,也为了你,天知道我是多么努力地想要有个人样儿!"

菲兰德也暗中伸出一只苍老的手,握住了搭在肩上的那只手。一切尽在不言中,再没有别的话语比这个举动更加动人了。

半晌,两人没说一句话。狮子在树下焦躁地来回踱步。泰山在一旁静静地隐身于繁枝茂叶间,就像一尊塑像,一动不动。

"多亏你及时将我拉上树,"最后,教授开口说道,"谢谢你,救了我一命。"

"可是我没拉你呀,教授,"菲兰德先生说,"天哪!我一时太激动了,都忘了自己也是被一股外力拉上树的。这棵树上一定有什么人或者什么东西就在我们身边。"

"嗯?"波特教授突然问,"你确定,菲兰德先生?"

"非常确定,教授,"菲兰德先生回答道,"我想,我们该谢谢这个人。也许,他就坐在你的身旁,教授。"

"嗯?你说什么?喷喷!菲兰德先生,喷喷!"波特教授一边说着,一边小心翼翼地向坐在树干边的菲兰德靠来。

恰在此时,泰山想起了在树下徘徊了相当一段时间的雄狮努玛,当即仰起头颅,吼出了一声充满警告和挑战意味的可怕猿鸣,直震得两个老头儿的耳朵嗡嗡作响。

两人蜷缩在那根并不牢靠的枝干上,浑身颤抖地挤作一团。狮子听到这令人毛骨悚然的吼叫后,脚步一顿,飞身溜进丛林,眨眼便没了踪影。

"瞧见没，连狮子都吓得浑身发抖。"菲兰德低声絮语。

"奇了！真是奇了！"波特教授喃喃道，猛然间抓住菲兰德先生。刚才突如其来的一吓，让他的身体失去了平衡。无独有偶，菲兰德先生这会儿身体的重心也不稳，正悬在树干的边缘，只要波特先生稍加施力，这位尽心尽职的秘书便会从树上摔落。

两人在树干上晃荡了一会儿，齐齐从树上栽下。这对好朋友发了疯似的抓紧彼此，厉声尖叫，再也没有了往日的学者风度。

好长一段时间，这两个人都躺在地上一动不动。他们害怕自己一动，就会牵动身体骨折和肌腱断裂处，无法再做出任何其他举动。

最终，还是波特教授先试着动了动一条腿。令他惊奇的是，这条腿和以前一样好使。他又抬起另一条腿，伸动了一下。

"奇了！真是奇了！"他喃喃自语。

"上帝保佑，教授，"菲兰德先生激动地低声道，"这么说，您还活着？"

"啧啧，菲兰德先生，啧啧，"波特教授说，"我也不太清楚！"

波特教授满含希冀地挥了挥右臂，太好了！这条胳膊完好无损。他又屏住呼吸，挥了挥左手，嘿，也灵活自如。

"奇了！真是奇了！"他说。

"您这是在跟谁打招呼呢，教授？"菲兰德大喜，无比兴奋地问道。

这问题问得孩子气十足，波特教授没有回应。他在地上轻轻抬头，前后转动了六七次。

"太妙了！"他惊呼，"我的脖子也没事儿。"

菲兰德一直窝在原地，不敢挪动半分。胳膊、腿、后背都"摔断"了，还怎么能动弹得了呢？

天奇地怪 | 145

他的一只眼睛埋在绵软的沙土里，另一只眼惊愕地斜睨着"疯癫"乱转的波特教授。

"太惨了！"菲兰德先生感叹道，"脑震荡不说，刺激太大，都精神错乱了。教授还正处于老当益壮的大好时候，真是太惨了！"

波特教授肚子朝上，翻了个身儿，小心翼翼地直起腰，活像一只吠犬身旁的大猫。他坐起身来，浑身上下检查了一番。

"都在，一个零件儿没少，"他欢畅地大喊，"真是太妙了！"

他麻溜儿站起来，颇为严厉地朝还窝在地上的塞缪尔·T·菲兰德扫了一眼说："啧啧！菲兰德先生。现在可不是松散懈怠的时候，赶紧起来，咱们还有正经事儿要做呢！"

菲兰德蹭了蹭沙土，把另一只眼睛露了出来。他盯着波特教授，双眼喷火，气得连一句话也说不出来。之后，他试着起身坐起，没想到一下子就成功了，惊得他目瞪口呆！

波特教授对他冷嘲热讽，他怒火中烧，正要反唇相讥，突然看见几步开外，有个怪人，正专注地审视着他俩。

波特教授用衣袖仔仔细细地擦拭了他那顶闪闪发光的缎子礼帽，刚戴到头上，就看到菲兰德先生向他身后指着什么。他转身，一个赤裸的巨人正一动不动地站在他面前，周身只围了一块缠腰布，还佩戴了几件金属饰品。

"晚上好，先生！"波特教授脱帽致礼。

巨人不发一语，只是打手势让他们跟他走，大步流星地朝着他们来时的方向沿海滩走去。

"我想，我们还是跟上为妙。"菲兰德说。

"啧啧，菲兰德先生，"教授反驳道，"刚才你还跟我一套一套的，列举了一堆论据来佐证宿营地就在正南方的理论。我原本对此颇有疑虑，但最后却被你给说服了。现在我坚持向南走，沿着这个方向我们一定会与朋友们会合。无论如何,我都要继续向南。"

"可是,波特教授,这个人看着像是当地人,可能比咱俩更熟悉这片丛林。不然,咱们先跟着他走上一小段吧。"

"啧啧,菲兰德先生,"教授又说,"我这个人很难被说服,可一旦被谁说服,作出的决定就不会改变。哪怕要我绕着非洲大陆转上一圈才能到达目的地,我也誓不罢休。"

泰山见这两个怪老头儿没跟上来,便原路返回,打断了两人没完没了的争论。

他朝两人又挥了挥手,可他们仍站在那里你一言我一语地争辩方向。

两个老头儿的愚蠢无知彻底耗尽了泰山的耐性。他一把抓住菲兰德的肩膀。老头儿大惊失色,尚未搞清野人是要伤他还是要害他性命,脖子便被泰山的绳索给牢牢套住了。

"啧啧,菲兰德先生,"波特教授义正辞严地说,"此等屈辱,你怎么能就此低头呢,真是有失我等身份!"

笑话人不如人。话音刚落,他自己的脖子也被那根绳儿给牢牢地套住了。就这样,泰山拉着两个彻底傻眼儿的老头儿一路向北,向宿营地走去。

两个老头疲惫不堪、心生绝望,在这死一样的寂静中,感觉自己仿佛走到了地老天荒。然而很快,他们就在一小片高地上看见了小木屋,离他们仅仅不到一百码的距离。两人喜出望外,心里别提有多美了。

泰山在此处松开绳子,指了指小木屋,便消失在了旁边的丛林里。

"奇了!真是奇了!"教授气喘吁吁地赞叹道,"看见没,菲兰德先生,一如既往,我的直觉准没错儿!要不是你固执己见,我们也用不着经历这一连串儿有失颜面的囧事儿，更不会差点儿送命。以后若是想不到锦囊妙计，就要虚心听从更为成熟、实际的思想指导。"

这场惊心动魄的历险终于以完美的结局告终，塞缪尔·T·菲兰德先生倍感宽慰，再也顾不得教授的尖酸毒舌，抓过他的胳膊，冲着小屋便匆匆走去。

再度团圆，劫后余生的众人都欢欣不已。直到黎明，他们都还在热烈地讲述各自的冒险奇遇，并纷纷揣测，在这荒蛮的海岸上，究竟是谁三番五次地对他们出手相救？

埃斯梅拉达深信，那人一定是上帝的使者，是专门降临人间来保护他们的。

克莱顿笑着说："那是你没见着他生吞狮肉的样子，若是见着了，你就会发现这位'使者'是多么接地气儿了！"

"我的确是没见过，克莱顿先生，"埃斯梅拉达回答说，"但是我想，上帝派遣使者下来拯救我们时，一定是太过匆忙，忘记将火柴交给他。他连火种都没有，当然什么食物也做不了了！对，一定是这样。"

"他的声音可没有半点神圣的味道。"简唏嘘道。一想到狮子死后，人猿泰山随之发出的那声骇人吼叫，她就不寒而栗。

"他与我脑海中的使者不大一样，上帝使者应该是神圣而庄严的！"波特教授也中肯地评论道，"这位……呃，这位先生，对待两位备受尊敬又博学多识的学者，怎么能像拴牛似的拴住我俩的脖子，毫不体面地拉着我们就往丛林里走呢？"

Chapter 17
入土为安

天蒙蒙亮了，从前天早晨起，波特教授一行人就没吃没睡，现在才准备吃点东西。

还好，那群把他们扔在这片原始森林逃走的"阿罗号"反叛水手给五人留下了一点肉干儿、罐头汤、蔬菜、饼干、面粉、茶，还有咖啡。他们早已饥肠辘辘，忙坐到一起，胡乱地填饱肚子。

接下来便是将小屋拾掇一番，好安心住下。他们打算先把那几具陈年旧日里留下的可怕尸骨清理出去。

波特教授和菲兰德先生饶有兴趣地对着骸骨仔细查看了一番。两人判定，这两具成人尸骨分属两位白人，一位是男人，一位是女人。

至于那副小骸骨，他们没去留意。躺在摇篮里，十有八九是这对不幸夫妇的孩子。

正准备将男人尸骨埋葬时，克莱顿在男人的手上发现了一枚他生前佩戴的宽指环——他的一根细指骨至今还套在里面。

克莱顿取下指环仔细一看，叫出了声。那枚指环上面刻着的，竟是格雷斯托克家族的族徽！

与此同时，简在橱柜里发现了书籍。她打开一本，扉页上赫然写着"约翰·克莱顿，伦敦"。她又翻开另一本，匆匆扫视，在里面只发现了一个姓氏：格雷斯托克。

"克莱顿先生，"她惊呼，"这是怎么回事儿？这些书里面为什么会有你们家族人的名字？"

"还有这个，"克莱顿神色凝重，"这是格雷斯托克家族的指环，自从我的叔父约翰·克莱顿——前格雷斯托克公爵在海上失踪后，就再也没有人见过它。"

"可是指环和尸骨就在这儿，在这片非洲原始丛林里！这该作何解释呢？"姑娘激动地问道。

"只有一种解释，波特小姐，"克莱顿说，"已故的格雷斯托克公爵并非葬身大海，他就死在这间小屋里，地板上这具悲凉的尸骨便是他的遗体！"

"那么，这位一定就是格雷斯托克夫人了。"简转头，崇敬地看向床上的尸骨。

"美丽的爱丽丝夫人，"克莱顿说，"家父和家母常常提及她品貌非凡，没想到……哎，太不幸了。"他悲伤地低喃。

众人心怀虔诚，无比庄重地将格雷斯托克公爵夫妇的遗骸埋在这间小屋旁的非洲大地，在他们中间放上小猿的遗骨。

菲兰德先生找来一小块帆布，准备将婴儿的小骨架包在里面。这时，他仔细查看了一下小猿的头骨，神色狐疑，将波特教授叫到身边。两人压低嗓门儿就此争论了一会儿。

"奇了！真是奇了！"波特教授说。

"天哪！"菲兰德先生说，"我们得赶紧把这个发现告诉克莱顿先生。"

"啧啧，菲兰德先生。啧啧！"波特教授沉声说，"就让过去的消逝安息在消逝的过去吧！"

奇异的墓前，这位白发老者重复着这句"悼词"。身旁的四人弓身祭拜，脱帽致敬。

泰山在树上将这场肃穆的葬礼尽收眼底。但更多时候，他的目光总是不由自主地落在简那甜美的面庞和曼妙的身姿上。

他质朴的胸膛里，涌动着一股陌生的悸动。他不懂，他是怎么了。自己为何对这行人如此上心？为何会不遗余力地去救助那三个男人？从狮口下救下那个女孩儿，他是那么甘之若饴！

那几个男人又傻、又逗、又胆小，就连小猴子摩奴都比他们灵光。如果说他的同类都是这副样子的话，那他可真得怀疑一下过去的自己，至不至于为这样"高贵的"血统而骄傲自豪。

可那位姑娘就完全不同了。他说不清为什么，只知道，她生来就需要被人悉心呵护，而他，是为了保护她而生的。

他很奇怪，这些人为什么要大费周章地专门挖个大坑来掩埋那些尸骨，在他看来这毫无道理，谁会想要偷这些干巴巴的骨头呢？

要说骨头上挂着肉，他还能理解。为了不教鬣狗或者其他"强盗"偷食猎物，丛林中的动物也时常这么干。

填好坟坑后，一行人转身向小屋走去。埃斯梅拉达还在为在今天以前她闻所未闻、见所未见、而且死了足足有二十个年头的克莱顿夫妇哭泣不止。偶然间，她向港湾瞥了一眼，就这一眼，让她立即止住了眼泪。

"大伙儿快看啊！"她尖叫着指向"阿罗号"，"那群人渣把咱

入土为安 | 151

们丢下,自己从这个鬼岛上溜走了!"

果然,"阿罗号"已经扬帆起航,正慢慢驶离港口,向大海远去。

"他们答应给我们留些武器和弹药的,"克莱顿怒骂,"这些薄情寡义的禽兽!"

"一定是斯奈普斯的主意,"简说,"金虽然也是个恶棍,但他起码还有一点人性。他要是没死,走之前肯定会把我们给安顿好的。"

"我只恨他们走之前没和我们碰一面,"波特教授心痛不已,"我还打算和他们商量一下,把财宝留给我们,没了财产我可就全完了。"

简哀伤地望着父亲。

"我敬爱的老爸,快别想了,"她安慰道,"您求他们也没用。他们干的就是一些杀人越货的行当,不然我们也不会被他们扔在这么一个恐怖的海岸上。"

"啧啧,孩子,啧啧!"波特教授说,"你是个好孩子,但涉世未深,还是欠些解决实际问题的经验。"说着,波特教授眼睛看着脚底,两手反剪,又在燕尾服下,又转过身子不紧不慢地向丛林走去。

简望着老爸,唇角扯过一抹同情的笑。她转头对菲兰德先生悄声嘱咐道:"爸爸就全靠您了,请把他看紧些,千万别让他像昨天一样又走丢了。"

"他越来越难搞了,"菲兰德先生叹了口气,摇着头说,"这会儿估计是去找动物管理员,向他们报告昨天夜里有狮子出逃了!唉,简小姐,您知道您老爸有多难对付吗!"

"我当然知道,菲兰德先生。我们虽然都爱他,但只有您有法子管住他。不管他和您说了些什么,他总归是尊重您这一身渊博学识的，对您的判断也愿闻一二。我那可怜的老爸，根本分不清什么是博学、什么是明智！"

菲兰德听得一脸懵，转身去寻波特教授了。心里却直犯嘀咕，波特小姐这番"恭维"，究竟是在夸他还是骂他呀？

"阿罗号"离港，众人脸上惊愕的表情，一丝不漏，全部落在了泰山的眼里。此外，泰山第一次瞧见大帆船，心下好奇，当即决定赶往港口北侧的海岬，靠近瞧瞧。如果可能的话，再顺便探探它的去向。

他飞快地在树林间穿荡，赶到海岬的一刻，船刚刚驶离港湾。眼前"漂浮屋"的大好景致尽收眼底。

甲板上有二十个人左右，正跑来跑去忙着拉纤绳。

一阵风轻轻吹过，刚刚驶过港口还初展风帆的大帆船，此刻风帆俱起，"大展身手"，在海上矫若游龙，尽情遨游！

泰山都看痴了！他真想上去瞧一瞧。不一会儿，他敏锐地发现，在北方遥远的海平面上升起了一缕可疑的青烟。可是，大海渺茫，怎么会冒烟呢？

"阿罗号"瞭望台上的人也一定发现了蹊跷。没过几分钟，泰山就看见，船帆纷纷转向、下落，大帆船掉头驶回，看样子是准备靠岸。

船头有个人不停地朝大海甩着一根长绳，绳子的一端系着个小物件。只是泰山看不懂这是在做什么。

船终于迎风驶进海港。抛锚，落帆，甲板上骚动一片。

他们放下一条小船，在里面放上一个大箱子。十二名水手拨着桨，迅速向泰山的藏身方向划来。

小船渐渐驶近。泰山打眼儿就瞧见了那个一脸鼠相的小个子在船尾上。

没过几分钟,小船便在浅滩搁浅。水手们从船上跳下来,把大箱子抬到地上。由于地处海岬北侧,小屋里的五人完全不知道这里的情形。

水手们怒气冲冲,吵嚷了一会儿。随后,小个子和几个同伴爬上了树木林立的陡坡,四处张望了起来。殊不知泰山正藏匿其中。

"这地方不错。"不多时,小个子指了指泰山藏身的那棵大树,开口宣布。

"哪儿都一样,"一个水手粗声接道,"反正只要被官兵搜到了,这些东西无论如何都得充公。就在这儿埋了吧。日后,谁能逃脱绞刑活着回来,这些财宝就归谁!"

小个子冲船上剩下的人喊了几嗓,那几个水手才扛上镐头、铁锹,慢悠悠地爬上岸边。

"你们几个动作快点儿!"小个子斯奈普斯大声呵斥道。

"你他妈给老子闭嘴!"一个水手粗蛮地吼道,"还真以为自己是船长了,你个矬货!"

"你听着,老子就是船长,你个饭桶。"斯奈普斯尖声反驳,气得他破口大骂。

"哥儿几个别冲动!"一直在旁边沉默不语的水手张口劝道,"大伙儿和气生财,窝里斗可不会有什么好果子吃!"

"你说的有道理!"那个水手深表赞同。他就是看不上斯奈普斯颐指气使的那副嘴脸,"但我们也不能任由这个装腔作势的矬子摆布,不然,同样没好果子吃!"

"你们几个过来挖这儿,"斯奈普斯指着树下一个地方说,"挖的时候,彼得,你画张图,标明一下位置,方便以后回来找,还有你们,汤姆、比尔,再往下走走,把箱子给我抬上来。"

"那你干什么?"先前那个水手问道,"当个甩手掌柜吗?"

"赶紧干活儿,少废话!"斯奈普斯恶狠狠地说,"你难道想让船长也和你们似的抡起铁锹挖土吗?"

水手们个个都火冒三丈地抬起头。他们本来就看不上斯奈普斯,自从杀了他们的头儿——"金大块头"之后,他总摆出一副令人生厌的臭架子。此话一出,无异于火上浇油。

"这么说,你是不打算搭把手和弟兄们抢着铁锹一起干了?哎哟嗬!肩上的伤都重到这个地步啦?"一直和小个子过不去的水手塔兰特讥讽道。

"那倒不至于!"斯奈普斯的手指紧张地握住枪托。

"那么,是上帝不让你干活儿喽?"塔兰特嘲笑道,"你要是不想抡铁锹,就拿上一把镐头过来帮忙!"

说着,他举起镐头就向斯奈普斯用力抡去,没成想,竟一镐头砍中了斯奈普斯的脑袋,小个子当场一命呜呼。

这场幽默出乎意料的残酷。一时间水手们静默地站在一边,看着眼前的惨剧。后来一名水手打破了沉寂:"干得好!他死有余辜!"

这时,有人举起了镐头刨向地面,见泥土很软,便扔下镐,换了把铁锹。其他人也随即忙活起来,再没有人提及刚刚发生的惨案。不过没有了斯奈普斯在这儿指手画脚,大伙儿干活儿的心情别提有多好了。

不一会儿,他们就挖好了一个可以容纳箱子的土坑。塔兰特建议再挖大一些,把斯奈普斯的尸体也放上去。

"若有人挖到了,也能做个掩护。"他解释说。

好一个瞒天过海之计,妙呀!大伙儿又抡起家伙,拓宽了土坑,准备安放尸体。尔后,在土坑的中心,向下又挖出一个深坑来放置箱子。他们将箱子用船帆的篷布包好,抬入坑中。但箱顶与墓

入土为安 | 155

底还有一英尺的间距。水手往里面又填了几铲土，用脚踩平，使之与墓坑融为一体。

两名水手毫不客气地扒下斯奈普斯身上令人垂涎已久的枪支和其他几件玩意儿，搜刮完毕后，随手就把斯奈普斯的尸体扔进坑里，填上土，踩几脚，再把剩下的土四处扬撒，铺上些许枯枝断叶，尽量让一切看上去自然、毫无痕迹。

做完这些，水手们回到小船，向"阿罗号"快速划去。

海风骤起，水平面上浓烟滚滚，叛乱的水手借此良机，尽展风帆，向西南方驶去。

泰山饶有兴趣地目睹了这群人的古怪行径，坐在树上陷入沉思。

人类的确是比丛林里的野兽愚蠢、凶狠得多。自己何其有幸能生活在这片平静祥和的大森林里呀！

泰山很想知道箱子里面都装了些什么。不想要的话，为什么不扔进海里，一了百了？

啊！他灵光一现，他们还是想要这个箱子，把它埋在此地是为了有朝一日再回来把它取走。

泰山从树上跳下，绕着墓地搜寻，想看看这些家伙有没有留些他喜欢的东西。不一会儿，他就在一堆零散的树枝下，眼尖地瞅见了一把铁锹。

他拎起铁锹，照猫画虎地铲起土来，动作笨拙别扭，把光脚丫都铲破了。但他还是一鼓作气坚持了下去，直到挖出那具尸体。泰山将尸体拖出，扔在一边，又埋头苦干，终于瞅到了那口箱子。

他把箱子拖到尸体旁，填实小坑，再将尸体扔进去，埋好土，铺上枯枝断叶，这才走到一边，随手拎起刚刚让四个水手汗流浃背的大箱子，仿佛那里面是空的似的。随后，他用绳子将铁锹绑在身后，提着箱子走进了茂密的林子。

身负"累赘"，他没法儿在树林间穿荡，只能煞费光阴地沿小路，朝东偏北方向步行。

几个小时后，他来到了一片密不透风的"林墙"。此处枝蔓竞相缠绕，纵横交织。泰山抓过低枝向上攀援，一刻钟过后，终于到达了目的地——众猿共商大事、举办"达姆达姆"庆典仪式的圆剧场。

在空地中间、靠近祭坛和泥鼓处，泰山照着地面抡起了铁锹。这儿的土从没被人翻过，铲起来可比先前费劲儿多了。可泰山硬是坚持着，挖出了一个能将箱子全然掩埋的深坑。

各位一定会很奇怪，他都不知道箱子里面装的是什么，干吗如此大费周章呢？

人猿泰山有着人的形体和大脑，而成长经历与丛林环境又将他炼造成了一只猿。一方面，他的理智告诉他，箱子里装有珍贵的东西，否则水手不会将它掩埋；另一方面，丛林生活又训练他去模仿那些异乎寻常的新鲜举动。在人与猿好奇心的共同驱使下，他迫切地想打开箱子，看看里面究竟装了些什么"宝贝"。可是纵使倾尽全力、绞尽脑汁，他也打不开上面那把沉重的锁头和结实的铁链。万般无奈下，泰山虽然心有不甘，也只得先把箱子埋进土里。

泰山一路上边走边寻找食物，等回到小屋附近，天已经全黑了。

小屋射出一缕灯光。克莱顿找到了一罐二十年没有人动过的灯油，这还是当年布莱克·迈克尔留给克莱顿夫妇的。几盏油灯也依然好用。看着亮如白昼的小屋，泰山惊奇万分。

他一直想不通这些灯到底有什么用处。书上只说了这是灯，图片上也只是画着它亮起来光晕扩散的样子，可是这奇妙的光是怎么发出来的呢？

他走近些，透过紧靠屋门的小窗，看见粗树枝和厚帆布将小屋隔成了两半。

三个男人住在前面那间。两个老头儿沉浸在争论当中，不可自拔；小伙子后背靠墙，坐在简易的凳子上，正全神贯注地读着一本泰山的书。

泰山对他们并不感兴趣，但是……他赶忙去寻另一扇窗户，一眼便见到了那位姑娘！灯光下，她面色柔柔，凝肤皎皎，美得动人心弦！

简正在窗下伏案写信。保姆躺在里面的干草堆上呼呼大睡。

整整一个小时，简笔耕不辍，泰山就在窗外静静地看她。他多么想和她说几句话呀，却不敢。他知道，她和小伙子一样，听不懂他说的猿语，生怕吓着姑娘。

终于，姑娘搁下笔，起身走到床前。床上已经铺了几层松软的草，她又整理了一番，准备就寝。

尔后，她素手轻挑，放下一头柔软的金发。泰山蓦地觉得仿佛有一帘闪闪发光的瀑布倾泻而下，那光泽闪耀变幻，顷刻间如浸夕阳，镀着金晖，圣洁地散落在姑娘那小巧的鹅蛋脸上。发丝波中带卷，垂至腰际轻扬。

泰山被眼前的景致迷住了。简熄灭灯盏，小屋一片漆黑。

泰山还在窗外，久久地凝视着屋内。他悄悄来到窗下，耐心等待，仔细聆听。半个小时后，终于听见里面传来了均匀的呼吸声。

他小心翼翼地把手伸进格栅，向前探进，直到把整条胳膊都送了进去，才在桌子上摸到简写的信笺。他宝贝似的将它拿住，悄悄抽回胳膊和手，折了几折塞进箭筒，之后像一道影子一般，悄无声息地消失在了丛林里。

Chapter 18

一触即发

第二天一大早,泰山醒来。睁开眼的第一个念头和昨夜合眼的最后一个念头别无二致,满脑子都是箭筒里那美妙的信笺。

他从没想过有一天,自己的生命里会突然闯进一位金发仙女,也从未像现在这般渴望读懂一位漂亮女孩儿的信笺。

他急忙将信取出。无论是写给谁的,里面记载的只要是仙女的想法就足够了。

可是打眼一瞧,他的一腔期盼便被无边的苦涩吞噬。他从未见过这样潦草古怪的字体,它和书本中的印刷体、盒子里几封信件难以辨认的手写体都不一样,倾斜方向也完全相反。之前那个小黑本都没让他这么苦恼。那本子上的"小虫子"虽然换了排列组合,也叫他读不懂,但至少都还是熟悉的老朋友,不像这个,完全无法理解。泰山失落至极。

整整二十分钟,泰山反反复复地看了一遍又一遍。突然那些扭曲的字符又变得熟悉起来，啊，原来还是他的老朋友，只是一个个缺胳膊断腿的，残缺得厉害。

他一个字一个字地仔细辨认，一颗心雀跃得怦怦直跳。原来，他能读懂姑娘的信笺，他要全部读完！

又过了半个小时，他很快就摸索出了简的书写习惯。除了个别字不认识外，他差不多都读懂了。

以下是信笺内容：

非洲西海岸，

南纬10°左右。（克莱顿先生推测）

1909年2月3日

亲爱的海泽尔：

给你写这样一封你可能永远也看不到的信，挺傻的吧。但是天知道自打搭上那艘晦气的"阿罗号"驶离欧洲，我们都遭遇了什么！我必须得找个人倾吐，缓解一下。

我不知道我们最终的命运会指向何方。如果我们再也无法回到文明社会，这封信至少还记录下我们最后的时光。不过现在看来，回不去的可能性要更大一些。

你知道的，我们都以为这只是次前往刚果的普通科研考察。爸爸自有一套神奇的理论，认为刚果河河谷掩埋着一个不可思议的古代文明遗迹。可是，等我们扬帆出海才弄清楚事情的真相。

有一个老书呆子在巴尔的摩开了一家专卖古书和古玩的小店。他在两张非常古老的西班牙手稿中间发现了一封写于一五五零年的信笺。根据信上所言，曾有一艘西班牙大型帆船从西班牙驶往南美洲，后来一伙儿水手发动了叛乱。我想，船上应该装有大量的"达布隆（古西班牙金币）"和"八里亚尔（古西班牙银币）"，不然那伙人的冒险经历读起来怎么会那么匪夷所思，还透着些海盗的匪气!

这封信就是其中一个水手写给他儿子的。彼时,他已经是一艘西班牙商船的船主了。

多年之后,在西班牙一个不知名的小镇里,老头俨然成了一位德高望重的市民。可那颗爱财之心却并没有随着时间的消逝而减少半分。为了儿子,也为了自己,他最终还是铤而走险,设法与儿子取得联系,告诉他获取那笔巨大财富的办法。

写信人讲述了他们一伙人是如何在帆船驶离西班牙一星期后发动叛乱、大开杀戒。他们杀死了船长、副手以及所有其他反抗者。却没成想作茧自缚,剩下的人中竟没有一个懂得航海技术。

他们只能随波逐流,任风摆弄,在大海里整整漂了两个月。后来他们饥渴难耐,还有水手得了坏死病。死的死,伤的伤。船也出了事故,一个巨浪将它打到了一个小岛上,撞得稀巴烂。

千钧一发之际,那十名幸存者还是设法抢出一箱子财宝。他们把箱子埋在岛上,一住就是三年,一直渴盼着有人前来营救。

十个人一个一个、接二连三地病死,最后只剩了一个——就是这个写信人。他们几个之前用西班牙大帆船的残骸做了一条小船,可是由于无法确定这座小岛的位置,迟迟不敢出海。

见九名同伴都死了,唯一的幸存者再也无法忍受这压得他喘不上气的寂寞,宁愿冒死到海上搏上一搏,也不愿独自留在这座随时会把自己逼疯的荒岛上。在寂寞中又熬了将近一年后,他终于乘着小船驶向了茫茫大海。

幸运的是,他一直朝北航行,不到一个星期便驶入西班牙商船从西印度到西班牙的航线,被一艘返航的商船搭救。

他只讲了他们的帆船失事,除了少数人,其他人全部遇难。后来流落荒岛,大家慢慢死去,只剩下了他自己。有关反叛和埋藏财宝的事儿，他只字未提。

商船船主告诉他，从他们搭救他的位置和过去一星期的盛行风方向判断，他极有可能是从佛得角群岛中的某一座小岛漂来的。这座群岛在非洲西海岸附近，大约位于北纬十六到十七度之间。

信里，水手详细描述了小岛和藏宝之处，还附了小小一张无比搞笑的旧地图。上面画了些树木、岩石，还在重点部位潦草地打个叉，圈出宝藏埋藏的准确位置。

爸爸告诉我这次科学考察的真实目的后，我的心咯噔一下就沉了下去。我太清楚我可怜的老爸是多么的爱凭空想象、不切实际，我怕他又被人给骗了去。你不知道，他为了弄到信和地图，竟然花了一千美元！

更让我不安的是，他还签下借条，向罗伯特·坎勒借了一万美元。

坎勒先生没有要求任何抵押和担保。但是亲爱的，你是知道的，如果爸爸还不上这笔钱，这对我来说将意味着什么。我简直恨死那个坎勒了！

在伦敦我们遇上了克莱顿先生，他极富冒险精神，也加入了我们。我们尽量往好的一面去想，可是菲兰德先生和克莱顿先生都和我一样，对此心怀疑虑。

好了，长话短说，我们居然找到了那座小岛和那箱财宝。那是一个很大的橡木箱子，外面裹着铁链，包了好几层浸了油的帆布。跟三百年前埋下去的时候一样牢固。

箱子里全是沉甸甸的金币，四个人压弯了腰才刚刚抬起。

这箱财宝似乎是不祥之物，但凡谁跟它沾上边儿，准没好儿，不是客死他乡就是惨遭不幸。离开佛得角群岛三天后，我们船上的水手也发动了叛乱，杀死了船上所有的头儿。

哦，你根本难以想象当时的场面是多么惨烈！我甚至都无法用文字描绘出来。

本来，他们连我们都想杀。可是这伙人的头儿金没让他们这么干。他们沿海岸一路向南航行，在一个偏僻的地方，找到了一个很好的港湾，硬逼着我们登岛，后来还把我们扔下，自己跑了。

今天，他们带着财宝乘船离开。可是克莱顿先生说，他们同样逃脱不了三百年前那艘西班牙大帆船叛乱者的厄运。就在我们登陆的那天，有个水手把这条船上唯一懂得航海的金杀死在了海滩上。

我多么希望你能认识克莱顿先生呀！他是我最亲密的伙伴，如果我没有会错意的话，他已经爱上了渺小而平凡的我。

他是格雷斯托克公爵唯一的儿子，有朝一日，会继承爵位和家族财产。此外，他自己也拥有一笔可观的财富。可是一想起他将成为英国公爵，我就很失落。你知道，平时看到那些美国女孩嫁给有爵位的外国人，我是多么地怜悯她们！他要是个普普通通的美国人该有多好！

不过这并不是他的过错，可怜的克莱顿先生。除了出身，从各个方面看，他都会为我们亲爱的故土带来无上荣耀。这是我能想到的最高褒奖。

自打我们登上小岛，一桩桩怪事接连不断。先是爸爸和菲兰德先生昏头转向，险遇雄狮；接着克莱顿先生也迷失丛林，两度遭受野兽袭击；再来埃斯梅拉达和我又遇到凶残吃人的母狮，被逼得双双退至旧屋死角。当时的情形就像埃斯梅拉达喊的一样，"简直太可怕了！"

可是最奇怪的是我们的救命恩人，他神秘莫测。我没见过他，但克莱顿先生、爸爸，还有菲兰德先生见过。据他们所说，他皮肤黝黑,是个神一般完美的白人!他壮如野象,敏锐似猴,勇猛威猛,不比狮子逊色。

他不会说英语。每次出手相助后,就闪身消失无踪,神秘得像个幽灵。

我们身边还有个古怪的邻居,他在门上给我们留了张字条,上面的英文字写得极好,警告我们不许损坏他的东西,还署了名字:人猿泰山。

他就在我们身边,但我们谁也没见过他。之前有个水手想要朝克莱顿的后背开枪,突然,一根长矛从密林中飞来,直接刺穿了那水手的肩膀。

那些水手给我们留下的食物少得可怜,我们眼下只有一把手枪、三颗子弹,真不知道该怎么猎到肉吃。不过,菲兰德先生说,森林里遍地都是野果子和坚果,我们是不会饿死的。

我现在太累了,得上床睡觉了。你不知道,克莱顿先生用草给我铺的那张床有多好笑。我会持续给你写信,告知后续发展。

爱你的,
简·波特

致巴尔的摩海泽尔·强女士

读完信笺,泰山坐在那儿沉思许久。这封信信息量巨大,讲述了太过新奇、美妙的事物。他一时头脑混乱,现在正在努力消化中。

这么说,他们还不知道自己就是人猿泰山,泰山认为自己要告诉他们。

他之前在树上用粗枝陋叶搭了一个庇身之所,遮挡风雨,里面放了他从小屋里带来的几样宝贝。他拿出一支铅笔,在简的署名下写道：我是人猿泰山。

他认为这句话足以表明身份，打算一会儿将信还回去。

至于食物，泰山想，他们不必发愁，他会保证供应。的确，他也就这样做了。

第三天早晨，简发现，她前天夜里不翼而飞的信笺又回到了原处。简满头迷雾。但当她看见自己署名下那行印刷字体时，一股凉气爬上脊梁。她把那封信——有署名的最后一页拿给克莱顿看。

"越想越害怕，"简吓坏了，"这个神秘的家伙在我写信的时候可能一直在旁边偷窥。一想到这个，我就不寒而栗。"

"但是，他一定没有恶意，"克莱顿宽慰道，"他把信还了回来，也没有伤害你。如果我没猜错的话，他还诚意十足地想和我们交朋友，并在昨晚留下了他的见面礼。刚才出去的时候我看见门口放着一头野猪。"

此后，几乎每一天，他们都会收到泰山送来的野味和其他食物。今天是一只小鹿，明天是些奇怪的熟食，后天是一头野猪，再来是一只豹子，有一回甚至送来了一头狮子。至于那奇怪的熟食，都是泰山从邦加村子顺来的木薯糕。

给这几个陌生人猎食，泰山乐不可支。他愿意为这美丽的姑娘打猎，愿意奋不顾身地保护她。在他看来，世上再没有比这更幸福的事儿了。

他希望，有朝一日自己能走进他们的营地，通过大家都熟悉的"小虫子"进行交谈。

可是，森林中的野物都有个通病——胆怯，要想克服实在困难。日子一天一天地过去了，泰山还是没有鼓足勇气，得偿所愿。

五人渐渐熟悉了周围的环境，胆子也大了起来。他们在林子里越走越远，寻找野果子和坚果。

波特教授还是老样子，在自己的世界里旁若无人，四处瞎转，没有一天不在鬼门关前徘徊。塞缪尔·T·菲兰德为了看护教授，保障他的安全，费心劳力，成天提心吊胆，本来就不强壮的身形愈发消瘦得像个影子。

一个月过去了，泰山终于下定决心，趁着天亮去小屋拜访。

这天下午，众人却都不在。

克莱顿又去了港湾入海口处的海岬，眺望海上是否有船经过。他在那儿高高地垒了一堆灌木折枝和木块儿，一旦有轮船或者帆船在水平面上出现，就立刻点燃，随时准备向他们发出求救信号。

波特教授朝小屋的南面沿海滩闲逛，菲兰德先生挽着他的胳膊，好说歹说地敦促教授赶紧回去，别再让野兽给盯上了。

简和埃斯梅拉达到森林里采摘野果去了，还没回来。她们一路寻找，离小屋越来越远。

泰山就在小屋门口静静等着他们回来，满脑子都是那位姑娘的倩影。他现在一天到晚只想着她。她会怕自己吗？每每想到这儿，他就畏缩不前，几次三番地改变了拜访的计划。

他越等越急，希望下一秒姑娘就出现在自己的眼前。他要看着她、靠近她，还有，抚摸她。泰山不知道上帝，但简在他眼里就是仙女。泰山对她的敬慕不亚于人们对上帝的崇拜。

等待中，泰山给简写了一封信。是否交给他，他不知道。但是，将自己的想法全部写下来，他感到无限的快乐，在信里，他终于不再是个野蛮的野兽了。他写道：

我是人猿泰山。我渴望你。

你是我的，我是你的。

我们将永远生活在我的小屋里。

我会给你采来最好吃的果子，打来最娇嫩的小鹿，
我会把丛林中最鲜美的野味带给你。
我是丛林里最出色的猎手。我将为你打猎、为你战斗。
从你的信中，我知道你叫简·波特。
看到这封信，你会知道，这信为你而写，人猿泰山爱你。

写完后，他像个印第安小伙儿，笔直地站在门前，继续等待。突然，他敏锐的耳朵捕捉到了一个熟悉的声音——一头巨猿荡着低枝儿穿林而过。

他凝神细听。突然，林子里传来了一声女人痛苦的尖叫。泰山将他平生第一份情书扔在地上，像豹子一般，迅猛地冲进丛林。

克莱顿也听见了叫声。不一会儿，波特教授和菲兰德先生也气喘吁吁地赶回小屋。他们一边跑来一边相互焦急地大声询问发生了什么。然而，只一瞥便证实了最坏的预想。

简和埃斯梅拉达不在屋里！

克莱顿立即冲向丛林，大声呼唤简的名字，两个老头儿紧随其后。他们在森林里跌跌撞撞找了半个小时，终于，上天怜悯，让他们碰着了趴在地上的埃斯梅拉达。

克莱顿在她身边站住，探了探她的脉搏，又听了听她的心跳。她还活着。他摇晃着黑人妇女。

"埃斯梅拉达！"他在她耳边大喊，"埃斯梅拉达，看在上帝的份儿上，你快醒醒，波特小姐呢？发生了什么？埃斯梅拉达！"

黑人妇女慢慢睁开双眼。她看了看克莱顿，又看了看周围环绕的丛林。

"哦，天啊！"她尖声大叫，又昏了过去。

此时，波特教授和菲兰德先生也跟了上来。

"克莱顿先生，我们该怎么办？"教授问道，"我们该上哪去

找她呀？上帝不会这么残忍将我的小女儿也从我身边带走吧！"

"首先，我们必须喊醒埃斯梅拉达，"克莱顿回答道，"她能告诉我们到底发生了什么事儿。埃斯梅拉达！"他又使劲摇了摇黑人妇女的肩膀，大声叫喊。

"啊，主啊！我希望赶快死去！"可怜的女人紧闭着一双眼睛说，"让我死吧，亲爱的主，别让我再看见那张可怕的脸了。在送走可怜的埃斯梅拉达之后，您能把那魔鬼也带走吗？埃斯梅拉达一无是处，是的，亲爱的主，她什么也没做过，她完全不称职，是的，我真的太不称职了！"

"醒醒！醒醒！埃斯梅拉达！"克莱顿喊道，"主不在这儿，我是克莱顿，睁开眼睛看看！"

埃斯梅拉达像个宝宝，听话地睁开了双眼。

"哦，天哪！感谢上帝。"她高兴地说道。

"波特小姐呢？你们发生了什么？"克莱顿问她。

"简小姐不在这儿吗？"埃斯梅拉达大叫，一骨碌坐起身来，动作迅捷得与她的块头儿极为不符。"哦，天哪！我想起来了，一定是它把简小姐抓走了。"说完，黑人妇女哭了起来，悲痛欲绝。

"谁把她抓走了？"波特教授失声大喊。

"一个大怪物，它浑身是毛。"

"是大猩猩吗？埃斯梅拉达。"菲兰德先生问道。这个可怕的想法一出口，三个男人皆呼吸一窒，心惊肉跳。

"啊，就是这个魔鬼！它一定是头公猩猩。哦，我可怜的心肝宝贝儿！"埃斯梅拉达又忍不住抽泣了起来。

克莱顿立刻向四周展开搜寻，可是除了附近的草地被践踏得略显杂乱外，他什么也没有发现。匮乏的森林生活技能使他根本无法解读眼前所看到的一切。

168

这一天,他们一直在丛林里寻找简。夜幕降临,众人心生绝望。他们像一群无头苍蝇,连怪物的逃窜方向都不知,再搜寻下去也是徒劳,只得暂且停下。

夜,漆黑一片。许久,他们才回到小屋。进屋后,大伙儿就默默地坐着,愁云惨淡。

最后还是波特教授打破了沉默。他没有再自说自话,讲一些抽象的不可知论,声音里也没有了以往高谈阔论的腔调。这次,他顶天立地,语气坚定,透着难以言表的绝望和悲伤,听得克莱顿心如刀绞。

"我先躺下,睡上一会儿,"老头儿说,"明早天一亮,我就去找简,吃的能带多少带多少,找不到她,我也就不回来了。"

其他人都沉浸在悲伤的思绪中,一时无人答话。大伙儿都知道最后一句话意味着什么,老人自己也再清楚不过了——此番一去,便是永别。

后来,克莱顿站起来,把手轻轻放在波特教授苍老、弯曲的脊背上。

"我当然会与你同去,"他说,"我不说,难道我就不会去了吗?"

"我知道你愿意冒……不,你希望和我同去,克莱顿先生。可是你不能去。简现在已经不是单凭人力就能解救的了。我去只是想陪在她身边,我不能让我的宝贝女儿孤零零地躺在可怕的丛林里,举目无亲。我要与她同归泥土,共淋冷雨。她的母亲若是在天有灵,一定会来与我们团聚,在那里,我们会和来时一般,一家人整整齐齐,永不分离。"

"她是我唯一的女儿,世上唯一的爱,我一个人去就够了!"

"我跟你一起去。"克莱顿只是简单的一句话。

老头儿抬起头,一双眸子凝视着威廉·塞西尔·克莱顿坚毅、英俊的脸孔,似乎从那张脸上看出了男子对女儿深埋心底的爱。

以前,他太过沉湎于自己的学术研究,很少注意到那些细枝末节、只言片语,更没有察觉出两个年轻人相互吸引,日渐亲近。这些原本他稍加留心就能注意到的细节,此刻,才一个接一个地从记忆中鲜活起来。

"想跟就跟吧!"他说。

"把我也算上。"菲兰德先生说。

"这可不行,我亲爱的老朋友,"波特先生说,"我们不能都走,把可怜的埃斯梅拉达一个人留在这儿,那实在是太残忍了。而且三个人去未必就比一个人的成功几率大。那无情的森林吞掉的生命还少吗?好了,我们都睡一会儿吧。"

Chapter 19

林野呼唤

泰山离开后，这个他自小长大的猿落便纷争不断，成员一言不合就操戈相向。事实证明，特克兹的确是个暴君，它残暴不仁，喜怒无常，尤其喜欢肆虐部落中的老弱病残，发泄自己的兽性。这些弱势群体不得已，只得带上自己的家眷，到林间深处寻一片清静之地，乐得安宁。

剩下的成员不堪特克兹的长期暴虐，忍无可忍，揭竿而起。恰在此时，一头猿猛然想起了泰山的临别诚言：

"如果你们的王残暴不仁，不要像其他猿落一般，单打独斗，而应三两成群，合力攻之。如此，便再没有一个王敢欺侮你们。不论它如何厉害，四猿合力必可杀之！"

这头记起忠言的猿将泰山的话又复述给了它的同伴。于是这天，它们为特克兹准备了一场热情洋溢的"欢迎仪式"。

待特克兹回到部落，五头巨怪二话不说，将它团团围住。

特克兹和人类社会里面那些欺软怕硬的恶霸一样，打心眼儿里是个彻头彻尾的胆小鬼。它不敢恋战，怕被活活打死，想方设法地摆脱"叛臣"，飞身窜进丛林，躲上了枝头。

后来，它两度回来，想要重归猿落，但回回都被那伙儿猿暴打驱逐。最后，它打消了念头，怀着满腔的怒火与仇恨，转身踏进丛林，独自流浪去了。

它在森林里漫无目的地游荡了几天，一心想找个弱小的动物，发泄心头的怒火与怨恨！

就在特克兹心怀不轨地于树枝间穿荡时，两个女人突然闯入了它的视线，恰好站在自己的下方。简刚有所察觉，那毛头巨怪已扑身而来，落在了身旁。它张开血盆大嘴厉声咆哮，一张狰狞的大脸离简不足一英尺远！简失声惨叫，那毛茸茸的大手赫然抓住了她的胳膊！特克兹一把将她拖到眼前，龇开獠牙就要咬断姑娘白皙的脖子。未待落齿，另一个念头突然摄住了巨猿的心神。

它的妻妾都在部落里，它得再找来几头母猿做媳妇。这个浑身没毛的"白猿"正好可以当第一个。想到这儿，它一把将简扔到自己宽大的毛肩上，纵身一跃，跳回到树上，飞驰而去。简不知自己正被带往万劫不复的深渊，下场远比死亡要坏上千倍万倍！

埃斯梅拉达见状，也跟着简惊叫了起来。她这人一遇到事儿就紧张，老毛病一犯，顿时，又昏了过去！

特克兹那张骇人的毛脸紧挨着简的脸庞，嘴里呼着一口腥臭的恶气，简吓得浑身瘫软，但并没有当场晕厥。她头脑清醒，对自己的处境心知肚明。

巨猿扛着她在森林里以不可思议的速度穿行，简却不哭不闹。特克兹的突然出现把她弄糊涂了，她以为现在正往海滩方向步进。所以一路上，她都在养精蓄锐，打算临近宿营地时再大声呼救。

可怜的姑娘万万没有料到,自己已经被特克兹扛向密林深处,距小屋越来越远。

听到惨叫后,克莱顿和两个老头儿跌跌撞撞地冲进灌木丛,找了半天才赶到事发地点;至于人猿泰山,他顺着声音,早就赶到了。不过,他的关注点并不在地上的埃斯梅拉达身上,见她没有受伤,也就没再管她。

他仔细观察了一会儿脚下的泥土和头顶的大树。长期训练和野外环境锻造得他机敏万分,深谙丛林生存之道。再加上人类天生的才智,很快,这里发生的一切便清楚地呈现在他的眼前,有如亲身历临。

随后,他又钻进了摇摆不定的枝叶间,循着高枝儿上的蛛丝马迹,紧密追踪。寻常人单凭肉眼根本无法察觉,更别说循迹追踪了。

树梢最能显现出一头巨猿是否自此经过。他们总会抓住这里从一棵树荡到另一棵树上。但是仅凭树梢是很难看清巨猿去向的,不管是跳离一棵树,还是跳上另一棵树,树枝的受力方向总是朝下。但靠近树干的一侧就不同了,尽管痕迹不甚显著,却总能指明去向。

像是这根树枝,上面就留下了一条被巨猿碾死的毛毛虫。出于本能,泰山立马判断出他下一步会落在何处。果然,他又发现了一只被踩死的幼虫。说是幼虫,其实,看到的往往不过是小小一个湿点儿。

再比如,这里,有一小块儿被抓翻的树皮,树皮翻起的方向就是巨猿潜逃的方向。有时,巨猿的身体擦过粗枝、树干,泰山根据树皮上留下的一缕毛便可以判断出自己的追踪方向是否正确。

但泰山从来无须放慢速度去寻找这些微不可视的痕迹。

纵使林间动物无数、抓擦痕迹千万,他也能一眼看出巨猿的踪迹。众多蛛丝马迹中,最是气味藏不住。泰山循着风中的气味,一路畅通,训练有素的鼻子灵敏如猎犬。

常有人认为,低等动物的嗅觉神经天生就比人类灵敏。其实不然,这仅仅是由进化演变而来的。

人类的生存并不完全依赖于发达的官能,思维能力将它们大大解放。因此,从某种程度上讲,人的官能退化了。比如,牵动头皮和耳朵的肌肉,由于长期的"荒置",几乎丧失了它先前的功能。

耳周和头部皮下组织生有肌肉,神经借此向大脑传输感觉信号,但是由于不常使用,这些肌肉愈发萎缩。

泰山却不同。早在婴儿时期,他的生存就几乎完全依赖于敏锐的视觉、听觉、嗅觉、触觉和味觉,而不是发展相对缓慢的思维能力。

在泰山的所有感官中,最不发达的大概就是味觉。不管吃到的是果子还是生肉,新鲜或是不新鲜,在他嘴里都是一个味儿。这倒是与极为讲究饮食的文明人颇为相似。

泰山无声无息地循着踪迹,跟在特克兹和简身后。随着脚步临近,那毛头巨怪还是听到了声响,立即加速,想要把"尾巴"甩掉。

泰山又追了三英里,终于截住了巨猿。特克兹见再跑也是徒劳,便寻了一处林间空地,从树上跳下。这里甚好,俨然是一处天然的竞技场,既方便它回身迎敌,捍卫猎物;也方便在不敌之际,弃车保帅,溜之大吉。

泰山一个豹子飞跃,跳下树来。特克兹的巨臂依旧挟着简,未松一毫,见来敌是泰山,当即断定:"白猿"乃泰山之妻。他们同属一类,都是白皮肤且浑身无毛。特克兹乐坏了,它对泰山恨之入骨。如此良机近在眼前,它定要将当日之辱双倍奉还!

危难之际,一位如神祇一般的男人突然从天而降,这对简而言无异于一杯烈酒,振奋非常。

根据父亲、克莱顿和菲兰德先生的描述,她知道,这位一定就是多次出手相救的林中"使者"。虽然初次得见,但在简眼里,泰山俨然是一位老朋友和守护神。

然而,惊喜很快便被担忧取代。特克兹粗暴地将她推到一边,迎向泰山。简终于看清了这庞然巨兽。它一身"铁疙瘩",满口獠牙闪着凶光,简不禁心头一颤:对手这般强大,他能打败吗?

此时,搏斗双方开战在即,泰山持刀,巨猿亮齿。他们似是两头公牛,先是凶猛地冲撞在一起,随后双双化身为狼,伺机封喉。

简纤小的身子倚靠着大树,一双手紧紧按压急促起伏的胸脯。她睁大眼睛,一眨不眨地盯着眼前一人一猿冲冠——怒为红颜最为原始的雄性之战!他在为自己战斗!简目光复杂,混杂着惊恐、迷恋,还有崇拜。

泰山肩背上的肌肉绷出了一块块"铁疙瘩",勒住巨猿的胳膊肌腱分明,肱二头肌隆起,直教那锯齿獠牙无的放矢。这一瞬,那块千百年织就的文明面纱从这位巴尔的摩姑娘的面前轻轻飘起,朦胧的世界恍然变得清晰。

泰山举起长长的猎刀对准特克兹的心脏连刺十数刀,巨猿当场气绝,在地上了无生气地滚动。此时此刻,这里没有简,只有一个原始女人,她正张开双臂,奔向那个为她战斗、旗开得胜的原始男人!

至于泰山,他一把抱紧女人,低头吻住了那上翘娇喘的红唇,本能地做着一个血气方刚的小伙子该做的一切。

简水眸半合,偎依在泰山怀里。刹那间,年轻的姑娘有生以来第一次明白了爱情的真谛。

那块文明的面纱突然飘起，现在又突然重新飘落。原始女人消失了。简一下子羞愤难当，满脸通红，赶紧挣出泰山的怀抱，把脸埋进了手心里。

泰山一直朦胧而笨拙地爱着简，见自己的心上人居然心甘情愿地依偎在自己的怀里，他惊讶极了。现在她又推开了自己，泰山更是诧异不已。

他再次走近，轻轻抓住姑娘的手臂。她却像只母老虎，立马握起柔若无骨的小手捶打他宽阔的胸膛。

泰山一头雾水。

片刻之前，他还想着护送简回到朋友身边。但经历了那样一场"惊心动魄"，他再也不想将她送走了。黯淡远逝的一瞬恍如隔世，再不复返，看眼下的光景，怕也再无可能重现！

自打被她抱住，泰山便一直感觉有一个温软的身体紧贴着自己，脸颊和嘴唇也总是缭绕着似有似无的呼吸——湿热、甜糯，在他的胸腔里燃起了一团全新的火焰。她朱唇轻启，与自己唇齿缠绕，那热烈的一吻猝不及防地烙入他灵魂深处——一个全新的泰山诞生了！

他又将手放在了姑娘的手臂上，简依旧抗拒不从。不得已，人猿泰山只好学着老祖宗，直接打横抱起，向丛林深处走去。

第二天一早，一声大炮的轰鸣声惊醒了小屋里的四人。克莱顿率先冲出，看见港湾外停靠着两艘抛锚的大船。

一艘是"阿罗号"，另外一艘是法国小型巡洋舰。巡洋舰上有一群人，正向海滩这边眺望。其他三人陆续跑来，一下子看懂了眼前的状况。显然，对方不知小屋里是否遗有活口，当空放炮是为了引起屋中人的注意。

两条船离海岸皆相隔甚远，船上的人若是能用望远镜观测到站在海岬间的四人和他们手里挥舞的帽子,那可真是奇了!

埃斯梅拉达解下她的红围裙,在头顶拼命挥舞。克莱顿怕对方看不见,急忙跑向北海岬,准备点燃一早备好的木堆。

许久,众人屏息以待,焦急万分。等克莱顿跑到海岬,仿佛过了一个世纪。

他兴冲冲地冲出密林,却惊慌失措地看见"阿罗号"正在升帆,巡洋舰已然启航。

他迅速点燃数十堆木块儿,又匆忙爬上海岬的最高处,脱下衬衫,将它绑在一根落枝上,站起身前后挥舞个不停。

可是船仍旧前进不止。克莱顿心生绝望。就在此时,浓厚的烟柱笔直地升至森林上空,引起了巡洋舰瞭望哨的注意。舰上立刻架起十几台望远镜,纷纷对准了海滩。

不久,克莱顿看见那两艘船又掉头返回。"阿罗号"静静地漂在海面,巡洋舰喷着蒸汽,向岸边缓缓驶来。

舰艇在离海岸不远处停了下来。船员放下一只小船,径直向海滩划了过来。

小船靠岸,一位年轻军官走了过来。

"我想,您就是克莱顿先生吧。"他说。

"感谢上帝,你们总算来了!"克莱顿说,"也许现在还为时不晚。"

"先生,您的意思是?"军官问道。

克莱顿将简·波特被劫持一事如实禀明,并提出借兵增援的请求。

"天呀!"军官大骇,对此不幸深表难过,"若是昨天,还为时不晚。今天,那可怜的姑娘恐怕是凶多吉少了。太可怕了,先生,此事实在耸人听闻!"

船员又放下几条小船。克莱顿对着军官指了指港口方向，跨步跳上。随后，船只调转船头，其他小船紧随其后向内陆港湾驶去。

很快，一行人便登陆上岸，迎面见到了波特教授、菲兰德先生和泪眼婆娑的埃斯梅拉达。

巡洋舰的舰长坐在最后一艘小船里。听闻简被猛兽掳走后，他慷慨相助，号召自愿前往的士兵协助救援。

这队法国人勇敢而富有同情心。无论是军官还是士兵，都积极响应，加入到救援队伍中来。

舰长选了二十名士兵和两名军官——达诺中尉和沙赫冯提中尉，又派了一条船到巡洋舰上取粮弹补给和卡宾枪，并给每人配备了一把左轮手枪。

克莱顿问他们怎么正好在这附近抛锚放炮。舰长迪约凡说，一个月以前，他们看见一艘巨大的帆船向西南方向航行。巡洋舰发出信号让他们把船开过来，帆船却升起所有风帆，加速驶离。

巡洋舰一直追到日落，开了数枪，奈何天色渐晚，只得草草收队。第二天早晨帆船却不见了踪影。他们沿海岸又来来回回巡航了几个星期，渐渐将帆船一事忘在脑后。可是前几天的一个早晨，瞭望哨报告说，在波涛汹涌的海面上，发现了一艘剧烈颠簸的帆船，看情形已经完全失控。

巡洋舰驶近才惊讶地发现，这艘弃船正是几个星期前他们追踪的帆船。船上的主帆和前三角帆还挂在桅杆上，看样子，舵手曾经设法顶风而行。双帆不支，猛然绷离，在狂风肆虐下，断成了凄楚的布条。

海上波涛翻滚，此时将押解船员送上一条弃船，艰险重重，绝不是明智之举。见甲板上没有半星人影，寂然不动，巡洋舰决定先停在那儿，等风浪减弱再作打算。忽然，他们瞥到了一个人影儿。那人死死抓住栏杆,向他们无力而绝望地挥手求救。

舰长立马派出一船士兵前去探查。

待这群法国人成功登上船,眼前的一幕令他们大为惊骇。

甲板上一片狼藉,来回滚动着活的死的十来具躯体。其中两具尸体残缺不全,血肉模糊,好像被恶狼啃过一般。

很快,巡洋舰的押解船员便调整好风帆,引船再次航行。他们将还活着的水手从死人堆里抬出来,送到船舱的吊床上;死的,就裹进篷布,停放在甲板上,由同伴"验明正身"后,再扔入大海。

偌大一艘帆船,竟无一人可问。

法国人登上"阿罗号"时,水手皆不省人事。那个发出求救信号的水手,甚至还没弄清信号是否发出,便昏了过去。

但很快,一个士兵就明白了造成眼前这一惨状的原因。他本想给这群昏迷不醒的人喂点水和白兰地,让他们清醒一下。谁成想,别说水和酒了,船上就连食物的残渣都没有。

他立刻向巡洋舰发出求救信号,请求支援粮、水和医药。巡洋舰当即又放下一条小船,顶着惊涛巨浪向"阿罗号"划去。

喝过水后,几个水手苏醒了过来,向舰长娓娓道出他们的遭遇。前面那部分我们已经知道:杀死斯奈普斯、将尸体埋在财宝之上后,他们扬帆启航,驶向了茫茫大海。

见巡洋舰在后追击,这伙儿叛匪惊恐万状。甩掉"尾巴"后,他们在大西洋上漂了好几天。后来发现船上的水和粮食所剩无几,才又调转船头向东航行。

船上谁也不懂航海,很快,他们就迷失了方向。

一行人向东航行了三天也没看见陆地的影子,以为盛行北风将他们吹到了非洲大陆的最南端,便掉转船头向北航行。

他们又向北偏东航行了两天,却碰上了风和日丽的大晴天,一连七天都漂在海上纹丝不动。水喝光了，再过一天，连食物也没有了。

情况急转直下，有一个水手发了疯，跳海身亡；不多时，另一个水手割破静脉，饮血止渴。

水手死后，有人想要把他的尸首留在船上，但最终，大伙儿还是将他扔进了大海。饥饿正将这群禽兽变成野兽。

遇见巡洋舰的前两天，船上水手虚弱至极，已无法掌舵。当天，三人死亡。第二天一早，一具尸体惨遭吞食，残缺不全。

整整一天，船员们横在甲板上，像野兽一样，互相死盯着。到了第三天早晨，另外两具尸体也被残忍吞食。

这群食尸鬼恢复了些气力，可是体内仍极度缺水。就在这濒死之际，巡洋舰来了。

听完他们的遭遇后，舰长询问波特教授一行人的下落，可那群水手根本说不清海岸的位置。巡洋舰只得沿着海岸线慢慢行驶，不时放几声信号枪，架起望远镜扫视海滩的每一寸土地。

为了不错过任何一个地方，夜里，他们就在原地抛锚停航，第二天再继续搜寻。克莱顿求救的前一天晚上，他们刚好离开五人所在的海滩。

那天下午，巡洋舰放了几枪，只是那会儿，四人可能没听到。他们正忙着在丛林里寻找简·波特，走动的声响刚好淹没了远处传来的枪声。

双方讲述完各自的历险后，那艘到巡洋舰上取粮弹补给和卡宾枪的小船回来了。

几分钟后，两位军官便带领着一小队士兵随着波特教授和克莱顿走进了这片人迹罕至的大森林。一场希望渺茫、厄运连连的搜寻就此开始。

Chapter 20

血脉相传

刚离虎口又入狼窝。泰山抱着简就像抱着一个初生儿一般,气定神闲地在盘根错节的林间穿梭。简刚刚还因这怪人从巨猿的魔爪下救出自己而激动不已,不料,现在却深陷囹圄,又被怪人掳了去。她奋力挣扎,想要逃脱铁臂的束缚,怎奈,那铁臂愈发紧了。

片刻之后,简安静下来,不再作无谓的反抗。她蓠水秋瞳半启,望向这个怀抱自己的男子。

一张无比英俊的脸庞在她的瞳孔映现。

它硬朗、阳刚、纯粹、干净,不曾被世俗的放荡、凶残、堕落所浸染。尽管人猿泰山杀人也杀野兽,但他完全是按照猎人的一套公事公办,若非复仇,极少掺杂感情色彩。不过,纵是有不共戴天之仇,他也从不蓄谋算计。那样的仇恨本身就是一种邪恶和残忍。

泰山在杀戮中面带微笑，没有一丝狰狞之态，愈发俊逸耀眼。

姑娘特别注意到，在泰山扑向特克兹的一瞬，他的前额上分明有一道猩红的伤疤，从左眼上方一直延向头皮。可是现在，那条伤疤却不见了，只留下一条淡淡的白色细痕。

泰山见她不再挣扎，便稍微松了松手臂。

有一次，他低头看着她的眼睛，笑了笑。姑娘忙闭上眼，将那张英俊迷人的脸庞关在自己的眼帘以外。

不一会儿，泰山攀上大树，在高空中穿荡。简却没有一丝害怕，她惊讶地发现，在这个野人强壮的臂弯里，自己竟感到前所未有的安心。他们在这片荒蛮而深邃的原始密林里越走越远。前路莫测，命运难度。

闭着双眼，简止不住地胡思乱想，满脑子都是些活灵活现的恐怖画面。她吓得赶紧睁开眼睛，看到那张近在咫尺的俊颜，所有的恐惧顿时烟消云散。

不，他绝不会伤害自己。他英武不凡、眼神坦率而坚毅。一个周身洋溢着骑士精神的人怎会做那等宵小行径。

两人步履不停。在简的面前，这片密林无异于一堵堵青翠的树墙，前后上下，目之所及无不是交相缠绕的树条和藤蔓。可是在"林中上帝"面前，这里仿佛被施了魔法一般，繁茂的枝叶总会乖乖开道，待他们过去，又合拢如初。一路下来，竟没有一块儿树枝碰到姑娘。

泰山稳步在丛林中穿行,脑海里蹦出了许多新奇的想法。眼下，他急于解决一个从未碰见的难题。凭直觉，唯有人类的方式才行得通。

他来到一片常经之地，轻车熟路地在中间穿行。他自在极了，终于平复了初尝爱情的炽热与激荡。

血脉相传 | 183

他暗自思忖，如果没有把心爱的姑娘从特克兹手里救出，那她的命运又当如何？

特克兹为何没有痛下杀手，他一清二楚。泰山不禁比较起自己与巨猿的不同。

诚然，依照丛林法则，雄性动物可凭武力夺取配偶。但这一套适合他吗？泰山不是人吗？人是怎样做的？泰山对此毫无概念，茫然得不知如何是好。

他想问问这个姑娘，可是她的极力反抗、她的逃避拒绝，不是已经明显地作出回答了吗？

眼前便是目的地。人猿泰山抱着简轻轻一荡，落在一片草坪之上——恰是众猿共商大事、举办"达姆达姆"庆典仪式的圆剧场。

尽管他们跋涉了数英里，这会儿也不过才下午三点左右。树木环抱，柔和的阳光透过繁茂的枝叶，星星点点地斑驳在剧场上，显得宁静而祥和。

青翠的草地看上去是那样的松软、可爱、沁人心脾。丛林声响无数，此刻也变得遥远而安静，唯有隐隐的回声，似是远处的浪花，起伏回荡。

泰山俯身，轻柔地将简放在草地上，一种梦幻般的安宁自她心头掠过。她抬起头，望向上方这个伟岸的男人，那种奇异的安全感愈发强烈了。

泰山穿过圆形空地，向对面的大树走去。简半开双眸，细细打量：他风度翩翩，身姿绰约，浑身上下匀称非常，多一分则多少一分则少，一颗英俊的头颅在宽阔的肩膀上，高贵地昂扬。

多么完美的男人啊！如此天神般的人物，又怎会与凶残、卑鄙相干？自上帝按照他自己的模样造人以来，还从未出现过这般可与之媲美的人。

泰山纵身跃入树丛。简惊诧，他去哪儿了？难道他把她孤零零地扔在这荒蛮的丛林不管了吗？

她紧张地瞥向四周，似乎每一条藤蔓、每一丛灌木都埋伏着可怕的巨兽；每一丝声响都是它们悄悄匍匐的声音。它们正磨牙擦爪，准备扑咬她白细的嫩肉。

她吓坏了。没有他，一切竟是这般不同！

仅仅几分钟，简却感觉仿佛过去了好几个小时。她坐在草地上，犹如一只惊弓之鸟，就等着哪只蜷缩在丛林里的野兽一跃而起，结束她痛苦的煎熬。

甚至，她还祈祷野兽快些来，给她一个了断。这样她就可以从这难捱的恐惧中解脱了。

突然，背后传来一个轻微的声响。她尖叫着跳起来，转过身，摆出一副视死如归的表情。

泰山站在那里，手里捧着一堆熟透的鲜美果子。

见简摇摇晃晃，马上就要摔在一旁，他急忙扔下果子，一把将她搂住。她没有晕厥，而是紧紧抓着泰山，像一只受惊的小鹿，浑身颤抖。

泰山抚摸着她柔软的头发，轻柔地安慰。小时候，每每被母狮赛贝或毒蛇西斯塔吓着，卡拉便会这样哄他。

他在她的额间落下轻柔一吻，姑娘未动，闭上眼睛，轻轻地叹息。

她无法理解自己的感情，也不想去理解了。在泰山有力的臂弯里，她很安心，这就足够了。至于以后的事儿，就听天由命吧！她信任的人不多，但在过去几个小时的相处中，她知道，自己可以像相信他们一样地信任眼前这个怪人。

这种感觉很奇妙。她朦朦胧胧意识到，这大概就是她从未真正体会过的爱情吧。想到这里,她不由笑了。

简轻轻推开泰山,望向他,笑眼里半掩戏谑,愈发美得动人心弦。她在泥鼓一边坐下,指了指地上的果子。她饿了。

泰山赶紧把果子都捡起来,放到她的脚边,自己也挨着她在泥鼓边坐下,用猎刀将果子切开,献给心爱的姑娘。

两人默默地吃着,不时偷看对方一眼。后来简咯咯地笑出了声,泰山也跟着笑了起来。

"你会说英语就好了。"姑娘说。

泰山摇了摇头,笑眼里透着渴望和哀伤。

简先后试着用法语和德语和他交流,但是那蹩脚的德语一出口,她自己就先笑了。

"算了,"她又回到英语,"你肯定和柏林人一样,听不懂我说的德语。"

下一步该当如何,泰山心中早有定夺。他回忆了一下之前在书中读到过的男女相处之道,设想书中的男人此时会作何反应,便也依此行事。

他又起身走进丛林。不过这回,他事先打手势告知了简,让她放心,很快就回来。他的手势精准明了,简一眼就看懂了,待他走后,并没有像之前那般感到恐惧,只是心头平生出了一丝孤独。

她睁着水汪汪的眼睛望着泰山消失的地方,等着他的归来。与上次一样,背后传来一个轻微的声响,简知道,他回来了。她转过身,看见泰山抱着一大捆树枝,从草地那边走来。

泰山未作停歇,又钻进丛林,几分钟,手里抱回了许多软草及蕨类植物。尔后,他又去了两趟,趟趟"满载而归"。

他用蕨和软草在地上铺了一个松软、平整的卧榻,并在中部细密地支起几英尺高的树枝。随后,他在上面铺了一层象耳树宽厚的叶子,用枝叶堵住一端,搭就了一个临时小窝。

做完一切,他们又挨着泥鼓边儿坐下,试着用手势交谈。

泰山脖子上戴的那个精巧绝伦的、镶嵌着钻石的小金盒令简惊叹不已。她朝它指了指,泰山取下来递给了她。

她看出这条项链出自于技艺精湛的名匠之手,小金盒上的钻石璀璨生辉,排列得极为考究。从钻石的切割来看,它应该制于过去时代。

她还注意到小金盒可以打开。她按了一下隐藏的扣钩,小金盒哒的一声弹开,两面都刻着象牙微型人像。

一面是个美丽的女人,另一面是个男人,那男子除了表情有细微的差别,长相与身旁的男人别无二致。

她抬起头,看见泰山倾身靠近,凝视着微型人像,一脸惊讶。他伸手取过项链,新奇而惊喜地仔细瞧着。显然,他以前从未见过这两幅画像,而且压根儿没想过这个小金盒还能打开。

简不禁大胆猜测,展开想象,这样一件珍品为何会落入非洲原始森林的野人手中?

更奇妙的是,小金盒里的微型人像与身边这个男人这般相像,看着像是兄弟,更像父亲,他怎么会连小金盒能打开都不知道?

泰山的目光仍停留在那两幅画像上。过了一会儿,他从肩上卸下箭筒,把箭全都倒在地上,从里面掏出一个小包,上面包了许多层柔软的树叶,还系着一根长草。

他小心地打开小包,剥去层层树叶,从里面取出一张照片。

他把照片递给简,将小金盒举到旁边,指了指上面的男人。

姑娘惊愕不已,照片上的男人和小金盒上的竟是同一个人。

她抬头望了一眼泰山,见他也望向自己,目光中充满了困惑。他张了张嘴,像是要问什么问题。

姑娘指了指照片，指了指画像，又指了指他，像是说，以为这是他的相片。泰山只是摇摇头，耸了耸肩膀，从她手里拿回照片，仔细包好，重新放回了箭筒。

他沉默地坐了一会儿，眼睛定定地望着大地。简捧着小金盒，翻来覆去地瞧着，试图找出更多有关原主身份的线索。

后来，她突然想到了，这金盒的主人可能是格雷斯托克公爵，那两幅人像便是他和爱丽丝夫人。身旁的男人可能是经过海滩时，恰巧在小屋里找到了它。她真傻，竟不曾想到这一点。

但是为何两人会如此相像，她就不得而知了。简自然是做梦也不会想到，眼前这位赤身裸体的野人正是一位英国贵族。

最后，泰山抬起头，凝望着正在查看小金盒的姑娘。他不懂那两幅画像背后隐含的深层意义，但是，他能从身旁鲜活的女孩脸上看出她满心欢喜、兴趣盎然。

简发现他一直望着自己，还以为他要这条项链，便伸手递给他。泰山接过项链，双手绕到姑娘白皙的颈后，为她戴好，微笑地望着姑娘一脸惊讶的表情！

简未曾想到泰山会把挂坠送给自己。她连连摇头，想把这条金挂坠从脖子上取下来。泰山自是不许，见她执意取下，便紧紧握住她的手。

简不再坚持，轻声浅笑。为表感谢，她捧起小金盒覆上一吻，站起身来。

泰山不甚理解，却猜出姑娘是在表达自己心仪这份礼物。于是也站起来，捧起小金盒，像古时的朝臣一样，弓身在姑娘吻过的地方落下一吻，聊表敬意。

这种自然流露的绅士风度蕴含在他高贵而优雅的骨血里。他生于贵族，身上自是传承了家族世世代代的优良基因。纵是长于蛮野，也无法消除他体内高尚的本质。

天色渐浓，他们又吃了些野果，充饥解渴。随后泰山起身，带着简来到小窝跟前，示意她进去休息。

几个小时以来，简第一次心生恐惧。泰山察觉到姑娘在后退，好像要从他身边逃离。

与姑娘相处了半天，此时的泰山，非复清晨日出之泰山。

现在，他的每一个细胞都喧嚣着压抑已久的人性，完全湮没了他多年在蛮荒丛林里练就的全部直觉与判断。

他当然不可能瞬息从一个野蛮的人猿变成一位优雅的绅士，但最终人性占了上风。他希望可以博得心上人的欢心，想在姑娘心中留下好印象。

于是，泰山从刀鞘里抽出猎刀，调转刀锋，将刀柄一侧递给姑娘，再次示意她进里面歇息。为了表明自己绝无歹意，这是他唯一能想到的办法。

姑娘懂得他的意思，接过那把长长的猎刀走进小窝，躺在了松软的草堆上。泰山则横躺在外面，用身子挡住小窝的入口。

太阳缓缓升起。

简从睡梦中醒来，一时间，完全忘记了前一天发生过的种种怪事。看到周围奇怪而陌生的一切，她惊奇无比——树叶小窝、柔软的草塌，还有脚边入口外的奇丽景色。

慢慢地，昨天发生的一切，一件一件地在她的脑海里浮现。她惊喜万分，无以言表，心里翻涌起阵阵感激的浪花。身陷如此险恶之地，自己竟没有受到半点伤害。

她爬出小窝去寻泰山，却不见泰山踪影。但这一次她毫无恐惧，姑娘知道，他很快就会回来。

小窝前的草地上还留有他躺过的痕迹。他就这样躺在那儿彻

血脉相传 | 189

夜守护。自己能安安稳稳地一觉睡到天明，全是因为有个他。

有他在身边，又何须担惊受怕？世上还有像他这样能让姑娘在非洲原始森林腹地也能感到安心的男子吗？现在，纵是有狮豹跃出，她也毫无惧意。

她抬起头，看见一抹矫健的身影。泰山轻轻一跃，从旁边的一棵树上落下，见姑娘正望着自己，他的脸上又绽放出昨天那种坦率、明朗的微笑。正是这微笑，赢得了她的信任。

泰山向她走来，简的心不由怦怦直跳，一双眼睛闪闪发亮。这是她在其他任何男人面前都不曾有过的模样。

他又采回了许多果子，放在小窝外面。两个人坐在一块儿开始享用早餐。

简寻思着泰山下一步会如何？是把她送回到海滩，还是要继续留她在这儿？突然间，她发觉，无论在哪儿，对她而言都无关紧要。但是，她真能不在乎吗？

在这遥远的非洲伊甸园里，和笑容明朗的"丛林巨子"坐在一起享用鲜美果实，她是那样的开心、满足。

她不懂，按理说，眼下前途未卜，她本该心急如焚，骨颤肉惊，甚至万念俱灰。但现在，她的心儿在歌唱，眼里溢着笑，看得身旁的泰山也笑了。

吃过早餐，泰山钻进小窝取回自己的猎刀。姑娘早就把它忘在了脑后，之前接过刀的那种恐惧已经荡然无存。

泰山向圆剧场边上的大树走去，打手势让简跟上。他一把搂住她的腰肢，荡进了林间。

姑娘知道，他是要护送自己回到朋友身边。不知怎的，心里突然空落落的，很不是滋味。

他们在林间飞荡，一荡就是几个小时。

泰山并不急于赶路。那两条可爱的手臂正圈着他的脖颈,他想尽可能地延长这段甜蜜快乐的时光。于是,他一路向南,绕过可以径直抵达海滩的路,迂回前往海滩。

这点路程对泰山而言不算什么,但是途中,他们还是几次停下,稍作休息。中午,他们来到小溪边,喝了些水、吃了几个果子,又逗留了一个小时。

日落时分,他们才抵达海滩。泰山从大树一侧跳下,拨开眼前高高的草丛,向简指了指那间小屋。

简拉着他的手想带他一起回去。她要告诉父亲是他救了自己,还像母亲一样细心照料,否则这会儿她可能已经死了,或者正面临着比死亡更可怕的厄运。

可是,森林中的野物面对人类所固有的胆怯又一次袭涌而来。他倒退几步,摇了摇头。

姑娘朝他走近,抬起头,满目恳求。不知怎地,一想到他要独自回到那可怕的丛林,她就无法忍受。

他仍是摇头。最后,他非常温柔地将她拉到身边,弯下腰在她的唇上落下一吻。不过在此之前,他望进姑娘的眼睛,看姑娘是否乐意。

姑娘犹豫了一下,察觉到他是在征询自己的意见,当即张开双臂紧紧搂住他的脖子,捧起泰山的脸庞,热烈地亲吻,毫无羞涩。

"我爱你……我爱你!"她喃喃地低语。

远处隐隐传来密集的枪响。泰山和简抬头望去。

菲兰德先生和埃斯梅拉达走出小屋。

泰山和姑娘站在树下,根本看不见在海湾抛锚的两艘船。

泰山指了指枪声传来的方向,拍了下胸口,又指回那里。简看懂了,他要迅速离开,去搭救自己的朋友与亲人。

血脉相传 | 191

他又吻了吻她。

"你一定要回来,"她轻声说,"我等你……永远。"

他走了。简转身穿过空地,向小屋走去。

菲兰德先生最先看到她。但天色暗沉,加上高度近视,他完全没认出来那是简。

"埃斯梅拉达!"他喊道,"赶快躲回屋里。这儿有一头母狮子……天呀,救救我吧!"

埃斯梅拉达根本不等亲眼验证,菲兰德那惊恐的语气足以吓得她魂飞魄散。她一溜烟儿冲回小屋,未待菲兰德喊完她的名字,便砰的一声关紧屋门,在里面落上门闩。

"天呀,救救我吧!"便是埃斯梅拉达仓皇间将菲兰德先生连同"狮子"一同关在屋门外后,老人绝望中喊出的。

他发疯似地敲打那扇沉重的大门。

"埃斯梅拉达!埃斯梅拉达!"他尖声大叫,"快放我进去!不然我就要被狮子吃掉了!"

埃斯梅拉达听到敲门声,还以为是狮子正破门闯入,想来捉她,老毛病一犯,又晕过去了。

菲兰德先生转头,惊恐地向后一瞥。

太可怕了,那家伙近在咫尺!他攀着小屋一侧想要爬上屋顶,别说,还真巧,让他揪住了一根屋顶上茅草。一时间,他犹如一只吊在晾衣绳上猫,在半空中不停地"抓挠着"双脚。然而很快,那根茅草就被他扯了下来,他猛地跌到地上,摔了个四脚朝天!

就在跌落的刹那,他的脑海里猛然闪过自然历史书中读到过的惊心肉跳的一幕。按照菲兰德先生经常出错的记忆,上面好像是说:遇到公狮子或者母狮子,只要装死,它们就会舍弃猎物。哎,可怜的老头儿把熊瞎子和大狮子搞混了!

于是，菲兰德先生一落地，就一动不动地躺在那里，"死状"颇惨。他背部着地，手脚直挺挺地向上伸着。他一心"求死"，都没敢乱动，认真的样子实在教人难忘。

简惊讶地看着他那滑稽的表演，忍不住地咯咯直笑。虽然声响不大，却还是"唤活"了菲兰德先生。他翻过身来，向四周张望，终于看见了简。

"简！"他大喊一声，"简·波特！上帝保佑！"

他立刻站起来，冲了过去。他不敢相信这是真的，简竟然还活着！

"上帝保佑！你是从哪儿回来的？你到底去哪儿了？你怎……"

"快停停，菲兰德先生，"姑娘打断他的话，"我一下子可记不住这么多问题。"

"对，对，"菲兰德先生连忙说，"上帝保佑！看见你安然无恙，我简直太高兴、太惊讶了，都语无伦次了。我简直不知道该说什么。快过来给我讲讲，都发生了什么？"

Chapter 21

落难村庄

　　法国探险小分队在密密麻麻的丛林里艰难跋涉。随着搜寻的不断深入，他们愈发觉得此行希望渺茫。但是一看到老头儿忧伤的目光和英国小伙子满怀希望的眼神，好心的达诺中尉就不忍心下令原路返回。

　　他确信简已经成了野兽的腹中食，就算找到，也可能只是尸身，或是遗骨。中尉从发现埃斯梅拉达的地点起，将士兵一字部署开来。他们不断前进，在藤蔓缠绕的密林展开撒网式搜寻，汗流浃背，气喘吁吁，但前进得极其缓慢，到了中午，才走出几英里。搜查队停下，稍作休顿。随后又继续前进，没走多远，一位士兵赫然发现了一条林间小路。

　　恰是大象踩出的小路。达诺中尉和波特教授、克莱顿商量一番后，决定沿着这条小路搜寻。

　　小路蜿蜒盘绕，向东北方向延伸。搜查队一路纵列踏路前进。

眼下，小路相对开阔，少有枝蔓横生。达诺中尉走在队伍最前头，脚步飞快。波特教授在他身后，却跟不上年轻中尉的速度，足足落后了一百码。达诺正走着，突然，六个黑人武士将他团团包围。

达诺大喊一声，向士兵发出警报，还没等他拔出手枪，那群人就将他掳走，拖进了丛林。

听闻叫喊，士兵们一个激灵，立刻进入戒备状态。六名士兵从波特教授身后窜起，飞也似地跑去营救他们的中尉。

他们并不知道发生了什么。达诺那一声警报只说了前方危险。

他们刚冲到事发地点，一支长矛便从密林中飞来，正中一名士兵。紧接着，箭如雨下，密密麻麻地向他们射来。

士兵们举起枪，朝射来毒箭的灌木丛连连射击。

此时，后续部队也都赶了上来，一波接一波地向匍匐在灌木丛里的敌人连番扫射。这正是人猿泰山和简·波特听见的枪声。

沙赫冯提中尉一直在队伍后方压阵，这会儿才赶到事发地点。听闻前方敌人埋伏的详细报告后，他率领一众钻入厚密的林子。

顷刻之间，他们与邦加的五十多名黑人武士展开了近身肉搏，野蛮、血腥。毒箭和子弹密密交织，又快又猛。

一时间，奇形怪状的非洲刀片子和法国枪杆子猛烈地撞击着。但不一会儿，黑人武士就向密林深处四散飞逃，只剩下损失惨重的法国人留在原地。

二十个士兵死了四个，伤了十二个，达诺中尉也不知去向。夜，很快拉开帷幕，他们进退两难。雪上加霜的是，他们连下午走过的小路也找不着了！

现在只能就地扎营，一切等到天亮再说。沙赫冯提中尉下令清出一块空地，并在营地四周扎上一圈灌木网，以提防野兽、黑

落难村庄 | 195

人来袭。

士兵在空地中间生起一堆火，入夜许久，才在火光下做完一切。

待防护工事修筑完毕，沙赫冯提中尉在这小小的营地四周布下哨兵。大伙儿又饿又累，纷纷扑倒在地，想要赶快睡觉。可是伤者呻吟不断，火光与声音又引来野兽嘶嚎，士兵根本无法入睡。一个个的只能撑着一双疲惫的眼，断断续续地打几个盹儿。这群饥饿、沮丧的法国人，就这样躺在漫长的黑夜里，默默祈祷黎明的曙光。

那些掳走达诺的黑人没有等着参加"后续部队"的战斗。他们拖着俘虏在丛林里走了一小会儿，便另辟蹊径向更深的地方远去，根本没管身后的那场血战。

他们催促着达诺快点走。枪声渐渐远去。忽然，达诺眼前豁然开朗，他们来到了一大片空地。空地的尽头有一座小村庄，屋顶盖着茅草，周边围着栅栏。

又到了黄昏，尽管天色暗沉，但放哨人还是老远就看见了三人。未待他们走至门口，他就瞧出里面有个俘虏。

村子里一片欢呼。女人和孩子蜂涌而出，向他们冲来。

这位法国军官的噩梦开始了，他这辈子都没经历过这样可怕的场面！一个白人，进入一个非洲食人族村庄，其结果可想而知。

比利时国王利奥波德二世是个彻头彻尾的伪君子，他手下的那群白人军官惨无人道地在这帮黑人和他们的亲人身上施加暴行。正是因为那帮刽子手，他们才逃离刚果自由州，躲进这片荒蛮的林野。曾经盛极一时的部落现在只剩下可怜的一小撮人马，还多是老弱妇孺。这种仇恨刻骨铭心，黑人愈发残忍、野蛮，誓要以眼还眼，以牙还牙！

他们扑到达诺身上又抓又咬，甩着棒子，扔着石头，一双双手似利爪，恨不得撕碎了他。达诺的衣服被撕得精光，那密如雨下的拳头和棍棒，无情地落在他赤裸、颤动的皮肉上。但他一声不吭，默默祈祷，但求速死。

然而，死又谈何容易，这才只是开始，"好戏"还在后头，他们可不能让他就这么痛快地死去。不一会儿，武士把女人们从俘虏身旁撵走。第一波仇恨的激浪退却，第二波又起。他们肆意谩骂、侮辱俘虏，还冲他吐唾沫。

接着，黑人们拥到村中央，把达诺结结实实地绑在那根巨柱上。迄今为止，还没有哪个人能从上面活着走下来。

一些女人回到小屋，端锅取水。剩下的女人留下来，生起一堆堆篝火。她们准备在活人宴上煮一部分，剩下的晒成肉干儿，留以后享用。女人们盼望着其他武士会带回更多的俘虏。

活人宴并没有马上开始，那些在丛林里与白人短兵相接的武士还未归来。待全村人到齐，天色已经很晚了。黑人绕着在劫难逃的军官，跳起死亡狂欢舞，宴会开始了！

达诺周身疼痛，疲惫不堪，处于一种半昏迷的状态。他半启沉重的眼皮，看到眼前的一幕，不知是自己神经错乱，还是在做噩梦。若是噩梦，天哪，快让他醒来吧！

那凶狠的涂着诡异色彩的兽脸、肥厚的嘴唇、锉得尖利的黄牙、直冒邪光的眼睛、黝黑发亮的赤身、残忍的长矛……不，造物主绝不会造出这等生物，他一定是在做梦。

野人狂乱地甩动着身体，不断向他迫近。包围圈越来越小，一支长矛刺向他的手臂。突如其来的剧痛与汩汩流淌的热流将他拉回可怕的现实之中，达诺中尉不得不又一次面对这绝望的处境。

一枪，又一枪……他闭上双眼，咬紧牙关，一声不吭。

他是一名法兰西战士。他要让这些野蛮人知道，一名军人、一位绅士，在面对死亡时，应有怎样的姿态！

无须多言，枪声一响，泰山就知道远处发生了什么！姑娘的吻还留有余温，他已然荡进了丛林，向邦加的村庄径直飞去，速度快得不可思议。

泰山没有前往冲突地，他约摸战斗很快就会结束。对于那些战死的，他无能为力，至于那些逃跑的，也无需他出手相助。

他担心的是那些既没有战死、又没能逃脱的俘虏。他很清楚在哪里能寻到他们——邦加村子中央的巨柱上！

泰山曾多次看见黑人武士带着俘虏从北面回来。然后，在飞舞的火舌下，总会看到他们绕着那根死亡之柱，摆开同样的筵席。

他还知道，黑人开刀从不会在准备活动上耽搁太久。即使现在赶到，恐怕也只来得及替死者报仇。

从前，泰山都是饶有兴趣地在上面欣赏他们的盛宴，偶尔玩心大发，才会出手干扰。不过，迄今为止，那些挂在柱子上的倒霉蛋儿都是黑人。

今晚，却有所不同，他们绑的是泰山的族人——白人。那几个白人可能正在柱子上承受着非人的折磨！

想到这儿，泰山似离弦之箭，飞身而去。夜幕降临，树枝摇曳，皎洁的月光从树顶洒落，照亮了热带丛林影影绰绰的僻静小路。

不一会儿，他远远地看见，路的右侧似是有火光闪现，正是法国人的营火！泰山却以为这是老头儿和小伙子遇袭前生起的篝火，完全不知岛上来了一批法国士兵。

泰山对丛林了如指掌，对自己的判断更是深信不疑。他没有偏离自己的路线，在距火堆半英里远处，飞驰而过。

几分钟后，泰山便凌空来到邦加村庄。啊，还不算太晚！诶？不会是太晚了吧！他一时也说不清楚。只见柱子上那人一动不动，但黑人武士却还在刺他。

按照他们的惯例，这致命的一刀还没刺出去。泰山了解他们的习惯，甚至能确切地判断出黑人的狂欢舞进行到了哪里。

下一步，邦加就会割下那白人的一只耳朵，舞蹈就此结束，饕餮盛宴正式开始。届时，俘虏将瞬间被大卸八块，只剩下一堆痛苦扭动的血肉。

他仍然活着，但死亡将是唯一的恩典。

那根柱子离最近的一棵树有四十英尺。下面群魔乱舞，鬼吼鬼叫。泰山盘好绳子，蓦地发出一声充满挑战意味的可怕猿鸣。

舞蹈戛然而止，黑人呆若木鸡。

绳索"嗖嗖嗖"地在黑人头顶呼啸闪过，但篝火明灭不定，难寻其踪。

达诺睁开眼睛，眼瞅着身前的大块头像是突然被一只无形的大手猛力一推，仰头栽倒在地。

他奋力挣扎，尖声惨叫，身子来回滚动，很快便消失在了树阴里。

黑人见状，一个个吓得目瞪口呆。

突然，大块头又从树下直挺挺地升至半空，隐入茂叶的一刹，黑人吓得嘶声大叫，发疯似的朝村口涌去。

只剩下了达诺。

他是个勇敢的人，但是听到那声响彻半空的诡谲呐喊，还是不禁汗毛倒竖。

这里似乎隐藏着一股神秘力量。见大块头突然扭动着身子从树下窜进繁枝茂叶里，达诺只觉脊背发冷，好似死神从黑色的坟墓爬出，用湿冷、滑腻的手指抚摸他的肌肤。

达诺望着那棵大树，听见一阵窸窣。

落难村庄 | 199

树枝似是无法承受大块头的体重,摇摇欲坠。"扑通",随着一声闷响,大块头直直坠落,四肢大张,一动不动地躺在地面。

一个白人小伙儿紧随其后,不过他是自己跳下来的。

达诺看着这个四肢修长的年轻巨子从阴影中迈出,在明灭不定的火光里,向他快步走来。

他想干吗?他是谁?无疑,此人在这里出现,必然也是来折磨、啃食自己的。

达诺静静等待着,眼睛一眨不眨地望着迎面走来的小伙儿。在他的凝视下,小伙子那双坦率、清澈的眼睛却不曾有过半分躲闪。

这样一张真诚的面孔,又怎会包藏祸心!达诺放下心来,却仍不抱什么希望。

泰山默不作声地割断法国人身上的绳子。达诺遍体鳞伤,失血过多,脚下一虚,差点摔倒在地。泰山连忙伸出有力的手臂将他扶住。

达诺感觉自己好像离开了地面,似是在空中飞行,之后便没有了知觉。

Chapter 22

法军搜寻

东方吐白,黎明的曙光洒向林中腹地,照亮了法国人笼着悲惨与沮丧的小小营地。

待看清周围的景物,沙赫冯提中尉率众兵分三路,四面八方寻找小路。只消十分钟,搜查队便觅得踪迹,急忙返回海滩。

昨夜又死去了两名战友,他们抬着六具尸体,步履维艰。队中还有几名需要搀扶的伤员,队伍行进得愈发缓慢。

沙赫冯提决定先回海滩寻求援兵,再来寻找黑人,救出达诺。

下午四五点钟,这群精疲力竭的法国人才回到海滩。但是对波特教授和克莱顿而言,能够平安回来已经是莫大的幸福,一瞬间忘却了所有的痛苦与悲伤。

走出丛林,两人打眼就看见了站在小屋门口的简。

姑娘欢呼雀跃,跑过去迎接他们。她搂着父亲的脖子,潸然泪下。自从被扔到这可怕的险滩,她还是第一次失声痛哭。

波特教授极力压抑着自己的情绪。可是他紧绷的神经和孱弱的身体再也无法承受这波涛汹涌的浪潮，终于将苍老的面庞埋进了姑娘的肩头，像个疲倦的孩子，默默抽泣。

简搀着他走进小屋。法国兵转身走向海滩，与前来的战友会合。

克莱顿默默离开，给父女俩腾出单独相处的空间。他走到士兵那里，和几位军官闲聊了一会儿。后来，法国兵乘着小船划向巡洋舰——沙赫冯提中尉准备向舰长报告此行的不幸遭遇。

克莱顿转身慢慢返往小屋。心爱的姑娘平安无事，他满心欢喜。

真想知道她是如何奇迹般地逃离生天。看见她活生生地站在门口的一瞬，他简直不敢相信自己的眼睛。

临近小屋，姑娘正往外走。见到克莱顿，简赶忙走上前去。

"简！"他激动地唤她，"上帝垂怜。告诉我，你是如何逃出来的？神怎么把你带回到我——们身边的？"

他从未这般不加姓氏地唤过简的名字。倘若四十八个小时前，他这样唤她，简的心里定会漾起甜蜜的柔波，但现在，她感到恐慌。

"克莱顿先生，"她伸出手，平静地说，"谢谢你在危难之际还义无反顾地追随家父。父亲已经将你高尚无私的义举说给我听了，我们真不知道该如何报答你。"

克莱顿听出了姑娘语气的疏离，但他并没有放在心上。她遭受了那么多的劫难，现在的确不是谈情说爱的时候。

"我已经得到回报了，"他说，"你和波特教授平安、团圆就是对我最大的回报。看着他不吵不闹、默默忍受悲伤，我心如刀绞，再也承受不住了。

"波特小姐，我人生中从未经历过那种极致的悲伤。虽然我自己也承受着莫大的哀伤，但波特教授的伤情却透着叫人落泪的绝望。它让我明白，这世上没有一种爱能比父爱更深、更沉、更久

202

死不悔。纵是夫妻之爱也不能！"

　　姑娘低下了头。她心里堵着一个问题，可是看到那两张深爱她的面庞，她就羞于启齿，怕亵渎了深情。在他们饱经折磨时，自己正含情脉脉地坐在"丛林上帝"身旁品食鲜果，笑得那样欢快！

　　她没有想过为自己的良心寻找托辞，可是爱情很玄很妙，常常让人不由自主。她一边恨这样的自己，另一边却还是忍不住问出了口。

　　"营救你们的那个丛林男子呢？他为什么没有回来？"

　　"啊？"克莱顿费解，"你说的是……"

　　"那位搭救过我们五个的人呀！就是他把我从大猩猩的手里救出来的。"

　　"哦！"克莱顿甚是惊讶，"是他救的你？你是不是自己都忘了，你还没告诉我发生了什么呢，快和我说说！"

　　"但那个丛林男子？"她还在问，"你没见着他？我们在丛林深处听见了隐隐约约的响声，一到海滩，他就把我放下，赶向了事发地。我看得出他是去帮助你们了。"

　　她语气几近乞求，神情紧张，极力按捺着心中的波澜！克莱顿将这些尽收眼底。他也说不上来，心里就是闷闷地想要知道，她为什么会这样急切地打探那个怪人的下落？但他也没有深究，谁能想到简会爱上一个野人？

　　他的心头盘旋着一种莫名的恐慌。他不知道，在自己的心底，对于救过自己性命的泰山，第一颗嫉妒与怀疑的种子已经悄然埋下。

　　"没有，他没有过来，"克莱顿平静地说完，又沉思片刻。"或许他是去援助自己人了，就是那群攻打我们的黑人。"他不知道为什么要这样说，这话连他自己都不信。

法军搜寻 | 203

姑娘睁大眼睛望着他。

"不可能！"她异常激动，大声反驳。克莱顿没想到她的反应会这样强烈。"绝不可能！那些人是蛮横的黑人，他是白人，是绅士！"

克莱顿大惑不解。他感觉身边似乎有一群绿眼小恶魔在嘲弄着他的落魄。

"波特小姐，他也是这丛林里的一个野人。我们对他没有半分了解。欧洲各国的语言他既不会说，也听不懂。而且他的装饰和武器与西非海岸的野人别无二致。"

克莱顿飞快地阐述着自己的观点。

"波特小姐，方圆几百英里之内，除了野人便再没有半点人类的踪迹。他定是那群黑人部落或其他野人部落的一员，说不准还吃人。"

简脸色苍白。

"我不相信！"她的声音很轻很轻。

"这不是真的，"她对克莱顿说，"他会回来的，终有一天他会回来证明你是错的！我比你了解他。他是一位绅士。"

克莱顿是个极有风度的豁达男人。可是看到简不遗余力地维护那个丛林怪人，他不禁醋意横生。当下，他全然忘了他们一行人受过泰山多少恩惠，唇角半勾，轻蔑地笑着。

"波特小姐，或许你说得没错，可是，我觉得我们没有必要担心一个生吃腐肉、与我们仅有数面之交的人。他可能是个半疯的流浪汉，说不准很快就会把我们忘了。但肯定的是，我们一辈子也不会忘记他。波特小姐，他只不过是丛林里的一头野兽。"

姑娘没有答话，但却感觉自己的心揪成了一团。

任何对心爱之人的憎恨与谩骂都只会让我们铁石心肠，但轻视与怜悯则会叫我们沉默、羞愧。

她知道克莱顿仅仅是在表达他自己的看法。她第一次分析起这段初恋的"地基",并用世俗的眼光将它反复审阅。

她慢慢转身,向小屋走去,脑海里想象着"丛林上帝"和自己一起坐在客轮大厅里的模样。她仿佛看见他像野兽一样用手撕扯着食物、在大腿上面擦着油腻腻的手指。简不由打了一个寒颤。

这样一个粗野莽夫,她要怎么向朋友介绍他?想到这里,简不由心生却步。

回到小屋,姑娘在那张铺着蕨类植物和长草的"席榻"边坐下,伸手按着起伏不定的胸膛,却在手腕下触到了他给的那个硬邦邦的小金盒。

简将它掏出,捧在手心端详了许久,眼泪直在眼眶里打转。她把金盒举到唇边,落下热烈一吻,随后将脸埋进软草里,抽噎哭泣。

"野兽?"她喃喃着,"那就让上帝把我也变成一只野兽吧。无论是人是兽,我都是你的。"

这一天,简没有再见到克莱顿。埃斯梅拉达给她送晚餐时,姑娘让她转达父亲,自己惊吓过度,需要休息。

第二天清晨,克莱顿和救援队早早出发去寻找达诺中尉。这次去了两百名全副武装的士兵,外加十名军官、两名军医,还带足了一周的军粮。

士兵背着被褥和运送伤病人员的担架。

法国人的心中燃烧着熊熊怒火,此行不达目的誓不罢休!这既是一支救援队,也是一支征伐队!他们此番熟知路线,毫无耽搁,刚过中午,便抵达了冲突地。

大象踏出的小路直通邦加的村庄。下午两点,先头部队便来到了空地的边缘地带。

指挥官沙赫冯提中尉立刻派两支分队，一支穿过丛林，包抄村头，另一支把守村口栅门。自己则带领剩余部队留在林中空地南端。

沙赫冯提的战略如下：待最远一支分队——埋伏在北边的士兵也顺利就位，便立即发起进攻。北边的枪声一响，三支部队同时从四周涌现，力求以迅雷不及掩耳之势，一举拿下村庄。

沙赫冯提中尉带着士兵在茂密的丛林里蹲了半个小时，等待出兵信号。时间漫长得仿佛过去了几个小时。他们看到一群黑人在田里耕地，还有一些在栅门口进进出出。

终于，一声锐利的枪鸣响彻云天，埋伏在丛林西面和南面的士兵同时开火，与那枪声交相呼应。

田里的黑人扔下耕具，疯狂地朝栅门跑去，却一个接一个地倒在枪林弹雨中。法国士兵踏着地上横七竖八的尸体径直冲进村庄。

突如其来的侵袭打得黑人措手不及。惊恐的村民还没来得及关紧栅门，白人已经纷至沓来。一时间，村街上满是全副武装的战士，双方短兵相接，战况胶着。

黑人武士只在村口坚守了一会儿，法国人的手枪、步枪和军刀打得他们毫无招架之力，未待拉弓、掷矛便纷纷倒下。

见达诺的制服穿在几个黑人身上，仇恨的火焰映红了士兵的双眼。很快，在法国人疯狂的攻势下，黑人节节溃败。随后，他们大举屠杀黑人，整个村庄血流成河。

他们放过了那些手无寸铁的妇孺。最后，所有人都停了下来，一个个气喘吁吁，全身湿透，浸着汗水与鲜血！邦加村子全军覆没，再没有了反抗。

他们仔细搜查了村子里的每一间屋子和每一个角落,却没有发现达诺的踪影。他们比划着手势审问俘虏,却一无所获。有个士兵曾在法国殖民地——刚果地区服役过,操着一种能使白人和沿海地区落后部落都能听懂的混杂语,却依然没能问出达诺的下落。

黑人一听到达诺就激动地比比划划,惊恐万状。最后大伙儿确信,可怜的达诺两天前已经被这群魔鬼杀了吃了。黑人满脸的恐惧就是证据。

法国士兵心灰意冷,打算在此扎营过上一夜。他们把俘虏赶到三间茅屋,严密把守,还在栅门设了岗哨。村野四合,万籁俱寂,唯有黑人妇女不时为死去的亲人发出阵阵哀嚎。

次日清晨,法国士兵踏上归程。他们原本打算烧毁村庄,可是看见那些椎心泣血的黑人妇孺,实在不忍,便留下了村庄。这样,至少她们还有片遮风挡雨的屋顶和一道抵御野兽的栅门。

救援队顺着来时的路缓缓前进。十副担架拖慢了他们的行军速度。其中八个伤势较重,还有两个英勇就义,沉重的尸身在颠簸中左右摆荡。

克莱顿和沙赫冯提中尉断后。一路上克莱顿沉默不语,不去打扰身旁黯然神伤的中尉。达诺和沙赫冯提从小就是形影不离的好朋友。

中尉的悲伤愈加强烈,克莱顿心想他定是觉得达诺的牺牲毫无意义。首先,达诺落入黑人手里前,简就已经得救。另外,此次营救完全不在他的职责范围内,而他却为了一个素未谋面的异国姑娘客死他乡。克莱顿对沙赫冯提说出心中所想,中尉却摇了摇头。

"不,先生,"他说,"这是达诺的选择。我只是难过自己不能

法军搜寻 | 207

替他而死，或者，至少陪在他的身旁。先生，您若是能更了解他一些就好了。他是一位真正的军人，也是一位真正的绅士，被冠以这头衔的人有很多，但当之无愧的却寥寥。"

"他的死绝非轻如鸿毛。无论我们将如何走向终结，他为一个素昧平生的美国姑娘而死都会使活下来的战友更加坦然地面对死亡。"

克莱顿没有答话，可是内心深处，他对法国人的敬佩油然而生，甚至在未来的岁月里也不曾黯淡分毫。

回到小屋，天色已晚。走出丛林前，他们朝空中放了一枪，向小屋和船上的人宣告救援太晚，任务失败。他们事先约好，回到小屋前，会在一二英里外鸣枪报讯。放一枪，表明任务失败；放三枪，表明任务成功；放两枪则表示没有寻得达诺和黑人的踪迹。

听到枪声，等待他们归来的众人神色庄严、心情沉重。他们将死伤的战友轻抬到船上，默默地向巡洋舰划去，整个过程，几乎无人说话。

五天来，克莱顿一直在丛林里艰苦跋涉，期间还两度与黑人拼杀，回到海滩已是精疲力竭。他匆忙地赶回小屋，想要随便找点吃食，然后舒舒服服地躺在他的"软榻"上好好睡一觉。比起丛林里度过的两夜，那草席可是好太多了。

简站在小屋门口。

"可怜的中尉呢？"见到克莱顿，她急忙问道，"你们没找到他？"

"我们去得太晚了，波特小姐。"克莱顿悲伤地答道。

"告诉我，发生了什么事？"

"我不能说，波特小姐。那会吓到你的。"

"难道那群野人折磨他？"她紧张地低声问道。

"在他被杀之前,我们无从知晓那群人对他都做了些什么。"他满脸的悲伤与疲惫。说这话时,强调了"之前"二字。

"被杀之前?你的意思是?他们不会……他们不会……"

她想着克莱顿曾说过的话:那位"林中上帝"可能与野人部落关系匪浅,竟说不出那几个可怕的字眼。

"是的,波特小姐。他们是……食人族。"他也突然想起了那个林中怪人,说出的话近乎残忍。两天前那不明所以的嫉妒又一次袭上心头。

正如猿与"斯文"、"体贴"这样的字眼沾不上半点关系,克莱顿与"冲动"、"暴怒"也不曾有过任何瓜葛。可是他竟脱口而出:"你那位'丛林上帝'离开你之后,无疑是去赶赴人肉筵席了。"

他不知道这番话对姑娘来说是何等的残忍,不亚于一把利刃划破她的心脏。话一出口,他就感到一阵愧疚。"丛林怪人"救过他们所有人的性命,未曾伤害过任何一人,自己却毫无根据地诋毁他!

姑娘高高地昂起头。

"克莱顿先生,对于你的这番断言,只有一种回复最为合适,"她冷冷地说,"可惜我不是个男人,不然我一定会'回敬'你的!"说完,她转回身,快步走进小屋。

男人该怎么回敬?克莱顿是英国人,没等他想明白这话的含义,姑娘早已没了踪影。

"那些话……"他懊恼不已,"哎,她把我看成了一个骗子。不过我的确是自作自受!"他略作思索,自言自语道,"好了,克莱顿,我知道你累坏了,神经有些衰弱,但这不是让你丢人现眼的理由。现在,你最好回去睡一觉。"

临睡前,他在帆布这边轻声唤简,想向她致歉。不过,那边

法军搜寻 | 209

沉默不语，好像他在跟一个古埃及狮身人面像讲话似的。克莱顿只好写了一张字条，从帆布下面送了过去。

简看见字条，理都不理。她非常生气，感觉受到了莫大的伤害。不过，女人的心都是水做的，最后，她还是捡起字条读了起来。

亲爱的波特小姐：

我无法为我的行为辩解。我当时神经绷得太紧了，不过，这根本称不上理由。请你权当我没有讲过那些话。我很抱歉，惹你伤心了。在这个世界上，我最不愿意伤害的就是你。希望你能原谅我。

威廉·塞西尔·克莱顿

"他没那样想就不会说出那些话，"姑娘思索，"但那绝对不是事实！绝对不是！"

字条里的一句话吓到了她："在这个世界上，我最不愿意伤害的就是你。"

若是一个星期前看到这句话，她一定满心欢喜，可是现在，她只感到沮丧。

她希望不曾与克莱顿相遇，也为与"林中上帝"的相识黯然神伤。不，她很高兴！姑娘手里还有另一张字条——"人猿泰山"的"情书"。她从丛林回来的第二天，在小屋前面的草丛里发现了它。

这位"人猿泰山"究竟是谁？若他也是这可怕丛林中的野人，为了得到她，他有什么事儿做不出来？

"埃斯梅拉达，醒醒！"她大喊，"你都快要把我给气死了，看到周围的世界充斥着这么多的悲伤，你竟然还能睡得这样安稳、香甜！"

"天哪！"埃斯梅拉达尖叫着坐了起来，"在哪呢？什么河马？

它在哪儿？简小姐。"

"你胡说八道些什么呢，埃斯梅拉达，什么也没有，你还是快睡吧！你睡着了惹人心烦，睡醒了更糟！"

"对对对，甜心儿，可是你怎么了？这一个晚上怎么愁眉苦脸的？"

"哦，埃斯梅拉达，我今晚有些失态，"姑娘说，"不用理我就算是爱我了。"

"好的，亲爱的。快些睡吧，你现在神经太紧绷了。菲兰德先生给我们讲过什么来着？河马和野人通常都会挑天才下手。难怪我们都这么紧张了。"

简笑着走过去，吻了吻这位忠实黑女人的面颊，向埃斯梅拉达道了声晚安。

Chapter 23

寻找泰山

达诺醒来后,发现自己置身于一个用树枝搭成的 A 形小窝,身下是一张蕨和长草铺就的"软榻",脚边是出入口,一眼便能望见如茵的草地和稍远处茂密的"林墙"。

他浑身酸痛、虚弱无力。等到完全清醒过来,触目惊心的伤口愈发疼得钻心。身上惨遭毒打的部位隐隐作痛,蚀骨入肌,甚至转一下头都令他痛苦不已。

他只好闭上一双眼睛,一动不动地躺了许久。

沉睡前,他将遇险的经过前前后后梳理了一番,思索着自己身处何地——是和朋友在一起,还是仍处敌村?

终于,他想起自己被野人绑在柱子上的可怕场景,也终于想起那个奇怪的白人。失去意识前,正是那个人抱着自己逃了出来。

达诺不知道那个怪人现况如何。四周连个人的影子和声响都没有。

丛林里一直回荡着嗡嗡声：树叶沙沙作响、昆虫嗡嗡嘤嘤、小鸟啼啭啾鸣、猴子吱吱唧唧……种种声音交织缠绕，化作了一种奇妙而舒缓的低鼾。他仿佛躺在一个很远很远的地方，只听得见万物生长模糊的回声。

最后，他安然入睡，直到下午才醒来。

和早晨一样，看到身旁陌生的环境，他又懵了。不过很快，他就回想起了早些时候的事情。他透过开口向小窝外张望，见有个人蹲在草地上。

那人脊背宽阔、肌肉发达，背对着他。谢天谢地！尽管肤色晒得黝黑，但达诺还是看出他是个白人。

达诺虚弱地喊了一声。那个人转身站起，来到小窝跟前。他的面庞非常英俊，是达诺有生以来见过最英俊的一张面孔。

他弓身钻进小窝，爬到身负重伤的军官旁边，伸出冰凉的手摸向他的额头。

达诺操着法语对他说了些什么，可他只是摇头。军官不由心生怜悯。

然后，他试着用英语，可这个人还是摇头。他又讲意大利语、西班牙语、德语，结果都是一样沮丧。

达诺知道几句挪威语、俄语、希腊语，对西非海岸一个黑人部落的土语也略懂一二，但没有一种语言能让白人听懂。

查看过达诺的伤口后，他离开小窝，去影无踪。半个小时后，他抱回一些野果，手里还捧着个葫芦状的瓢，里面盛了些水。

达诺喝了水，吃了一点儿野果。他很惊讶自己竟然没有发烧，又试着跟这位照料他的怪人交谈，但仍旧是徒劳。

突然，那人冲出小窝，几分钟后又钻了进来，手里拿着几块树皮，还无比神奇地带回了一支笔。

寻找泰山 | 213

他蹲在达诺身边,在树皮光滑的内表面写着些什么,然后递给法国军官。达诺惊讶地看到,那上面写着几行清晰的英语印刷体:

我是人猿泰山。你是谁？你能看懂这种语言吗？

达诺抓起铅笔,刚想写字,又停了下来。他想,这个怪人既然写得一手英语,那肯定是个英国人。

"能,"达诺说,"我能读懂英语,也会讲。现在我们可以交谈了。首先非常感谢你为我做的一切。"

可是那人只是摇头,用手指着铅笔和树皮。

"天哪！"达诺惊呼,"你既是英国人,又怎么不会讲英语呢？"

突然,他的脑海里闪过一个念头:这人可能是个聋哑人,说不出话。

于是他也在树皮上写下几行英文:"我是法兰西海军中尉保罗·达诺。感谢你为我做的一切。你救了我的命,我的一切都是你的。恕我冒昧,你既然能写英语,为什么不会讲呢？"

泰山的回答让达诺愈发震惊:"我只会讲我们部落的语言——克查科的巨猿部落。还会说一点大象丹托、公狮子努玛,以及丛林其他野兽的语言。除了和简·波特打手势交流了一次,我从未与人类说过话。这是我第一次和我的同族用文字交谈。"

达诺迷惑不解。他不敢相信,世上竟然有从未与人说过话的成年人！更匪夷所思的是,这样一个人竟然还能读能写。

他又看了一遍泰山写下的内容:除了和简·波特……一次。这说的不就是那位被大猩猩掳到丛林里的那位美国姑娘吗？

达诺豁然开朗——那么,这位便是那头"大猩猩"了？他握笔写道:"简·波特在哪里？"

泰山在下面写道:"她在人猿泰山的小屋里,和同伴待在一起。"

"这么说,她没有死？她去哪儿了？发生了什么？"

"她没有死。特克兹要抢她为妻。可是人猿泰山从特克兹手里救了她。在它伤害她之前就杀了它。丛林里泰山所向披靡,遇到他,必死无疑。我,泰山,是一名出色的猎手!"

达诺写道:"她平安无事,我很高兴。写字牵动了我的伤,我休息一会儿。"

随后,泰山写道:"好的,休息吧。等你身体好了,我就把你送回到同伴身边。"

达诺在那张铺着蕨类植物和长草的"席榻"上一连躺了好多天。从第二天起,他就开始发烧。达诺想,一定是伤口感染,自己很快就会死去。

突然,他的脑子里蹦出了一个主意。哎呀,自己怎么没有早点想到!

他唤着泰山,用手势比划着他要写字。泰山给他取来树皮和铅笔。达诺写道:"你能把我的战友领到这里吗?我会写下亲笔信,你拿着去找他们,他们就会随你前来。"

泰山摇了摇头,接过树皮,用铅笔写道:"第一天我就想到了,但是我不敢走。巨猿经常来这里,如果让它们发现你身负重伤一个人在这儿,它们一定会杀死你的。"

达诺翻了个身,闭上眼睛。他不想这样死去,但却感觉自己离死亡不远了。他烧得越来越厉害,夜里便失去了知觉。

他昏迷了三天三夜。泰山守在他的身边,用清水给他擦拭额头、双手,并清洗伤口。

来也凶猛,去也匆匆。第四天,达诺的高烧退了,却瘦成了皮包骨,愈发虚弱。泰山将他扶起,让他靠着自己喝些水。

达诺发烧并不是像他想的那样由伤口感染引起,而是得了一种白人在非洲丛林里的常见病。一旦得上,要么病死,要么就和达诺一样，突然退烧。

两天之后，达诺已经可以下地走路了。他在圆形剧场上蹒跚散步，泰山有力的手臂搀扶着他，防止他摔倒。

他们坐在一棵大树的阴影下，泰山找来一块平滑的树皮，与达诺交流。

达诺率先写道："你为我做了这么多，我该如何报答你？"

泰山答道："教我说人类的语言。"

达诺立刻开始教起。他指着周围熟悉的景物，用法语反复说着它们的名称。他觉得教泰山说法语最容易，毕竟自己最通的还是母语。

不过，不管他教什么语言，对泰山来说都一样。他分不清法语和英语。于是，当泰山指着树皮上的英文单词"man（男人）"时，达诺就教他读成法语的"homme"，同样的，"ape（猿）"就叫"singe"，"tree（树）"就叫"arbre"。

泰山如饥似渴地学着，不出三天就掌握了不少法语词汇，而且可以说出一些像"那是一棵树"、"这是一株草"、"我饿了"这样的简单用语。可是达诺发现，在英语基础上教他法语难度很大。

他用英语写下些简短的课文，然后让泰山用法语读出来。但是直译过来的法语非常别扭，常常把泰山搞得云里雾里。

达诺如梦方醒，终于意识到自己的教法有问题。但是再想重来，就意味着要推翻之前泰山学过的一切，显然，已经为时太晚。更何况泰山现在正处于学习的关键时期，法语马上就能达到与人沟通的地步了。

达诺退烧第三天，泰山在树皮上问他，身体是否恢复到可以背他回小屋。他与达诺一样急切，渴望着赶快回去见心爱的姑娘。

这几天，他过得度日如年。但即使是这样，他也依然选择慷慨相助。这等高尚的品质甚至比他从黑人手里救下法国军官更加光辉耀眼。

达诺求之不得。他写道:"可是在这盘根错节的丛林里,你难不成一路都背着我?"

泰山大笑起来。

"那是!"

听到这句泰山常挂在嘴边的"口头禅",达诺也爽朗地大笑起来。

他们即刻出发。与克莱顿、简一样,见识到人猿泰山惊人的力量和敏捷的身手,达诺倍感惊奇。

下午三点左右,他们抵达空地。泰山从最后一棵树的枝头跳下来,想着马上就能见到简,一颗心怦怦直跳。

然而小屋门口却连一个人影儿都没有。更令达诺困惑不解的是,停泊在海湾里的巡洋舰和"阿罗号"也齐齐失去了踪影。

海滩上弥漫着寂寥,这寂寥猛地缭绕进两人心间,他们大步向小屋走去。

虽未作一语,开门前却已然猜到屋里的光景。

泰山抬起门闩,推开那扇沉重的门,眼前的一幕恰恰印证了他们最深的恐惧——小屋空无一人。

两个男人转过头,互相凝视。达诺明白战友定是以为他已经死了;泰山满脑子则是在想一个女人——她曾与他在爱河中拥吻,却在他照顾她的同伴时,弃他而去!

泰山的心灵受到了莫大的伤害,他要离开,到深林里寻找他的部落。他再也不想看到他的同类,再也不想回到小屋。他要永远离开这片伤心地,把在这里萌生的寻找同类、成为人类一员的巨大希望就此埋葬。

至于那个法国人达诺，他又算什么！他可以像泰山那样去生活。泰山再也不想见到他，他要摆脱所有能让他想起简·波特的人事物！

就在泰山站在门槛上陷入痛苦的沉思时，达诺走进小屋。他看见里面留下了大量救援物资而且许多都是巡洋舰上的东西：一个军用炉灶、炊具、一支步枪、弹药、罐头、毯子、两把椅子、一张行军床，还有些许图书和刊物，大多数是美国出版的。

"他们一定还会回来的。"达诺心想。

他走到桌子跟前，这还是约翰·克莱顿多年以前打造的。上面放了两封留给人猿泰山的信。

一封出自男人之手，遒劲有力，没有封口；另一封看样子是个姑娘写的，字迹娟秀，而且做了密封。

"人猿泰山，这儿有你的两封信。"达诺转头喊道，可是门边根本没有泰山的影子。

达诺走到门口，向外张望，还是没有看见泰山。他大声呼喊，没人回答。

"天哪！"达诺惊呼，"他走了，我感觉到了。他回到林子，把我一个人扔下了。"

他想起看到小屋空无一人时泰山的神情。他曾在一只倒在猎枪下的小鹿眼中，看到过同样的神情。

达诺意识到泰山受到了沉重的打击。可是这打击源于何处，他百思不得其解。

遭受了百般苦难，又大病一场，达诺的身体本就虚弱不堪，现在环顾四野，孤独与恐惧又开始噬咬他的神经。

这实在太可怕了！一个人被孤零零地扔在原始丛林旁，听不到人，也看不到人，还要时刻担心着随时来袭的野兽和比野兽更可怕的野人……孤独与绝望快要将他吞噬。

遥远的东边，人猿泰山在丛林中间穿行，飞快地奔向他的部落。他从未像今天这般不顾一切地疯飞，像一只惊慌逃窜的松鼠，急于逃离自己满脑子的思绪。他感觉自己的身体都快被掷出，可是不管跑得多快，那些思绪依旧如影随形，让他无路可逃。

他从缓步轻摇的赛贝头顶掠过。母狮子与他背道而驰，向小屋那边走去。

若赛贝去了小屋，或者大猩猩宝咖尼、公狮子努玛还有凶残的豹子希塔去找他的麻烦，达诺该怎么办呢？

泰山停了下来

"你是什么？泰山！"他高声问着自己，"猿？还是人？"

"若是猿，那就像猿一样，随心所欲，四处逍遥，别去管你的什么同胞，就任他自生自灭。"

"若是人，你就该立刻回去保护你的同胞，不能因为别人抛弃了你，你就也抛弃别人。"

达诺关上屋门，神经紧绷。他是个勇敢的男人，但是，再勇敢的人有时候也会在孤寂中感到恐惧。

他给一支步枪压满子弹，放到触手可及的地方，然后走到桌旁，拿起那封写给泰山的没有封口的信。

信里也许会提到他的战友只是暂时离开海滩，所以看上一看也不算违背道德准则，于是，达诺从信封里取出信。

人猿泰山：

感谢您慷慨借屋。很遗憾没能与您相见并当面致谢。我们没有损坏屋内的任何东西，还给您留下些生活物品，希望这些可以让您在这座孤寂的小屋里生活得更舒服、安全。

如果您认识那位几次三番前来搭救我们的奇怪白人，并且能与他交流，请代我们向他致以诚挚的感谢。

我们将在一小时内启航，自此不再回来。但我们希望，您和那位丛林朋友知道，我们将永远铭记二位在这片海滩上给予我们这群陌生人的恩德，他日若有机会，我们定当加倍报答。

非常尊敬您的
威廉·塞西尔·克莱顿

"自此不再回来。"达诺喃喃着，直接把脸扑进了行军床里。

过了一个小时，门外传来一声怪动静，惊得他猛然站起。细听，门边似乎有个什么东西正要闯入！

达诺抓过手边那支步枪，平举起来。

暮色四合，小屋里一片黑暗，但达诺还是清楚地看见，门闩正被抬起。

他吓得汗毛倒竖。

门轻轻地打开了，那条窄窄的门缝后，赫然站着个什么东西。

达诺瞄准那条门缝，扣动了扳机。

Chapter 24

财宝丢失

探险队尽力援救达诺,但一无所获。他们回来后,迪约凡舰长急切地想要离开此地,大家都沉默地表示赞同,除了简。

"不,"她坚决反对,"我不走,你们也不该走。还有两位朋友在丛林里,他们总会走出来的,而且一定盼望着出来的那天,我们还在这儿等着他们。

"迪约凡舰长,那两个人里,一位是您的部下,一位是救过我们五人性命的丛林恩人!

"两天前,他把我带出丛林,以为我父亲和克莱顿先生在丛林里遇险,便前去搭救。但想必你也知道,他营救的一定是达诺中尉。

"如果去晚了,没能救成中尉,他早就该回来了。在我看来,至今未归要么是因为达诺中尉伤势过重,耽搁了时间;要么就是他追击的地方比咱们攻打的村庄还要遥远。"

"但是,波特小姐,在村庄,我们发现了达诺的军装和身上所有的东西。"舰长争辩道,"而且一问到中尉的去向,村民们就神情激动。"

"的确,但是舰长,他们并没有说他死了。可怜又野蛮的黑人拿了他的衣服和东西,这说明不了什么。那些文明人不也是一样?不管杀死俘虏与否,都会先把他们身上所有值钱的东西先搜刮个干净!

"就连我们美国的南方士兵也是如此,他们不但搜刮活人,连死人也不放过。我承认您的话有道理,但还不足为证。"

"可是,您说的那位救命恩人这会儿可能已经被抓了,说不准还被那群黑人给杀死了。"迪约凡舰长说。

姑娘笑了起来。

"您不了解他。"她答道。为心爱之人说话,简不由感到一阵骄傲。

"好吧,您的这位'超人'的确值得我们在此等上一等,"舰长笑了起来,"我倒是真想一睹他的风采。"

"那舰长,就再等等他吧,"姑娘急切地说,"求您了,我一定要等他。"

如果这位法国人能读懂姑娘这句话的真正含义,他一定会大吃一惊。

他们一路交谈着从海边走到了小屋。小屋旁边的大树下,几个人正坐着军用小马扎聊天。两人见状,走了过去。

波特教授、菲兰德先生、克莱顿、沙赫冯提中尉以及另外两名军官都在那儿。埃斯梅拉达在后面走来走去,时不时发表些观点和"评论",摆出一副只有在家被纵容惯了的老仆才有的自在样儿。

军官看到舰长走了过来,都起身向他敬礼。克莱顿则把他的军用小马扎递给了简。

"我俩刚才聊到了可怜的达诺，"迪约凡舰长说，"波特小姐坚持认为我们没足够的证据证明他死了，我们的确没有。另外，她还认为，你们那位无所不能的丛林朋友迟迟未归，是因为达诺仍身陷囹圄，要么伤势惨重，要么就是被掳到了更远的黑人村落。"

"但我们也怀疑，"沙赫冯提中尉直言不讳，"那个丛林怪人有可能是袭击我们的黑人部落中的一员，说不准他是赶去帮'他们'自己人去了。"

简·波特飞快地瞥了克莱顿一眼。

"这样听来似乎也有些道理。"波特教授说道。

"我不赞同，"菲兰德先生反对道，"他有太多的可乘之机，完全可以带领他的人攻打我们。但恰恰相反，我们在这里待了这么久，他一直在尽心尽力地保护我们，还给我们食物。"

"虽说如此，"克莱顿中途说道，"但我们必须看清一个事实，方圆几百英里，除了他，剩下的可都是吃人肉的野人。他和野人持同样的武器，这意味着他和他们保持着某种联系。而他一个人就能对付数以千计的野人则说明，他们之间的关系似乎还不错。"

"那么如此说来，他就不可能和野人脱离干系了，"舰长说，"说不准他还真是野人部落的一员。"

"不然的话，"另一个军官继续说，"他怎么可能在丛林众多野兽、野人包围中活这么久？而且居然如此深谙丛林之道，还会使用黑人武器。"

"先生们，你们这是在以己度人，"简说，"我敢说，任何一个像诸位这样的普通白人——请原谅我不是特意指你们中的某一位——或者说，就算是一个拥有超常体力和智慧的白人，都无法在这热带丛林里赤身裸体地活上一年，但是他可以。他有着过人

财宝丢失 | 223

的体力与智慧，连那些久经训练的'运动健将'都弗如远甚。在他面前，再强壮的男人也无异于一个新生儿。他的勇敢、凶猛足以与任何一个丛林猛兽匹敌。"

"他显然赢得了一位忠诚的拥护者，波特小姐，"迪约凡舰长笑着说，"我敢说，为了得到一位姑娘的称赞，哪怕那位姑娘只有你的五分美貌、心中只怀半分忠诚，在座的各位都会甘愿面对最可怕的死亡，万死不辞。"

"你们要是和我一样，亲眼目睹他为了救我，是怎样跟那个浑身是毛的野兽英勇搏斗的，就不会奇怪我现在为什么这样维护他了。"姑娘说道。

"如果你们亲眼看见他像猛兽般进攻灰熊——没有一丝一毫的恐惧和犹豫——你们就会知道他是何等的非凡。

"如果你们看见过他健硕的肌肉在黝黑的皮肤下鼓起，目睹他如何击败那些可怕的野兽，你们就一定会相信他战无不胜。

"如果你们看见他是怎样如骑士般的对待一个陌生种族的陌生姑娘，你就会像我一样对他绝对信任。"

"亲爱的辩方律师，你赢得了'诉讼'，"舰长大声说道，"'本庭'宣判'被告'无罪，巡洋舰将会再等他几天。或许他还得来向他超凡的波西娅道谢。"

"亲爱的，看在上帝的份上，"埃斯梅拉达喊道，"现在明明有机会坐船逃离这个晦气的鬼地方，你们为什么还要跟这些吃人的野兽待在一块儿！别这样，亲爱的。"

"为什么！埃斯梅拉达，你这么问不感到羞愧吗？"简·波特大声问道，"他救了你两次，这就是你对救命恩人的报答吗？"

"简小姐，话是这样说没错，但是那位丛林恩人救我们可不是为了让我们在这儿坐以待毙，他肯定想我们尽快离开。他要是知道，我们明明有机会逃走，却非要留在这里，他一定会大为恼火！我一晚都不想再待在这个破地方了。一到晚上，丛林里就不断传来那种寂寞无望的声音。"

"埃斯梅拉达，你说得太对了，"克莱顿说，"你刚刚提到丛林里传来的声音让人觉得'寂寞无望'，可真是说到点上了。我一直在找合适的词汇来形容这声音，可没找到。'寂寞无望'，真是太对了。"

"那么你和埃斯梅拉达最好还是到巡洋舰上住吧，"简·波特嘲讽道，"要是让你像我们那位丛林朋友一样，也在这原始丛林住上一辈子，真不知道你会变成什么样。"

"恐怕我会变成一个非常粗鲁的野人，"克莱顿沮丧地一笑，"每每入夜，听到那些响声，我就毛骨悚然。虽然说出来有些丢人，但这是事实，我不否认。"

"我不清楚你们的这种感觉，"沙赫冯提中尉说，"我从来都没怕过什么，也从没想过自己究竟是懦夫还是勇士。但可怜的达诺被劫持的那天晚上，我们躺在丛林中，听着周围的野兽嚎叫声此起彼伏，我第一次意识到自己是个懦夫。巨兽的咆哮和吼叫倒是没什么，要命的是那些鬼鬼祟祟的声音和那些闪烁不定的眼睛。突然间，响声就会出现在你的耳边，但细听时却又消失得无影无踪，如此反复。那无法描述的声音，似是一只巨兽悄没声地窸窣走动。你不知道那声音离你有多远，也不知道在你放松警惕的时候它是否会又向你逼近。"

"啊！在黑暗中，看得见的、看不见却能察觉得到的，我总能看到那些眼睛。啊，它们真是恐怖至极。"

片刻默然之后，简·波特又开口请求。

"可是他还在丛林中！"她轻声说，语气里满怀敬畏，"今晚，

财宝丢失 | 225

那些眼睛会盯向他,也会盯向你们的战友——达诺中尉。先生们,难道你们忍心就这样一走了之,连这最微薄的帮助都吝于施舍吗?至少我们也该多留几天,等等看。"

"啧啧,啧啧,"波特教授说,"迪约凡舰长当然愿意留下,我也很乐意留下,非常乐意,你这些孩子气的突发奇想,老爸什么时候没满足过!"

"教授,明天我们可以去寻找那个宝箱。"菲兰德先生建议。

"没错,没错,菲兰德先生,我差点忘了这码事儿,"波特教授高兴地说,"我们或许还可以从迪约凡舰长那儿借点人手来帮忙,再命一个叛乱水手带路找宝箱。"

"没问题,亲爱的教授,我们任您差遣。"舰长说。

第二天,沙赫冯提中尉带领十人小分队,由一名"阿罗号"的叛匪带路,去挖那箱财宝。舰长决定暂不开船,留巡洋舰在小海湾停留七天。若届时达诺和那位林中男子还没回来,那他们就认定达诺已死,而那位林中男子则会被默认为不愿在他们逗留期间返回。之后,全体人员就会乘着两艘船离开这里。

第二天,波特教授没跟寻宝的队伍一起出发,接近晌午时分,寻宝队伍才回来,一无所获。教授匆忙迎上前去,一反平时心不在焉的模样,显得紧张而激动。

"宝箱呢?"远远的,距队伍还有一百英尺处,他就按捺不住地大喊,询问克莱顿。

克莱顿摇了摇头。

"不见了。"他走到教授跟前回复道。

"不见了?怎么可能!有谁会去拿呢?"波特教授激动极了。

"天知道这是怎么回事,教授,"克莱顿答道,"我们本来怀疑,会不会是那个叛匪骗了我们,可后来发现,他见我们在斯奈普斯尸体下没找到那个箱子，惊恐极了，一脸的难以置信，一点都不像装出来的。"

"我们继续挖，发现尸体下面确实埋过东西，那下面有个坑，只是又被填平了。"

"但是还有谁会拿走宝箱呢？"波特教授再次问道。

"现在就只剩下我们巡洋舰了，"沙赫冯提中尉说道，"但是，让西少尉向我保证，巡洋舰抛锚后，除了一位军官带队执行命令，绝对没有人离开过巡洋舰，踏足小岛。"

"我不知道诸位是否在怀疑我们的人，但我很欣慰自己的兵规规矩矩，没有留下话柄，落人口舌。"

"我们承了各位如此深重的情谊，怎么会怀疑各位？"波特教授和蔼地回答，"就算是怀疑克莱顿先生和菲兰德先生，我也绝对不会怀疑巡洋舰上的任何人。"

法国军官和士兵们都笑了。不难看出，教授的话让他们放下了心里的石头。

"财宝其实早被拿走了，"克莱顿继续说，"我们最初看到尸体的时候它还是完整的，但一抬它就散架了。这说明，不管是谁拿了箱子，都一定是在尸体腐烂前下的手。"

"肯定不止一个人，"简·波特走了过来，"不知各位是否还记得，那个箱子要四人合力才能搬得动。"

"对呀！"克莱顿激动地喊出了声，"没错！一定是一伙儿黑人干的。埋箱子时，可能恰巧被哪个看了去，他叫来同伴，一起挖走了箱子。"

"这都是凭空猜测！"波特教授情绪失落，"箱子没了就是没了，我们再也看不见它了，里面的财产也没了！"

只有简·波特知道丢失财宝对于父亲来说意味着什么，也只有她自己知道这对于她来说又意味着什么。

六天后，迪约凡舰长宣布，第二天一早就出发。

就连简·波特自己也开始相信她的丛林爱人不会再回来了。若非如此，她一定会请求再宽限几天的。

她心里不断生出种种怀疑和恐惧。那些不失偏颇的法国军官给出的合理论证更是动摇着她的信念。

她绝不相信他是吃人的野人，但她越想越觉得他很可能是某个野人部落收养的一员。

她也不愿承认他可能已死。她无法想象那样完美、充满活力的身体不再迸发出生命火花的模样——除非不朽原本便是尘土。

简·波特这样想着，其他乱七八糟的想法也接踵而来。

若他真的归属于哪个野人部落，那他可能已经娶了一个野人为妻——也许还有了一堆混血小野人儿。想到这儿，姑娘不由打了一个寒战。当被告知巡洋舰第二天就要出发时，她甚至有点高兴。

但是，走之前她还是建议，在小屋留一些武器、弹药、补给以及别的东西。万一达诺活着回来，也能过得舒坦些。表面上，这是留给未曾露面的屋主"人猿泰山"和达诺的，但实际上，这是简专门留给"林中上帝"的。尽管他并不完美，但在简的心中，他就是无所不能的神。

最后她还是给"人猿泰山"留了封信，让他代为转交至"丛林上帝"手里。简·波特是最后一个离开小屋的，其他人都登船了，她却又找了些牵强的借口重新返回。她在那张度过了许多个夜晚的席榻旁跪下，为她的原始人祈求平安。简吻着他送的小金盒，喃喃道："我爱你，因为爱你所以相信你。但即使我不再相信，我也依然爱你。愿上帝怜悯我可怜的灵魂，假如你回来找我，假如我们无路可走，我愿意和你一起到那丛林里去——直到永远。"

Chapter 25
文明之窗

枪声一响,大门轰然弹开,一个男人迎面朝下仆倒在小屋的地板上。

达诺惊慌失措中又举起步枪瞄准了来人,但是借着门外昏暗的微光,他猛然发现那是个白人。他随即意识到,刚刚那一枪射中的居然是他的朋友、保护者——人猿泰山!

达诺失声痛呼,扑过去跪在他身边,两只胳膊抬起他乌发浓密的脑袋,大声呼喊着泰山的名字。

见泰山没有回应,达诺赶紧把耳朵贴到他的胸口,惊喜地发现,泰山还有平稳的心跳。

达诺小心翼翼地把泰山扶到吊床上,关门落闩后,点了一盏灯,仔细检查泰山的伤口。

子弹打在头上,留下了一道血淋淋的可怕伤口。不过还好,看样子没伤到头骨。

达诺长舒了一口气,连忙擦拭泰山脸上的血迹。

很快,在冷水的刺激下,泰山苏醒过来,没一会儿便睁开了双眼。他惊讶地望着达诺,一脸疑惑。

达诺用布条给他包扎了伤口。见泰山恢复了意识,他起身走到书桌旁边,写了一张字条,递给了泰山,上面解释说他犯了一个极大的错误,将泰山误看作了野兽,看到泰山的伤势不算严重,他不知有多感谢上苍。

读了字条之后,泰山坐在床边笑了起来。

"没事儿。"他用法语说道,但是他的词汇实在有限,于是他只好用英语写道:你要是看了宝咖尼、克查科,还有特克兹被我杀死前,将我伤成了什么鬼样子,估计你就会嘲笑这点擦伤了。

达诺将那两封信递给泰山。

泰山读第一封信的时候,脸上流露着悲伤与遗憾。拿起第二封信时,他翻过来覆过去,不知道从哪儿打开——他以前还从没见过封口的信。最后泰山把信递给了达诺。

法国人从他展信起就一直在看他,这会儿也瞧出泰山被信封难住了。一个成年白人,居然对信封如此陌生,实在是令人费解。达诺替他将信打开,又递还了回去。

泰山坐在一个小马扎上,展信读起。

人猿泰山:

临行前,请允许我继克莱顿先生后,向您慷慨借屋再次致以诚挚的感谢。我们一直希望能与您见上一面并当面致谢。没能与您相见结交,实属遗憾。我还想向另外一位表示感谢,他没有回来,但我相信他一定还活着。我不知道他的名字。他是个白人,举世无双,胸前佩戴了一个镶钻小金盒。如果你认识他,会说他的语言,请代我向他致谢,并告诉他,我在这里等了他整整七天。还有,我来自美国，巴尔的摩市，只要他来，我会永远为他敞开大门。

在小屋旁的大树下，我在一堆树叶里发现了您给我留的一张字条。我不知道您是怎样爱上我的，您甚至未曾与我说过只言片语，如果上面说的是真的，我很抱歉，我已经把我的心给了另一个人。但请相信，我永远是您的朋友。

简·波特

泰山呆呆地凝望着地板，整整坐了一个小时。从这两封信可以看出，他们显然不知道他就是泰山。

"我已经把我的心给了另一个人。"泰山一遍又一遍地重复着这句话。

这么说，她根本就不爱他！她怎么能装出一副爱上自己的模样！先是给了他最大的希望，现在又将他彻底推向失望的深渊。

也许她的吻只是出于友好。像他这样对人类习惯一无所知的猿人，又怎会明白那吻的含义？

他突然站起来，按着刚学会的礼节，向达诺道了晚安，然后在简·波特睡过的那张铺了蕨草的席榻上躺了下来。

达诺熄了灯，躺在了吊床上。

整整一个星期，他们一直在休养身体，很少做其他事情。达诺教泰山法语。到了第七天，两个人已经能很轻松地交谈了。

一天夜里，临睡前，他们在小屋里坐着，泰山转头问达诺："美国在哪儿？"

达诺指了指西北方向，回答说："穿过这片海几千英里之外的地方便是美国。怎么了？"

"我要去那儿。"

达诺摇了摇头。

"朋友，这不可能。"他说。

泰山起身，走到一个柜子跟前，拿出他经常翻阅的地理书。

他翻到了一张世界地图，说道："我一直看不大懂这些都是什么，请给我解释一下吧。"

达诺告诉他，蓝色部分代表的是地球上的水，其他颜色则代表各个大陆和岛屿。泰山让他指出他们身在何处。

达诺给他指了一下。

"给我指一下美国。"泰山说。

达诺将手指放在北美洲上。泰山笑了笑，把手掌放到那一页，在两大洲之间"横跨"大西洋。

"你看，这也没多远，"他说，"还没有我的手掌宽。"

达诺哈哈大笑，要怎样才能让他理解呢？

他拿起一支铅笔，在非洲海岸上点了一个小点儿。

"这个小点儿，"他说，"它在地图上占的面积，要比你的小屋还要大出许多倍。现在你明白美国到底有多远了吧？"

泰山沉思了许久。

"非洲有白人居住吗？"他问。

"有。"

"那最近的白人住在哪儿？"

达诺指了指在他们北面的海岸线。

"这么近？"泰山惊喜地问。

"是的，"达诺说，"但实际上并不近。"

"他们有能穿越大洋的大船吗？"

"有。"

"那我们明天就去。"泰山郑重地宣布。

达诺又笑着摇了摇头。

"太远了，没等我们到那儿，就会死在路上。"

"难道你想要永远留在这里?"泰山问。

"自然不想。"达诺说。

"那么我们明天就出发。我一刻也待不下去了。我宁愿死,也不想再继续在这儿消磨时间了。"

"好吧,"达诺耸了耸肩,"前路难测。不过,我也是宁死也不想待在这儿了。你要是想走,我就和你一起。"

"那就一言为定,"泰山说,"我们明天就启程去美国。"

"可是没钱你怎么能去美国?"达诺问。

"什么是钱?"泰山问道。

达诺花了好长时间,才教他明白了个大概。

"你们是怎么弄到钱的?"最后,他问道。

"工作赚的呗。"

"行,那我就去工作赚钱。"

"朋友,不用,"达诺回应道,"你不用担心钱的事儿,也不必急着工作赚钱。我的钱足够咱俩花了,就是再来十个八个人也没有问题。除此之外,我还有足够一个人逍遥一生的资产,等我们回到文明社会,你想要什么就有什么。"

第二天,他们便沿着海岸向北迈进。除了被褥、干粮和炊具之外,他们各自还挎了一支步枪和些许子弹。

炊具在泰山看来最为无用,随手就扔在了路边。

"朋友,你必须得学着吃烹煮的食物,"达诺劝说道,"文明人是不吃生肉的。"

"等到了那儿,有的是时间学习,"泰山说,"我不喜欢那些煮熟了的食物,它们只会糟践肉的鲜味儿。"

他们向北走了一个月。运气好的时候能找到很多食物,运气差的时候却要饿上好几天。

他们一路上没有发现野人的踪迹,也没有遇到野兽的袭击。这一趟出奇顺利。

泰山勤学好问,进步飞快。达诺教了他文明社会的各种礼仪,甚至还教会他使用刀叉。可是泰山总会扔下这讨厌的玩意儿,继续用黝黑、有力的双手抓食物,像野兽似的用牙齿撕扯咬食物。

达诺每每见此,就会一边纠正,一边说:"泰山,我这么努力地让你学做一名绅士,就餐时,你可千万不能再像个野兽似的。天哪,绅士绝不会如此,这太失礼了。"

泰山就会咧嘴笑笑,拿起刀叉,但心里还是很讨厌它们。

途中,泰山提起了那口大箱子。他告诉达诺自己看见水手把它埋下,还讲了自己如何将它挖走,又如何前往猿落集聚地将它再次掩埋。

"这一定是波特教授的宝箱,"达诺说,"这件事的性质实在恶劣!当然也不能怪你,你什么都不知道。"

泰山想起了姑娘和朋友刚住进小屋时,自己偷走的那封她写给朋友的信。他现在终于知道箱子里面装了什么,也明白了它对姑娘来说意味着什么。

"明天我们就回去取它。"他又一次郑重宣布。

"回去?"达诺大呼,"亲爱的朋友,我们已经走了三个星期了。要回去取箱子,我们还得再走三个星期。而且,你刚刚说,那个大箱子要四个水手才抬得动。我们要想再回来,没有个把月肯定到不了。"

"可是,朋友,我一定要去取回这个箱子!"泰山很坚持,"你可以继续前行,去往文明社会,我自己回去。我一个人可快多了!"

"泰山,我有一个更好的计划,"达诺兴奋地喊道,"我们还是一块儿走吧,等到了最近的村子,我们就租条船,驶回海滩去取那箱财宝,这样也好搬运。"

"如此一来,你既能又快又安全地取回箱子,咱俩也不用分开。你觉得怎么样?"

"这个计划很不错,"泰山说,"反正不管什么时候去取,那箱财宝都会在那儿。若现在回去,我要一两个月才能追上你,放你一个人走,我也不放心。这样一起走,好多了。"

"达诺,每次看到你孤立无援、穷途末路,我就常常在想,人类是怎么活过你所说过的那些漫长的岁月的?更奇怪的是,这么多年,居然还没被消灭!要知道一头赛贝就能灭掉你们的千百人马。你们到底是怎么活下来的?"

达诺哈哈大笑。

"等你看到我们强大的陆军、海军、繁华的城市,还有强大的工程作业,你就不会如此看轻你的同类了。届时你就会明白,人类之所以比丛林里的猛兽强大千倍、万倍,靠的不是肌肉,而是头脑!

"一个人只有手无寸铁、孤立无援时才敌不过巨头野兽。但若是十个人,他们就会集聚智慧与力量,一举击溃猛兽。野兽则不会理性思考,永远也不会合力与人抗争。

"若非如此,人猿泰山,你又如何能与野兽为伴活到今天?"

"达诺,你说得不错,"泰山答道,"如果'达姆达姆'狂欢节那天,克查科前来支援塔布拉特,我将必死无疑。但克查科永远也不会有如此远见,更不懂得把握机会先声夺人。

"就算是我的母亲,卡拉,也从不会事先做打算。它只有在饿的时候才想着吃东西。即使在食物极其匮乏的情况下,找到够吃好几顿的食物,它也从来不懂得储藏。

"每次迁徙,它见我总是拿着多余的食物,就说我是个傻孩子。

文明之窗 | 235

不过,每逢路上'粮草'告急,它就会乐呵呵地过来和我一起分享。"

"泰山,这么说来,你知道你的母亲?"达诺大吃一惊。

"当然知道。它是个很漂亮的巨猿,比我大,也比我沉。体重是我的两倍还多。"

"那你父亲呢?"达诺问。

"不知道。卡拉跟我说,他是个白猿,和我一样,身上没毛儿。我现在知道了,他一定是个白人。"

达诺专注地久久凝视着泰山。

"泰山,"最后,他开口说道,"卡拉绝对不可能是你的母亲。如果它是你的生母,那你必然会继承一些猿的特征。但是你没有,你是个地地道道的人。而且我得说,你的父母必然极富涵养且天资聪慧!"

"关于过去,你一点线索都没有吗?"

"没有。"泰山回答道。

"小屋里就没有什么记载了前屋主生活经历的书面材料吗?"

"除了一个黑本子,小屋里的东西我都读过。现在想来,那本子上的文字一定是英语以外的什么语言。或许你能看懂。"

泰山从箭筒里掏出那个小黑本,递给了他。

达诺扫了一眼扉页说道:"这是约翰·克莱顿——格雷斯托克公爵的日记,他是一位英国贵族,这本日记是用法语写的。"

他开始阅读那本二十年前写下的日记。正如我们所知道的,日记里详细记录了约翰·克莱顿和妻子爱丽丝经历的种种凶险与痛苦。从驶离英格兰一直记到了克莱顿被克查科打死的前一个小时。

达诺大声念着,中途数次停下。那字里行间散发的凄凉与绝望,不时让他喉头一紧,哽咽难言。

他偶尔瞥向泰山。"人猿"却像尊雕像,一动不动地蹲在那里,一双眼睛直直地盯着地面。

只有提到小宝宝的时候,日记里的语气才不再那么忧伤、绝望。这种变化是在克莱顿夫妇上岸两个月后渐渐发生的。

之后的日记洋溢着一种淡淡的幸福,却愈发让人心生感伤。

其中一篇充满了希望:

今天,我们的小儿子满六个月了。爱丽丝抱着他坐在桌子旁,我在那上面写日记。他生得很好,身体壮壮的,是个快乐的小天使。

不知怎么,我似乎看见了他长大成人的样子。他接替了他父亲在这人世间的位置,成了第二个约翰·克莱顿,为格雷斯托克家族增添荣耀。

现在,他似乎感应到了我的想法,着急地想要给我作保证,伸出肉嘟嘟的小手就来抢我的钢笔,还将蹭了墨水的小手往密封处一按,留下五个小小的手指印。

在这一页的边缘处,果然有个模糊的印记:四个纤小的手指印,还有半个拇指印。

达诺读完日记以后,两个人沉默地坐了好一会儿。

"好了,泰山,你怎么想?"达诺问道,"这本日记还不够清楚地揭露你的身世吗?"

"你怎么还不明白,你就是格雷斯托克公爵!"

泰山摇了摇头。

"日记本里只提到了一个婴儿,"泰山回答说,"他早就饿死了。从我第一次走进小屋,到波特教授等人将他埋葬在父母中间,他的骨架一直躺在那个摇篮里。"

"他就是日记里提到的那个婴儿。我现在更搞不清楚自己的身世了。最近我还一直在想,那间小屋有没有可能就是我的出生地。"

文明之窗 | 237

"但现在看来,也许卡拉说的是事实。"他沮丧地得出结论。

达诺摇了摇头,他不相信。他下定决心要证明自己关于泰山身世的推断是正确的。他已拿到了可以解开泰山身世之谜的唯一钥匙,焉有将它掩埋于莫测深林之理!

一个星期后,两人眼前突然出现了一片丛林空地。

不远处坐落着几处屋舍,围着结实的栅栏。栅栏与他们之间有一片耕田,许多黑人正在上面耕作。

两人在丛林边上停下了脚步。

泰山拈弓搭箭,达诺连忙抓住他的手臂。

"你想做什么,泰山?"他语气急促。

"若是被他们发现了,我们必死无疑,"泰山回答,"我要先杀死他们。"

"他们或许不是敌人而是友人呢?"达诺说。

"但他们是黑人。"泰山干巴巴地答道。

他又拉开了弓。

"泰山,你不能这样!"达诺大声说,"白人从不滥杀无辜。天哪,你要学的东西太多了。"

"等咱们到了巴黎,我真同情那些向你寻事挑衅的地痞流氓。我得时刻看好你的脖子,免得你上了断头台。"

泰山放下弓,笑了起来。

"我不明白,为什么我在自己的丛林里就可以杀黑人,在这里却不行。如果公狮子努玛向我们扑来,难不成我还要说:早上好,努玛先生,努玛太太赛贝可还好?是吗?"

"等他们向你扑来再动手也不迟,"达诺答道,"敌我不明时,切莫妄下决断!"

"那还等什么,"泰山说,"咱俩一起现身受死吧。"他边说边径直穿过耕田,头颅高扬,任那热带的阳光直直打在他光滑、黝黑的皮肤上。

达诺跟在泰山身后,身着一套克莱顿扔在小屋里的破衣服,远没有他在巡洋舰上穿的那套法国军装帅气。

突然,有个黑人抬头,看见了泰山。他尖声大叫,转身向栅栏跑去。

顿时,黑人四散飞逃,空气中惊呼一片。未待他们跑到栅栏,里面走出了一个白人。他手端步枪,出门查探究竟。

看清来人,白人立刻平举步枪。泰山心头一冷,又要上前厮杀,却听达诺大喊:"别开枪,是朋友!"

"那就站那儿别动!"

"泰山,停住!"达诺喊道,"他以为我们是敌人。"

泰山刹住脚步,和达诺一起,向站在栅口的白人走去。

白人盯着他们,迷惑不解。

"你们是什么人?"他用法语问道。

"白人,"达诺回答,"我们迷失了方向,在丛林里徘徊许久才来到这儿。"

那人放下步枪,伸手向他们走来。

"我是法国教区派来的神父,康斯坦丁,"白人说道,"很高兴见到你们。"

"康斯坦丁神父,这位是泰山先生。"达诺向他引见人猿泰山。神父向泰山伸手表示欢迎,泰山也见样学样,伸出了手。

"我是法国舰队的保罗·达诺。"达诺接着自我介绍道。

康斯坦丁神父与泰山握手。泰山快速、敏锐地扫了一眼面孔英俊、身姿挺拔的神父。

就这样,人猿泰山迈出了踏入文明社会的第一步。

他们在村子里停留了一个星期。泰山善思敏学，学会了不少人类的生活方式。这期间，黑人妇女给他和达诺一人做了一套帆布白衫，如此，两人终于可以体面地上路了。

Chapter 26

高度文明

　　一个月后，他们来到了河口，建筑林立。泰山见河上有许多小船，人影绰绰，心里又一次涌起了丛林兽类见到人类固有的恐惧。

　　渐渐地，泰山习惯了那些奇怪的声音，也适应了那些怪异的生活方式。任谁都很难相信，眼前这个身着帆布白衫、笑得一脸开心、聊得畅快的英俊"法国男子"，短短两个月前，为了填饱他那野蛮的肚子，还曾一度光着身子穿荡在原始丛林间扑袭猎物、生食鲜肉。

　　他一个月前还不屑一顾地将刀叉扔在一边，现在却像达诺一样优雅灵巧地使用刀叉。

　　年轻的达诺就像教小学生一样教泰山。为了把"人猿"改造成一个有教养的绅士，他煞费苦心，终于使"人猿泰山"变成了一位举止礼貌、谈吐文雅的绅士。

　　"朋友，上帝赐给了你一颗绅士的心，"达诺说道，"但在外表上，也要将这种绅士风度展现出来。"

他们赶到小港口后，达诺立刻就向法国政府发电报报了平安，并且告假三个月，获得批准。

他还发电报给银行家让他们汇款，不过得等上一个月才能拿到现金，为此两个人大为恼火。如此一来，他们便没法儿马上租船回到丛林，取回那箱财宝了。

在海岸小镇停留期间，发生了几个插曲，"泰山先生"成了白人和黑人眼中的奇人。不过，在泰山看来，这些事儿似乎都不值一提。

有一次，一个黑人大块头喝醉了耍酒疯，在镇上横行霸道。后来，他自讨苦吃地找上了泰山居住的旅馆。彼时，这位黑发"法国"巨子正懒洋洋地坐在旅馆的阳台上。

黑人登上宽阔的台阶，挥动着手中的刀，径直朝着一张桌子走去。那一桌坐着四个人，抿着苦艾酒，见到来人，登时惊慌大叫，四下逃窜。黑人转而盯上了泰山。

他大吼一声，向泰山冲去，五十多个人躲在窗户和门口窥探着，想亲眼目睹黑人大块头屠杀这个可怜的"法国人"。

泰山微笑着接招，每每战斗，喜悦总会爬上他的嘴角。

黑人向他逼近时，他钢铁般有力的手一把抓住了举着刀子的黑色手腕，一个快速的扳手，黑人的手腕瞬间骨折，手却还在晃动。

在疼痛和惊奇中，黑人整个都癫狂了。泰山坐回椅子，那个家伙痛哭流涕，转身向土著村庄拔腿疯跑。

还有一次，泰山和达诺与另一些白人共进晚餐，聊起了狮子和捕猎狮子的经历。

说起狮子的胆量，大伙儿众说纷纭——有人认为它凶狠无畏，有人认为它是个彻头彻尾的胆小鬼。但就一点上大家不谋而合，

242

狮子吼一吼,大伙儿震三抖。夜里在营地,唯有抓住手头喷火的枪,众人才能安心。

达诺和泰山说好了对他的过往绝口不提,所以除了这个法国中尉,其他人并不知道——人猿泰山对丛林中的野兽了如指掌。

"泰山先生还没发表自己的看法呢,"有个人说,"据我所知,泰山先生曾在非洲待过一段时间,像您这样骁勇的人,一定和狮子打过不少交道吧?"

"有几次吧,"泰山生硬地回答道,"刚好知道,诸位对狮子的判断都有几分道理。不过,人们也许因为只见过上星期胡打胡闹的那个黑人,就以为黑人都是那副样子;或者因为见过一个白人胆小鬼,就说白人都是懦夫。"

"和我们一样,低等动物也都各不相同。"

"今天我们可能出去就碰见一头胆小如鼠的狮子,见人就跑。明天我们也可能碰见它的叔叔伯伯,或是它的孪生兄弟,到时,我们的朋友就会惊恐地想知道,我们怎么还不赶紧回去!"

"至于我嘛,我一直都认为狮子凶猛残暴,所以我一直都保持警惕。"

"如果一个人看见猎物就腿软,"第一位发言者反驳道,"那狩猎的乐趣可就大打折扣了。"

达诺笑了笑。泰山会害怕?

"我不是很明白你说的害怕是什么意思,"泰山说道,"就像狮子,恐惧于不同人的含义也是不同的。不过,于我而言,狩猎唯一的乐趣就在于知道猎物同样有能力伤害我,正如我有能力伤害它一样。"

"如果我扛着十几支步枪,带着一个枪手,还有二三十名打手一块儿出去猎狮子,狮子明显毫无胜算,随着安全感增强,愉悦感也降低了。"

"这么说来，泰山先生更愿意赤身裸体地钻到丛林里，拿一把折刀杀掉野兽之王喽？"另一个人有涵养地笑了笑，只是语气里带着一丝嘲讽。

"还得带一根绳子。"泰山补充道。

这时，丛林深处忽然传来狮子的咆哮声，好像是在向它挑战的人下战帖。

"泰山先生，大显身手的机会来了。"法国人嘲笑道。

"我不饿。"泰山蹦出几个字。

在场的，除了达诺，大伙儿都笑了。只有他知道，泰山嘴里蹦出来的几个字是野兽最直接的理由。

"其实你和我们大伙儿都一样，根本就不敢一丝不挂带着刀和绳子就进到林子里去，是吧？"

"不，"泰山回道，"傻子才会没来由地做事。"

"我赌五千法郎，"另一个说。"如果你能按照我们讲好的条件：不穿衣服，只带刀和绳子，从丛林里带回来一头狮子，五千法郎就归你了。"

泰山瞥向达诺，点了点头。

"一万法郎。"达诺说道。

"就这么定了。"那个人答道。

泰山起身。

"我得把衣服脱到镇边，要是我天亮才能赶回来，不能一丝不挂就上街。"

"你不会现在就去吧？"打赌的人叫道，"大晚上去？"

"有何不可？"泰山问道，"努玛在夜间活动，现在去更容易找到它。"

"别呀，"另一个人说，"我可不想双手沾上你的血。白天去就够莽撞了，何况晚上呢。"

"我现在就出发。"泰山回答道，转身进屋里取刀和绳子。

大伙儿陪着他来到丛林边上，他将衣服脱在了一个小仓库里。

就在他即将进入黑漆漆的密林时，大伙儿都劝他作罢，打赌的人更是极力劝他放弃他愚蠢的冒险。

"我愿意承认你赢了，"他说，"一万法郎归你了，你要是执意尝试，只有死路一条。"

泰山哈哈大笑，转眼间消失在茂密的丛林里。

这些人静静地站了一会儿，然后缓缓转身，走回酒店的阳台。

一进到丛林里，泰山就爬到了树上，再次飞荡在丛林间，打心底觉得自由畅快。

啊，这才是生活！他热爱的生活！文明社会可没有这样的生活，空间狭隘，限制颇多，到处都是条条框框和陈规陋俗，甚至连衣服都是负担，让人抓狂。

他终于自由了，之前竟然没意识到自己如囚徒一般。

绕回到海岸，往南走，很容易就能回到自己的丛林和小屋。

正顶风走着，忽然，他闻到了公狮努玛的味道。不一会儿，他那灵敏的耳朵就侦听到了熟悉的脚步声，还有那个满身皮毛的大家伙穿梭在丛林里的声音。

泰山在高枝上悄然接近这个毫无防备的野兽，直到进入了一小片溶溶的月光里。

他迅速将绳索套到狮子黄褐色的脖颈上，骤然拉紧。就像过去干过上百次那样，泰山把绳子牢牢地系在一根粗壮的树枝上，那头野兽拼命挣扎，想要逃脱。说时迟那时快，泰山从树上跳落到狮子身后，纵身一跃，骑到狮子宽壮的背上，将手中长而锋利的刀刃刺向它的心窝，一连捅了十数刀。

然后，他将脚踏在努玛的尸体上，仰天长啸，唱响猿落骇人的凯歌。

一时间，泰山踌躇不决，内心充满了矛盾，是该忠诚于达诺，还是该回到丛林，遵从内心对自由的渴望？最后，记忆中那美丽的脸庞、那温热的双唇打破了他对旧日生活的幻想。

泰山将努玛温热的尸体一把扛到肩上，纵身一跃跳到了树上。

大伙儿一声不吭，在阳台上已经坐了一个小时了。

他们试着聊一些别的话题，但因为有心事，总是没聊几句就聊不下去了。

"天啊，"那个打赌的人终于说，"我受不了了。我扛枪去丛林里把那个疯子找回来。"

"我也去。"另一个人说。

"还有我！""还有我！""还有我！"大伙儿纷纷响应。

这个建议将大伙儿从可怕的梦魇中唤醒，他们匆忙地回屋，才一会儿工夫，就全副武装完毕，向丛林进军。

"天哪！这是什么声音？"忽然一个英国人叫道，他们隐约间听到泰山野蛮的吼声。

"这声音我之前听过，"比利时人说，"当时是在大猩猩的地盘上。我的轿夫说这是巨猿胜利的欢呼。"

达诺想起克莱顿说过的话：泰山宣布自己获胜时，就发出这种可怕的叫声。他不由露出一丝笑意，尽管也有些恐惧，还是止不住想，这令人毛骨悚然的叫声竟是从人的喉咙里发出来——正出自朋友之口。

一行人终于来到密林旁边，正争论着如何最优调度人马，突然被远处传来的低笑声吓了一跳。他们赶忙转身，只见一个巨大

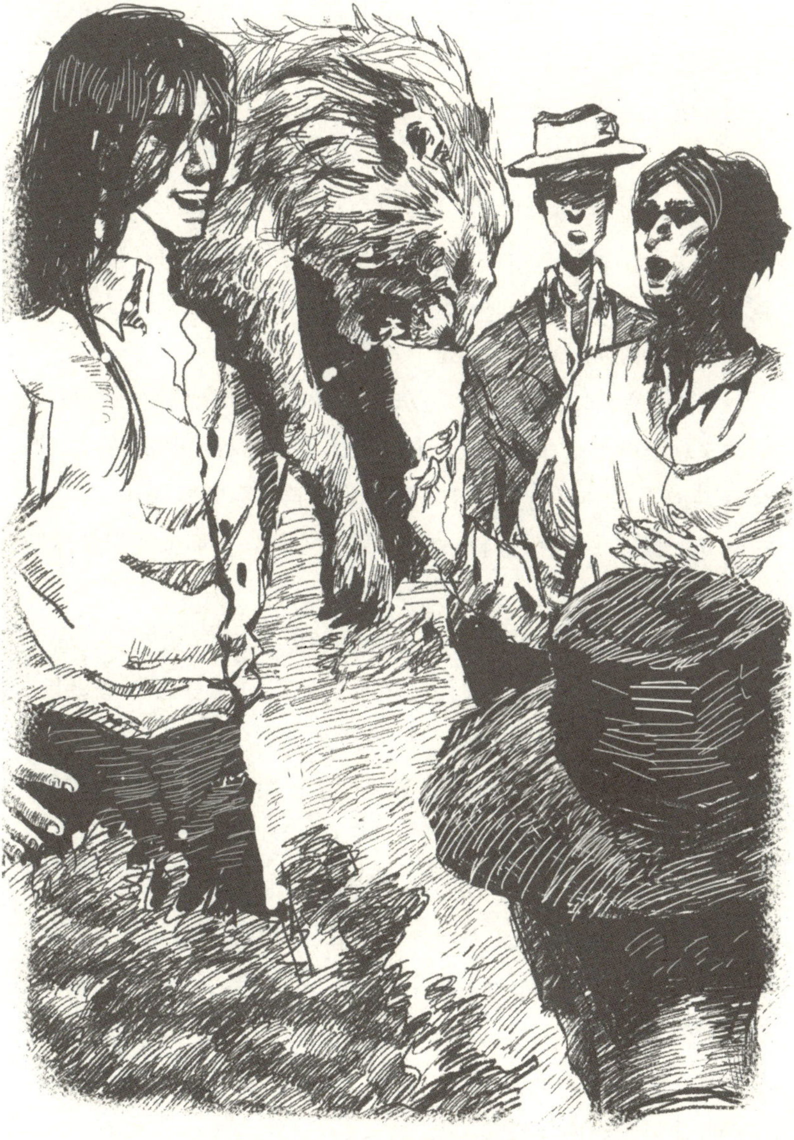

的身影向他们走来，宽阔的肩膀上还扛着一只死狮子。

就连达诺也感到震惊，一个人怎么可能如此神速地凭借这么简单的武器猎杀一只狮子？又怎么可能扛着这么大的死尸穿过枝蔓纠缠的丛林？

大伙儿都围着泰山一个劲儿地问个不停，对自己的壮举他却一笑置之，不以为然。

对泰山而言，这样的赞美十分滑稽，这就好比，人们因为屠夫杀了一头牛就将其当作英雄来称赞一样。他经常猎杀狮子，不过是为了果腹和自保，根本就不值一提。然而，在这些习惯于大型狩猎比赛的人看来，泰山是个真英雄。

顺便一提，他已经赢了一万法郎了，因为达诺坚持让他都收下。

这对泰山而言非常重要，他刚刚意识到这种小金属片、小纸片背后的力量，不论是乘车、吃饭、睡觉、穿衣服，还是喝酒、干活儿、娱乐，甚至连遮风挡雨，遮阳避寒，人们都得用到这些东西。

泰山非常清楚没有钱必死无疑。达诺曾让他不必担心，因为他的钱够他俩花，不过，泰山已经懂了许多道理，其中一条就是：人们看不起那些靠别人施舍过日子的人。

猎狮不久后，达诺顺利地租到一条古船，准备沿海岸行驶，去往泰山的那个内陆港湾。

在一个快乐的早晨，他俩扬帆起航，驶向大海。

此行颇为顺利，他们在小屋前的港湾停船靠岸。第二天早晨，泰山又扮上先前的"丛林装扮"，扛着一把铁锹，只身前往圆剧场寻找宝箱。

第二天下午，他回来了，肩上还扛着个大箱子。日出时分，小船驶出港口，向北驶去。

三周后，泰山和达诺登上了一艘去往里昂的法国轮船。到达里昂后，他们在那儿逗留了几天，随后，达诺带泰山动身前往巴黎。

泰山一心想去美国，可达诺却坚持让他先陪着自己去巴黎，而且只字不提非要这样做的原因。

到了巴黎之后，达诺做的第一件事就是带着泰山拜访他的一位老友——警察局一位高级官员。

达诺巧妙地转换着话题，终于引起泰山的兴趣，警官向泰山讲解了许多时兴的抓捕鉴别罪犯的方法。

泰山对指纹鉴别颇感兴趣，觉得它奥妙无穷。

"可是这些指纹有什么意义呢？"泰山问道，"要是几年后手上的老皮磨损了，又长出新的皮肤，手指上的指纹就完全变了呀。"

"指纹一直都是一样，"警官回答道，"从出生直到老去，人的指纹形状都一样，只有大小的变化，除非是因为受伤，手上的簸箕和斗的纹路会略有变化。不过，如果采集到一个人双手拇指和四指的指纹，那他的身份完全可以鉴别出来。"

"太棒了！"达诺大声说道，"不知道我的指纹会是什么样子。"

"马上就能见着。"警官回答。说完便按铃叫来助手，吩咐了几句。

助手走出屋子，不一会儿就回来了，将手里端着的一个硬木盒子放到警官桌上。

"可以了，"警官说，"要不了一秒钟，你就能看见自己的指纹了。"

他从小木盒里抽出一块方玻璃、一小管浓墨水、一个橡皮滚筒，还有几张雪白的卡片。

他挤出一滴墨水滴在玻璃上面，然后用橡皮滚筒来来回回将墨水匀开，直到整个玻璃面都铺满薄而均匀的墨水。

高度文明 | 249

"把你右手的四根手指放到玻璃上,像这样……"他对达诺说,"然后拇指。很好,现在把手指按到这张卡片的相同位置上,这儿,不——再稍微往右一点儿。我们得留地儿按大拇指和左手的手指。就是那儿,好了。这回换左手来。"

"来,泰山,看看你的指纹是什么样子。"达诺对泰山说。

泰山开心地如法炮制,其间还问了警官许多问题。

"指纹能看出种族特征吗?"他问道,"比方说,光看指纹,能判断这人是黑人还是白人吗?"

"不能,"警官答道,"不过有些人声称黑人的指纹稍简单一些。"

"那能鉴别猿的指纹和人的指纹吗?"

"很有可能,猿的指纹比高级动物的指纹要简单得多。"

"那猿和人生下的猿孩儿呢,他的指纹能看出其中一类的特征吗?"泰山继续问。

"能吧,我觉得可能,"警官答道,"不过当前的科学发展状况还不足以准确回答这些问题。目前,我只确信这能鉴别出不同人类的指纹。"

"但毫无疑问,世界上从来就没有两个指纹相同的人。也没有两个相同的指纹,除非是同一根手指留下的指纹。"

"这种鉴别耗时耗力吗?"达诺问道。

"要是指纹清晰,一般来说几分钟就够了。"

达诺从口袋里掏出一个小黑本子,开始翻了起来。

泰山惊讶地看着本子。他的本子怎么跑到达诺那儿了?

不一会儿,达诺就翻到了印有五个小手指印的一页。

他把本子递给警官。

"你看这些指纹和我的一样吗?还是说和泰山先生的一样吗?再或者和我们俩的都一样?"

警官从写字台上拿起一个厉害的放大镜，仔细地检查着那三种指纹样本，同时在便笺上作标记。

泰山此时终于明白了此行的用意。

他的身世之谜就藏在那些小小的记号里。

他神经紧张地坐在椅子上，身子不由前倾。又突然放松下来，靠在椅背上，笑了。

达诺惊讶地看着他。

"你忘了，二十年了，留下这些指纹的孩子早死了，就躺在他父亲的小屋里，从我走进那间小屋起，就一直看着它躺在那里。"泰山苦涩地说。

警官惊异地抬起头。

"您接着忙，警长，接着鉴别，"达诺说，"如果泰山先生允许，我以后再给您讲这个故事。"

泰山点了点头。

"不过，你疯了吧，亲爱的达诺，"他仍坚持自己的看法，"那些个小手指早就埋在非洲西海岸了。"

"那我管不着，泰山，"达诺回答道，"有可能的。如果你不是约翰·克莱顿的儿子，你怎么会跑到那片被上帝遗弃的丛林里呢？除了约翰·克莱顿，没有别的白人踏足过那儿。"

"你忘了……还有卡拉。"泰山说。

"我根本就没想过它。"达诺回答道。

两人走到视野开阔的窗前，一边聊着，一边俯瞰着下面的林荫大道。好一会儿，他们就站在那儿，盯望着大街上熙熙攘攘的人群，陷入了深思。

"指纹鉴别还挺费时的。"达诺心想，于是转身看向警官。

令他感到惊讶的是，眼前警官正靠着椅背，一目十行地浏览着小黑本子里的内容。

达诺咳嗽了一声。警官抬起头,捕捉到他的目光,举起一根手指,示意他别出声儿。

达诺又转向窗口,不一会儿,警官说话了。

"先生们。"他说。

泰山和达诺都转向他。

"此事事关重大,为了准确无误,还得再做比较和鉴别。因此,我请两位先将这些东西留在我这儿,等我们的专家德斯库克先生回来之后再作定夺。这估计得等上几天。"

"我还希望马上就能知道结果呢,"达诺说,"明天泰山先生就要坐船去美国了。"

"我向你们保证,不出两周,你就可以得到结果,"警官回答道,"但是,我还不敢肯定。有点像,不过……呃,最好还是等德斯库克先生来辨别吧。"

Chapter 27

巨子重现

一辆出租车停在了巴尔的摩郊外的一座老式宅邸前。

车上下来一位年约四十的男子,身强体壮,相貌平平,付过车费,就将司机打发走了。

过一会儿,男子就走进了老宅的书房。

"啊,坎勒先生!"老人吃惊道,起身问候他。

"早上好,我亲爱的教授。"男子说,说话间还亲切地同老人握手。

"谁接待的你?"教授问道。

"埃斯梅拉达。"

"那让她告诉简你来了。"教授说道。

"不,教授,"坎勒答道,"我此番是来见你的。"

"啊?我很荣幸。"波特教授说。

"教授,"罗伯特·坎勒似是斟酌了一番,谨慎地说道,"今晚我来是想和你聊一聊简。您知道我的愿望,而且您已经慷慨地答应我们的婚事了。"

阿基米德·Q·波特教授在扶手椅上,坐立不安。一谈到这个话题他就不舒服,也不知为何,明明坎勒是个不错的结婚对象。

"可是,"坎勒继续说道,"我不明白简的意思。她不是把我支到这儿,就是支到那儿。我总觉得每次同她告别,她都长舒一口气。"

"啧啧,"波特教授说,"坎勒先生,简是世上最懂事的女儿,她会听我的话的。"

"那你还是支持我的了?"坎勒如释重负地问道。

"当然了,先生,这是肯定的,先生,"波特教授大声说道,"你怎么能怀疑我呢?"

"如你所知,年轻的克莱顿也在这儿,"坎勒暗示道,"他已经在这儿待了好几个月了。"

"我知道简不喜欢他,可是,人们说他不光是公爵,还从他父亲那儿继承了一大笔资产,如果最终是他赢得她的芳心,这并不算奇怪,除非——"坎特突然停顿了一下。

"啧啧,坎勒先生,除非——怎样?"

"除非你要求简立马和我结婚。"坎特一字一顿,清楚明白地说道。

"我已经向简建议过了,她会顺着我的,"波特教授伤感地说,"我们再也养不起这座房子了,也不能再按她的想法生活了。"

"她是怎么回答的?"坎勒问道。

"她说她还没有做好和别人结婚的准备,"波特教授回答道,"我们可以去她母亲留给她的农场生活,就在威斯康星州北部。"

"农场不光能自给自足,租户也一直靠它谋生,而且每年都能在那儿就近给简找点琐事干。她正计划着这周一去那儿,菲兰德和克莱顿先生已经出发去为我们打点一切了。"

"克莱顿去那儿了?"坎勒惊叹道,似是懊恼,"为什么不告诉我呢?不然我已经到了,还把一切都安排得妥妥当当的。"

"简觉得我们欠你的已经太多了,坎勒先生。"波特教授说。

坎勒正要回答,这时大厅里的脚步声突然停住,简·波特走了进来。

"哦,不好意思!"她停在门口,大声说,"我还以为就您在呢,爸爸。"

"我又不是外人,简!"坎勒说话间已经站起身来,"不如进来和我们一块儿聊聊呀?我们正聊着你呢!"

"好啊,谢谢,"简走过来,坐在坎勒为她拉开的椅子上,"我只是想告诉爸爸一声,明天托比要从学院回来收拾他的书。爸爸,我希望您能确保把那些您秋天才用得着的书标记一下。请您可别再把整个书房的书都搬到威斯康星州了。上回去非洲,要不是我横插一脚,您就把所有的书都搬上船了吧。"

"托比来了吗?"波特教授问。

"来了。我刚从他那儿过来。现在他正和埃斯梅拉达在门廊后面聊着宗教信仰呢!"

"啧啧!我必须得马上去找他一下!"教授说,"孩子们,我先失陪一下了。"老人匆匆忙忙走了出去。

老人的脚步声消失后,坎勒转过脸来看向简。

"听我说,简!"他开门见山地说,"我们的事你还准备拖到什么时候?你虽没拒绝嫁给我,可你也没对我承诺过什么。我想明天把结婚证书领了,这样,在你去威斯康星之前,我们就能低调地把婚结了。我不想办得太张扬,你一定也是这么想的。"

姑娘打了个冷战,但她还是勇敢地昂起了头。

"你该知道吧,这也是你父亲的心愿。"坎勒补充道。

"是,我知道。"她无力地说道。

"你这是在花钱买我吗,坎勒先生?"简终于挑明,语气冰冷,"花这么几个钱把我买下来?罗伯特·坎勒,你肯定是这么想的吧,我的父亲轻率地决定去冒险,你在借钱给他时,就已经有这个念头了吧,若非一些极其微妙神秘的状况,我们的冒险会非常成功!不过,若是那样,坎勒先生你估计会很吃惊吧。你知道这次冒险不会成功。你真是个精明的商人!还是个好心的商人!借钱给别人去寻找埋在地下的宝藏,还不要保证人——除非你别有企图。

"因为你知道,没有保证人更能以声誉牵制波特父女。你知道这是强迫我跟你结婚的最佳手段,不过是以退为进。

"你一直不提我们欠你债的事情。如果换作别人,我应该会觉得他坦荡慷慨。可是你太诡计多端了,罗伯特·坎勒先生。我对你的了解并不止于你所知的。

"如果别无选择,我自然会嫁给你。不过,我们还是相互彻彻底底地了解一下吧。"

简在说这番话时,罗伯特·坎勒的脸一阵红、一阵白。等她说完,他微笑着站起身,冷嘲道:"简,你可真让我吃惊呀!看来你的自制力,你的自尊心,也不过如此。你说的当然不错。我就是在花钱买你,我知道你也明白,不过,我还以为你会陪我演一场情投意合的戏码呢。我原以为你不会承认的,你怎么会抛开自己的自尊,放下你们波特家的骄傲,去承认——自己是被花钱买走的呢。不过,亲爱的姑娘,随你的便吧。"他又淡淡地说:"我一定要占有你,我只关心这个。"

简默不作答,转身走出了书房。

简没有和罗伯特·坎勒结婚。她和父亲,还有埃斯梅拉达去了威斯康星州的小农场。火车徐徐地驶出，她冷冷地向罗伯特·坎勒告别。坎勒大声表示，一两周后他就赶去和他们会合。

刚一到站，简就看见了开着大型观光汽车在那里等候的克莱顿和菲兰德先生。车子穿过北面稠密的森林，向小农场飞驰而去。姑娘自打童年过后，一直没有再回过这里。

农场的房子地势稍高一些，和佃农的房子相距几百码。三周的时间里，克莱顿和菲兰德先生把房子给彻底整修了一番。

克莱顿从远处的城市雇了一群木匠、泥水匠、管道工、油漆工，这么短的时间里，原先破烂不堪的房子已经变成了舒适的二层小楼，屋子还安装了便利的现代化设施。

"天啊，克莱顿先生，你做了什么呀！"简大声说道，她估算了一下，知道克莱顿在这上面花了不少钱，不禁心里一沉。

"嘘——"克莱顿小心翼翼地说，"别让你父亲发现了。只要你不跟他讲，他一直都不会注意到的。我和菲兰德先生只是觉得这幢房子又破又脏，不忍心让他这么住着。简，这不过是小事一件，我想做更多。看在他的份儿上，请不要放在心上。"

"可是你知道，我们还不起你的，"姑娘大声说，"为什么要让我欠你这么大一个人情？"

"别这样想，简，"克莱顿悲伤地说，"如果只是你，相信我，我不会这么做的，其实我从一开始就知道，这样只会有损我在你心目中的形象，但是我不能让你父亲住在那样一个破地方。你就不能相信我翻新房子只是为了他么？难道你就不能让我高兴一点吗？"

"我当然相信你，克莱顿先生，"简说，"因为我知道，你既高大，又慷慨，所以你会为他去做这些事情。啊，塞西尔，要是我能像你希望的那样报答你就好了……"

"为什么不能呢？简。"

"因为我心有所属了。"

"坎勒？"

"不是。"

"但是你要跟他结婚了。早在我离开巴尔的摩之前，他就跟我说了。"

姑娘不由地皱了皱眉。

"我不爱他。"她近乎骄傲地说。

"那是因为欠了他钱吗，简？"

她点了点头。

"这样的话，难道我还比不上坎勒吗？我也有钱，多得是，足够满足你的一切需要。"他伤心地说。

"我不爱你，塞西尔，"她说，"可是我尊敬你。如果我必须辱没名声，和男人做这样的交易，我宁愿选那个自己嗤之以鼻的人。我讨厌自己被一个我不爱的人买走，无论他是谁。一个人你会更快乐，"她总结道，"我会尊敬你，做你的朋友，但如果你和我在一起，便只能让我蔑视。"

他没有再说什么。可是一个星期以后，当罗伯特·坎勒开着豪华汽车停在了农舍前，威廉·塞西尔·克莱顿——格雷斯托克公爵心里不由升起杀念。

一个星期过去了，威斯康星小农场的人都觉得这是紧张的一个星期，平淡的一个星期，也是极其难熬的一个星期。

坎勒坚持让简马上跟他结婚。

最后，在他令人厌恨的、没完没了的纠缠之下，简终于屈服了。

最后说定，第二天，坎勒开车进城，领回结婚证书，再请回来一个主持婚礼的牧师。

一得知他们的计划,克莱顿就打算离开威斯康星州。可是简生无可恋的、无助的眼神动摇了他。他不能就这么抛下她不管。

也许还会有转机,他尽力安慰着自己。在他的内心深处,他明白,只要一个小小的火星,他对坎勒的仇恨就会燎成熊熊的杀意。

第二天一早,坎勒驱车进城。

农庄东面,黑色的浓烟低笼着森林。一场大火已经肆虐了一个星期,虽然离农庄不远,但是因为一直刮着西风,火势还没有蔓延到他们这里。

大约中午,简·波特外出散步。她不愿让克莱顿陪着她。她说她想一个人走走,克莱顿只好尊重她的意愿。

波特教授和菲兰德先生正在投入地讨论着一些重大的科学问题。埃斯梅拉达在厨房里打盹儿,彻夜无眠的克莱顿眼皮也打架了,躺在客厅的沙发上,很快就睡着了。

东边,黑烟直冲天空升起,突然又拐弯,迅速地向西面飘来。

黑烟愈来愈近。佃农们都进城去了,这天恰巧是赶集的日子,谁也没看见火红的魔鬼正快速逼近。

很快,火势蔓延到了南方,截断了坎特回去的路。一阵风将森林大火吹向了北方,又旋转回来,火焰就在原地静静地燃烧着,如同被一只神秘的大手使了"定身术"。

突然,一辆黑色轿车从东北方向的公路上直冲下来。

一个急刹车,停在了屋前。黑发巨子从车里跳出,飞快地跑到门廊,直接冲进屋里。克莱顿还躺在沙发上沉沉地睡着!巨子心里一个激灵,立马跳到克莱顿身边,使劲儿摇晃着他的肩膀,大声喊:"天哪!克莱顿,你们都疯了吗?你们不知道大火都快把你们围住了吗!波特小姐在哪儿?"

克来顿一下子跳了起来。他不认识这个人,可是却听得懂他讲话,一个箭步冲到走廊。

"斯科奇!"他大喊一声,然后又冲回到屋子里,喊道,"简!简!你在哪儿?"

眨眼间,埃斯梅拉达、波特教授和菲兰德先生都聚集到这两个男人身边。

"简小姐呢?"克莱顿抓着埃斯梅拉达的肩膀,用力地摇晃着她,大声问道。

"啊,天哪!克莱顿先生,她散步去了!"

"她还没回来吗?"不等埃斯梅拉达回答,克莱顿就冲到院子里,其他人也都跟着跑了出来。

"她走的哪条路?"黑发巨子冲着埃斯梅拉达大喊道。

"那条。"受惊的黑人妇女喊道,指着南方。咆哮着的火焰形成一堵高墙,挡住了人们的视线。

"带这些人去坐另一辆车,"陌生人对克莱顿喊道,"我开车来的时候,看见那儿还有一辆车,从北边那条路走。"

"把我的车留这儿。如果找到波特小姐,我们还得用车。如果没找着,就没人用了,照我说的做。"在克莱顿犹豫时,大伙儿看到一个敏捷的身影,飞速穿过空地,冲向西北方向的森林,那片森林仍然矗立着,没有被火焰吞噬。

他每向前一跃,大伙儿肩头那巨大的责任感就减轻一分。他们对这个陌生人满是信任,都觉得只要简还活着,凭他的力量一定能把她救出来。

"他是谁?"波特教授问。

"我也不知道,"克莱顿回答,"他叫得上我的名字,还认识简,一进屋就询问她的下落,还叫出了埃斯梅拉达的名字。"

"我对他总有种似曾相识的感觉,"菲兰德先生大声说道,"可是，我的天啊！之前我从来没有见过他。"

"啧啧！"波特教授大叫道，"真是太奇怪了！他会是谁呢？为什么他一去找简，我就觉得我的女儿有救了呢？"

"我也不知道，教授，"克莱顿很严肃地说，"不过，我跟您一样觉得不可思议。"

"快上车吧！"他喊道，"我们必须赶快逃出去，不然困在这片火海里就出不去了！"于是，大伙儿都赶忙向克莱顿的汽车跑去。

简·波特转身准备回家，却惊慌地发现，森林大火的烟雾已经近在咫尺。她加速向前跑，熊熊火焰很快截断了她和农场间的小路。简陷入了一阵恐慌。

最后，她被迫钻进茂密的灌木丛，试图绕过大火，从西面回家。

没过多久，她就发现，这种努力是那么的苍白无力。她抓住一线生机退回到大路，向南朝小城的方向逃生。

她花了二十分钟才退到大路上。与先前大火切断了她的去路一样，这期间，大火又阻截了她的来路。

沿着这条路没跑几步，她惊恐地顿住脚步。眼前又出现了一堵火墙！大火向南伸出足有半英里长的"手臂"，将细长的小路搂在怀里。

简知道再钻进灌木丛里也是徒劳。

她已经试了一次，以失败告终。此刻，她清楚地意识到，要不了几分钟，"南北敌军"就会在此会师，前后夹击形成一片火海。

姑娘平静地跪在尘土飞扬的路上，祈求上帝赐给她力量，让她勇敢地面对命运，给父亲和朋友们留一条生路。

她没想过要为自己祈祷。木已成舟，现在即便是上帝也救不了她了。

突然，她听见森林里有人在大声呼喊她的名字："简！简·波

巨子重现 | 261

特！"声音清晰而有力,但却很陌生。

"这儿!"她大声回应着,"我在这儿,在大路上!"

然后,透过树枝,她看到一个身影像松鼠一样飞快荡了过来。

一阵微风吹过,烟雾扑面而来,她再也看不见那个向她飞奔而来的人了,但是突然间,她感到一个强而有力的臂膀环在她的腰间。眨眼间,她已被抱起,感觉到风正迎面而来,时不时有树枝擦身而过。

她睁开双眼。

只见脚下是低矮的灌木丛和坚硬的土地。

四周是随风摇曳的树叶。

这个巨大的身影抱着她,从一棵树荡到另一棵树。非洲丛林里的场景历历在目,眼前的一切仿佛梦境一般,与记忆中的悸动相重合。

啊!若他便是那个抱着她在缠绵的茂林间穿枝打叶的人儿,该有多好!但这又怎么可能?不过,在这个世界上,除了他还有谁能这么强而有力、这么身手敏捷地抱着自己在树林里穿行呢?

她偷偷瞥了一眼他的脸,吓得倒吸一口凉气,啊!就是他!

"我的'丛林上帝'!"她喃喃地说,"不,我一定是死前神志不清了。"

肯定是简说话很大声,原本只是时不时低头看看她的巨子眼中充满了笑意。

"是我,简·波特,你野蛮的原始人到丛林外来找他心爱的姑娘了——来找那个从他身边逃走的女人!"他咬牙切齿地说。

"我没有从你身边逃走,"她轻声说,"大伙儿已经等你等了整整一星期了,我也只能同意离开了。"

他们冲出了火海,泰山又回到空地上。

泰山和简肩并肩地向农场走去。风又变向,大火趁势杀了回去。再烧上一个小时,这场大火就该熄灭了。

"你为什么没有回来?"

"我当时在照顾达诺,他受伤很严重。"

"啊!我就知道是这样的!"她大声说。

"他们说你到黑人那儿去了,还说你和他们是一伙儿的。"

他大笑道:"不过,你相信他们的话吗?简。"

"当然不信——我该怎样叫你呢?"她问道,"你叫什么名字?"

"你初次见我时,我是人猿泰山。"他说。

"人猿泰山!"她惊叫道,"这么说来,我离开小屋答复的那封信是你写的?"

"是的。不然你觉得会是谁写的呢?"

"不知道。只是我没想过会是你写的。人猿泰山会用英语写信,你却对任何语言都一窍不通。"

他又爽朗地笑了。

"此事说来话长,我不会说话,可是能用文字表达出来。不过,现在情况好像更糟了,达诺教我说的是法语而不是英语。

"来吧!"他又说,"上我的车。我们必须追上你父亲。他们就在前面,离我们没多远。"

正开着车,他说道:"你在给人猿泰山的那封信里说,你爱的是另一个人——这么说,那个人可能是我了?"

"是你。"她简单地回答道。

"可是在巴尔的摩——你让我好找啊——大伙儿告诉我,或许你已经结婚了。他们说有个叫坎勒的人到这儿来和你结婚。此话当真?"

"是真的。"

"你爱他吗?"

"不爱。"

"那你爱我吗?"

她双手捂着脸。

"我已经答应了要嫁给他了。我回答不了你的问题,人猿泰山。"她哭着说。

"你已经回答过了。现在,告诉我,你为什么要嫁给一个不爱的人?"

"我父亲欠他钱。"

忽然,泰山回想起他之前读过的那封信——那时候,他还不明白罗伯特·坎勒这个名字所暗示的麻烦。

他微笑着说:"如果你父亲没弄丢那箱财宝,你就不会勉强自己嫁给这个叫坎勒的人了吧?"

"我可以请求他解除婚约。"

"那要是他拒绝呢?"

"那我就只能和他结婚了。"

他沉默了一会儿。汽车开得飞快,颠簸在崎岖不平的大路上。右边的大火吐着火舌冲他们狞笑,只要风向一变就会肆虐而来,切断这条逃生之路。

他们终于冲出了危险区,泰山降低了车速。

"要是我去请求他呢?"泰山大胆地问。

"他怎么会接受一个陌生人的请求呢?"姑娘说,"更何况是另一个也想得到我的人。"

"特克兹就接受了。"泰山冷冷地说。

简·波特颤抖着,惊恐地看着身旁的巨子。她明白,特克兹就是泰山营救自己时,杀死的那头巨猿。

"这儿不是非洲丛林,"她说,"你也不再是野兽了。你现在是位绅士,绅士不会冷酷无情地杀人。"

"可在内心深处,我依然是野兽。"他低声说,似是自言自语。

他们再次陷入了沉默,过了好一会儿。

"简·波特,"泰山终于说,"如果你自由了,你愿意嫁给我吗?"

她没有马上回答,他耐心地等待着。

姑娘正努力整理思绪。

对于身旁的这个怪人,她都知道些什么呢?他对于他自己又都知道些什么?他究竟是谁?他的父母亲是谁?

为什么,连他的名字也反映着他出身神秘、生活野蛮。

他连个正式的名字都没有。和这个丛林流浪汉一起生活,她会幸福吗?她和这样的人有共同话题可言吗?毕竟这个人从小生活在非洲荒野树顶之上,还和凶猛的人猿一起打斗、嬉戏。他会从刚刚猎杀的还在颤动的猎物肚子上撕扯食物,直接生猛啃食,也会和同伴咆哮嘶吼,为了自己的份额你争我抢。

他能提升她的交际圈子吗?她能接受这种云泥之别的生活吗?这样可怕的婚姻,双方会有幸福可言吗?

"你不回答,"他说,"是怕我伤心吗?"

"我不知道该怎样回答你,"简伤感地说,"我也不知道自己心里是怎么想的。"

"看来,你不爱我?"他平静地问道。

"别问我了,没有我,你会更幸福的。你注定适应不了人类社会正式场合的各种条条框框和繁文缛节。文明会让你感到厌倦,过不了多久,你就会渴望从前自由自在的生活。我融入不了你的世界,就像你无法适应我的生活一样。"

"我明白你的意思了,"他很平静地回答道,"我不会难为你。

比起得偿所愿，我更希望你能幸福。现在我明白了，和一个——猿生活在一起，你是不会幸福的。"

他的声音有一丝苦涩。

"别这样说，"她反驳道，"不，别那么说，你会错意了。"

她还没说完，一个急转弯，他们就来到一个小村庄。

克莱顿的车就停在前面，车边围着从农场里逃出来的一伙人。

Chapter 28

剧终

一看见简,大伙儿都松了一口气,高兴地叫了起来。泰山把车停在克莱顿的车旁,波特教授紧紧抱住女儿。

好一会儿,谁也没有注意到泰山,他就默默地坐在汽车里。

克莱顿最先想起坐在车里的人,转过身子,向他伸出手。

"我们该怎么感谢您呀!"他大声地说,"您救了我们所有人。在农场,您喊着我的名字,但我却怎么也想不起您叫什么,可又总觉得似曾相识。仿佛很久以前,我在什么地方跟您见过。"

泰山微笑着,握住了他的手。

"您说得很对,克莱顿先生,"他用法语说,"请原谅我不能用英语与您交谈。不过我正在学,虽说您讲的话我能听懂,但我却说不好英语。"

"可您到底是谁?"克莱顿又说,这次他用法语问道。

"人猿泰山。"

克莱顿惊讶地退了一步。

"天哪!"他惊叫着,"这是真的?"

波特教授和菲兰德先生都挤了过来,和克莱顿一起向泰山道谢。他那蛮野的丛林家园距此甚远,能够在这儿见到这位丛林朋友,大伙儿又惊又喜。

尔后,一伙人走进了一家十分简朴的小旅店。克莱顿很快就将一切安排妥当,准备款待泰山。

他们刚在一间又小又闷的休息室落座,就听到一阵由远及近的汽车轰鸣。

菲兰德先生坐在窗边,眼睁睁地看着汽车靠近,最后停在另外那两辆车旁边。

"天哪!"菲兰德先生说,声音中透着一丝恼火,"是坎勒先生。我还想着……呃,我还以为……呃,这可真让我们高兴,他没被困在火里。"他结结巴巴地说。

"啧啧!菲兰德先生,"波特教授说,"啧啧!我一直告诫我的学生,说话前要在心里默数十下。我要是你,那至少得数上一千下!然后闭上嘴巴,保持沉默。"

"天呀,好吧!"菲兰德先生只得无奈地表示赞同,"不过,他旁边那个像牧师似的先生是谁呢?"

简的脸色顿时变白。

克莱顿坐在椅子上,心神不安。

波特教授紧张地摘下眼镜,在镜片上哈了一口气,还没擦,就把眼镜架在了鼻梁上。

那位在哪儿都少不了的埃斯梅拉达咕咕哝哝说着什么。

只有泰山无动于衷。

一转眼,罗伯特·坎勒就冲了进来。

"感谢上帝！"他大声说，"我都担心死了，克莱顿，看到你的车我才放心。我在南边那条路上被大火拦住，只得再回到城里，从东边绕到这条路。我还以为我们都到不了农场了。"

大伙儿似乎谁都不愿意搭理他。泰山直勾勾地盯着罗伯特·坎勒，像是母狮赛贝正盯着猎物一样。

简瞥见他，紧张地咳嗽了一声。

"坎勒先生，"她说，"这位是我们的老朋友，泰山先生。"

坎勒转过身，朝泰山伸出手。泰山站起身来，像达诺教他的那样，绅士地向坎勒鞠了一躬，好像压根儿没有看见他伸过来的那只手。

坎勒似乎也没有注意到这一"疏忽"。

"这位是尊敬的图斯里先生，简，"坎勒转身对身后那位牧师说，"图斯里先生，这位是波特小姐。"

图斯里先生微笑着鞠了一躬。

接着，坎勒将牧师介绍给大伙儿。

"我们马上就能举行婚礼了，简，"坎勒说，"然后，我们就可以乘午夜的火车回城里去。"

泰山立马就明白了此话的含义。他半眯着眼睛瞥了简·波特一眼，可是却并没有动弹。

姑娘犹豫着。屋子里很安静，空气中弥漫着紧张气氛。

所有人都盯着简·波特，等待她的回答。

"不能再等几天吗？"她问道，"我感觉心神不宁的，今天经历的事情实在太多了！"

坎勒感觉到了屋子里的人对他充满敌意，不禁怒火中烧。

"我们已经等得够久了！我不想再等了！"他粗暴地说，"你答应了要嫁给我的。我不能再让你玩弄我了。我已经拿到了结婚

剧终 | 269

证书，牧师也到场了。来吧，图斯里先生！过来，简！我们有足够多的证婚人，比应该有的还要多。"他阴阳怪气地补充道。随后一把抓住简的胳膊，往正等着举行仪式的牧师跟前拉。

可是，他刚抬脚，一只沉重的"铁钳"就紧紧抓住了他的胳膊，另一只直锁咽喉。他蓦地双脚离地，被泰山举起，仿佛一只任猫摆布的老鼠。

简惊恐地转向泰山，她盯着他的脸，看见了他前额那条深红色的伤疤。那是人猿泰山和巨猿特克兹殊死搏斗后留下的，她在遥远的非洲丛林里见过。

她知道，泰山那充满野性的心里埋藏着杀机。简惊恐地叫了一声，扑过去哀求他。她在乎的当然不是坎勒的死活，而是泰山。她深知谋杀将会面临如何严厉的惩处。

然而，还没等她扑过去，克莱顿已经跳到泰山身边，试图从他的手里拉出坎勒。

泰山那条有力的胳膊只轻轻一甩，克莱顿的身子便被掷到了小屋对面。这时，简伸出白皙的手紧紧地抓住泰山的手腕，抬头望着他的眼睛。

"看在我的份儿上。"她说。

锁住坎勒脖子的那只手松了。

泰山望着眼前这张楚楚动人的面庞。"你不想让他死？"他惊讶地问。

"我只是不想让他死在你的手上，我的朋友，"她回答道，"我不想让你变成杀人犯。"

泰山将手从坎勒的脖子上挪开。

"你会跟她解除婚约吗？"他问道，"想活就要付出代价。"

坎勒大口喘着粗气，点了点头。

"你能离得远远的,再也不骚扰她吗?"

坎勒又点了点头。刚刚离鬼门关那么近,他的脸已经被吓得扭曲。

泰山刚松手,他立刻跌跌撞撞地向门口跑去,眨眼间便没了踪影。那位牧师吓坏了,也随他离去。

泰山转过身看着简。

"我能单独跟你聊几句话吗?"他问道。

姑娘点了点头,朝着通往小旅馆狭窄走廊的门走了过去。她在外面等着泰山,没有听见这之后屋子里的谈话。

"等一下!"泰山刚要出去,波特教授大声喊道。

短短几分钟,事态发展之快令老教授目瞪口呆。

"在我们进一步探讨之前,先生,我希望你能解释一下刚刚发生的事情。先生,你凭什么干涉我女儿和坎勒先生的事情?我已经答应了他的求婚,先生,不管喜不喜欢他,我们都必须信守承诺。"

"波特教授,"泰山回答道,"我之所以干涉,是因为你女儿不爱坎勒先生,她不愿意嫁给他。这对我来说就足够了。"

"你根本不知道你干了些什么!"波特教授说,"现在,他一定不会和她结婚了。"

"他当然不会。"泰山强调说。

"此外,"泰山补充道,"波特教授,您不用担心,波特家族的名誉不会受损,一到家您就能还清欠坎勒的钱。"

"啧啧!先生!"波特教授叫道,"你这话是什么意思?先生。"

"您的财宝找着了。"泰山说。

"什么……你说什么?"教授叫喊着,"你疯了吧,小伙子,不可能的!"

"是真的。是我偷了那个箱子,当时我并不知道它的价值,也不知道它是谁的。我看见水手们把它埋在那儿,我就模仿着他们,把它挖了出来,又埋到了别的地方。当达诺告诉我那是什么,那对您意味着什么,我便返回丛林,把它找了回来。这个箱子是万恶之源,所有的苦难和悲伤都因它而起,我本想将它一并带来,可是达诺觉得最好不要随身带着,我就接纳了他的意见,给您带来了一份信用保证书,"泰山从口袋里掏出一个信封,交给吃惊的教授,"一共是二十四万美金。这批财宝专家们已经仔细地评估过了。不过怕您心有疑虑,达诺就自己将它买了下来,暂且替您保管着,这样万一您更想要财宝也好办。"

"我们已经欠了您那么多的人情了,先生,"波特教授用颤抖的声音说,"现在您又帮了我们这么大的一个忙,是您挽救了我的名誉。"

坎勒走后不久,克莱顿也出去了,现在他又回到屋里。

"打扰了,"克莱顿说,"我们最好在天黑之前赶到城里,坐第一班火车离开这片树林。有个当地人从北面骑马过来,他报告说,大火正在朝着这个方向蔓延。"

通报打断了谈话,大伙儿都赶忙从小旅店里出来,奔往门口等候的汽车。

克莱顿、简、教授和埃斯梅拉达坐上了克莱顿的车。泰山和菲兰德先生坐上了另一辆车。

泰山启动汽车,紧跟前面那辆。"天哪!"菲兰德先生惊叫着,"谁会相信这一切会是真的!上次见你,你还是个不折不扣的野人,在非洲热带丛林的树枝间跳来跳去,现在你竟然开着一辆法国汽车载我飞驰在威斯康星州的公路上。天哪!这真是太不可思议了!"

"是啊,"泰山赞同道,停顿了片刻,问道,"菲兰德先生,您还记得在我小屋里发现和埋葬的那三具骷髅的细节吗？就是非洲丛林旁边那个小屋。"

"当然记得了，先生，记得非常清楚。"菲兰德先生回答道。

"那些骷髅有什么特别之处吗？"

菲兰德先生眯着眼睛打量着泰山。

"你问这个干吗？"

"这于我而言非同小可，"泰山说道，"您的回答可能会解开一个谜。不论怎样，反正没坏处，最坏也不过是解不开这个谜而已。"

"最近两个月，我一直在做一个有关这几具骷髅的假设。我希望您能知无不言地回答我的问题：您埋葬的那三具骷髅都是人的骨架吗？"

"不，"菲兰德先生说，"最小的那具，就是在摇篮里发现的，是猿的骨骼。"

"谢谢您。"泰山平静地说。

前面那辆车上，简·波特的大脑正疯狂地飞速运转着。她察觉到了泰山一会儿要与她说些什么，她必须准备好答复。

泰山不是那种可以轻易推脱的人。不知怎的，她不禁怀疑自己，难道自己真的不怕他吗？

她能去爱自己害怕的人吗？

她意识到，在那遥远的丛林深处，她曾被一种魔力迷惑。而现在，在平淡无奇的威斯康星州，根本没有那种充满魅惑的魔力。

再者，眼下这位纯洁无瑕的"法国青年"，根本就吸引不了他心灵深处的那个原始女人，只有勇敢刚毅的"丛林上帝"才具有那般致命的魅力。

她爱他吗？现在，她也不知道了。

她用眼角的余光瞥了一眼克莱顿。这个男人不是和她接受过同样的教育、在同样的社会环境中长大吗？他有社会地位、有学识。而这正是她所接受的教育教给她的选择爱人的"基本要素"。

她的最佳选择难道不该是这位年轻的英国贵族吗？她明白，他的爱正是像她这样有教养的女人所渴望的，他是合情合理的伴侣。

她能爱克莱顿吗？她找不到不能爱他的原因。简并非精于算计，可是她所接受的教育、周围的环境，以及遗传特质都使她在即使像爱情这样的问题上，也可以理性分析。

遥远的非洲丛林，她被这位年轻的巨子搂着腰肢腾空而起，今天，这一幕又出现在威斯康星州的森林里。那种爱的感觉在她看来只不过是暂时的精神皈依——不过是那个原始男人唤醒了她天性中原始女人的心理诉求。

她想，如果他不再跟她有什么肉体上的接触，那他也就没有了那样致命的吸引力。这么说来，她从没爱过他，这一切不过只是肉体接触和激情之后短暂的意乱神迷。

短暂的激情不足以维系两人的长久关系。假如和他结婚，肉体接触的兴奋会因熟悉而消磨殆尽。

她又瞥了克莱顿一眼。他长得非常英俊，而且是个地地道道的绅士。如果有这样一个丈夫，她会非常骄傲。

这时，克莱顿开口说话了——早一分钟、晚一分钟都可能彻底改变他们三个的人生轨迹——可是，在关键时刻，是克莱顿抓住了机会，说出了自己内心的想法。

"现在你自由了，简，"他说，"你愿意嫁给我吗？我会用一辈子让你幸福。"

"我愿意。"她轻声说。

当天晚上，在火车站候车室里，泰山瞅准时机和简单独谈了一会儿。

"现在你自由了,简,"他说,"为了找你,我从原始人幽暗、遥远的洞穴里走出来,跨越了几个世纪;为了你,我学做一位绅士;为了你,我漂洋过海,长途跋涉;为了你,我做什么都心甘如饴。我会给你幸福的,简。我会融入你最熟悉、你最热爱的生活。你愿意嫁给我吗?"

这是简第一次知道泰山对她的爱有多深。他在这么短的时间内,做出的所有改变都只是因为他爱她!她转过头,趴在自己的双臂上。

她都做了些什么呀!因为害怕可能会屈从于这位巨子的请求就破釜沉舟,断了后路;因为毫无根据地担心自己会犯下大错,便犯下一个更为严重的错误。

她将一切都告诉了他,一字一句吐露真情,并没有为自己开脱,也没有为自己的错误辩解。

"我们该怎么办?"他问道,"你已经承认了你爱我,也知道我爱你,但是我并不懂得制约你的社会道德规范。我把决定权留给你,因为只有你自己最清楚你想要的幸福。"

"我不能出尔反尔,泰山,"她说,"他也爱我,而且他是个好人。如果我违背了对克莱顿先生的承诺,无论是你,还是那些诚实的人,我都无颜面对。我必须信守诺言,而你也必须帮助我承担这一重担。今晚之后,也许我们再也无缘相见了。"

这时,大伙儿也都走进候车室。泰山转过头,向那扇小小的窗户望去。窗外一无所有,但他的眼前仿佛出现了一片碧绿的草地,四周是一大片茂盛的热带植物和美丽的花朵。头顶上,参天古树的万千树叶在微风中摇曳,赤道的天空渲染着蔚蓝。

在那如茵的草坪中间,一个年轻的女人坐在一个小土堆上,旁边坐着一个年轻男子。他们吃着美味的果子，相互含笑着凝视着对方的眼睛。他们非常幸福，这世上只有他们自己……

正想着，一位铁路警察打断了他。警察走进候车室，问是否这里有一位名叫泰山的先生。

"我就是泰山先生。"泰山说。

"这儿有您的一封电报，从巴尔的摩市转来的，始发于巴黎。"

泰山接过信封将它拆开，原来是达诺发来的。

电文如下：

指纹证明你是格雷斯托克，祝贺。

达诺

泰山刚看完，克莱顿走进候车室，走过来向他伸出一只手。

就是这个人占据了泰山的爵位，继承了泰山的财产，还即将迎娶与泰山心心相印的女人为妻。只要他说出自己的身世，就会让克莱顿的生活发生翻天覆地的变化。

他将失去爵位、土地和城堡，简·波特也将一无所有。

"我说，老朋友，"克莱顿朗声道，"一直以来，我都没有机会向您为我们所做的一切致以诚挚的感谢。无论在非洲还是在这儿，你这双手好像就是为救我们而生的！"

"很高兴又在这里遇见了你。我们一定要好好相互了解一下。你知道吗？我经常会想起你，还有你周围那不可思议的生活环境。恕我冒昧，请问你如何会流落至那片恐怖的森林？"

"我生在那儿，"泰山平静地说，"我母亲是猿，有关我的身世来历，它当然不可能告诉我多少。而我的父亲，我从来不知道他是谁。"